日曜 nichiyo
Illustration：nyanya
ダンジョンの魔王は
最弱っ!? ①

トリシャ
キアス
（アムドゥスキアス）
パイモン

フルフル

タイル
エレファン
コション

ダンジョンの魔王は最弱っ!? ①

日曜 nichiyo
Illustration：nyanya

CONTENTS

序章　ダンジョンの魔王っ!?

「……えっと……」

…………………………………………………………。

言っちゃおうか？　言ってしまおうか？　こんな機会、たぶん人生でもう二度と訪れる事はないだろう。普通なら一度だってないはずだ。ならば、これもまたいい機会ってもんだ。そう思おう。

「ここはどこ？　私は誰？」

……あ、ダメだ……。やっぱ後悔した……。そんな気はしたんだ……。テンプレ過ぎて顔から火が出るように恥ずかしい……。


しかしホント、ここはどこだろうか？

だだっ広い真っ白い部屋。やや危機感を覚えるような、潔癖なまでの純白の部屋。シミ一つない石材でできた床や壁。そのど真ん中にぽつんと僕一人がいた。柱や壁紙のない、ただただ真四角でただただ白い部屋。だだっ広いのに、どこか圧迫感を覚える部屋だ。

さて、こんなところで目覚めた僕ではあるが、当然こんな気色の悪い部屋で眠った記憶はない。もっと言えば、こんな場所は記憶にない。もっともっと言えば、そもそも僕には——

記憶そのものがない。


「……どうやら僕は、記憶喪失ってヤツらしい」

思ったより落ち着いた自分の声で、僕はそう確認する。こんな薄気味悪い部屋で、記憶喪失で、たった今目覚めたにしては、僕は自分でも驚く程落ち着いている。

しかし参ったな……。自分の事も、両親の事も、姉の事も、妹の事も、果ては幼馴染み（女）や、おさげの委員長（女）や、生意気な後輩（美少女）や、おっとりな先輩（美女）や、クール系美人教師（悪女）の記憶すらないのだ。今日はきっと美人教師に呼び出されて、いろいろと貞操の危機的なイベントがあったはずなのに……。

うん、ゴメン。

ただ、記憶喪失といえども知識はある。とはいえ、その知識にも偏りを感じるのだ。

三角形の面積を導き出す事はできるのに、その定理を考えた人の名前を思い出せない。『幻想即興曲』の譜面は思い出せるのに、その作曲家を思い出せない。『フレミングの左手の法則』はわかるのに、それを生み出した学者の名前はとんと思い出せない。そんな感じだ。

……いや、ホントだよ？　ホントに記憶ないよ？

「しかし、困ったな……」

こんなバカな事を考えて時間を潰していたところで、結局僕はこれからなにをどうすればいいのか、まったくわからないんだよな。ここがどこなのかもわからないし、これからどこへ行けばいいのかもわからない。

「っていうか、出入り口もねえし……。どっから入ってきたんだ、僕は？」

『入ってきたんじゃないよ』

突然響き渡る声。威厳と荘厳さを感じる、しかし若いような、あるいは老練な老人のような、だけどあどけない少女のような、それでいて力強い壮年の男性のような、そんな掴みどころのない、超然とした声が響いた。ビリビリと四方の壁に反響し、僕まで震えるような声。その声が告げる。

『君はここで生まれたのさ。ついさっきね』

スピーカーらしきものはなかったよな？

あればすぐ気付く。天井も壁も、ついでに床まで確認してみたが、やはりそんなものはない。そもそも、こんなただ真っ白な石造りの部屋にそんなものがあれば、気付かないわけがないのだ。むしろ、それくらいあってくれた方が、この部屋にも可愛げってもんが生まれるのに。こんな無菌室より潔癖で、監獄より無味乾燥な部屋にあと三日もいれば、僕は発狂する自信があるね。断言する。

『いや、やはり驚かせてしまったね。すまない。どう声をかければ驚かないか、随分考えたのだが、無駄な努力だったようだ。まぁいずれにしろ、私から声をかけねばならなかったのだから、結局早いか遅いかの問題だったのだけれどね』

苦笑するような声音で謝る声の主。

「いえ、僕も途方に暮れていたのでちょうど良かったです。あなたは、この状況を説明できる人と判断してもいいのでしょうか？」

『ああ、そう思ってくれていい。なにせ、私は君をここに連れてきた張本人だからね』

〝声〟は愉快そうにそう告げた。僕はそれを聞いて、とりあえずその〝声〟が先程言っていた事について質問してみる。これで、この〝声〟の立ち位置もわかればいいのだが。さしあたって〝声〟の主が敵なのか、味方なのかくらいは。

「あの、僕が『さっき生まれた』ってどういう意味ですか？」

『うん？　言葉通りの意味だよ。君はついさっき、つい今しがた、つい数分前、この場所で新たな生を受けた。生まれたんだ。文字通りの意味で、お誕生日おめでとう』

「でも――」

僕は〝声〟に反論する。せずにはいられない。

「でも僕の体は、十代の前半から中盤くらいには成長していますし、服だって着ています。母親の姿もありませんし、とても今『おぎゃあ』と生まれたようには見えませんよ？」

『ふむ。たしかに不自然に感じるかも知れない。既に成長している体、身に着けているもの、母親の不在、それらに君の知識が違和感を覚えるというのは当然の事だ。むしろ、正常と言っていい。だが、それはあくまで地球の知識、地球の常識だ』

『地球』という惑星は覚えている。僕等が住む星だ。大まかな世界地図や、おぼろげながら世界情勢も覚えている。なんとなく覚えてる。……なんとなく。ほ、本当だぞっ⁉

しかし……、この〝声〟の話しぶりはどうだ？　まるでここが地球ではないかのようではないか？

思えばこの部屋も、人間離れした何某かが造ったと言われればそれっぽいのではないか？

そして僕の灰色の頭脳が訴える。状況を整理し、統合し、検証し、〝声〟が教えてくれた情報を元に推理すれば、自ずと答えにたどり着く。

いや、しかし……、そんな事があり得るのか……？

いやいや、かの名探偵も言っているではないか！　あらゆる可能性から、あり得ないものを全て排除してたどり着いた結論は、それがどれだけあり得ない事でも真実なのだと！

ならば僕も告げよう‼　あり得ないものを全て排除した、あり得ない真実を‼

「わかりました……」

僕は静かにそう告げる。

そう、全てわかった。これから僕がなにをしなければならないのかも、なにをされるのかも。この状況はいわゆる《物語などでよくあるテンプレート》ってやつだ。僕だって覚えのあるストーリー。

『あ、あの……？』

フフ……。〝声〟の戸惑いも当然だ。たったこれだけの情報で、この状況を正確に推測してみせるのだから。ああ、僕自身怖いさ。自分の頭脳がな。

僕はビシリと指をさす。相手が見えないので、とりあえず正面に。

「わかりましたよ、あなたの正体‼」

さぁ始めよう、いきなり解決編の物語を‼

「あなたは――」

どこからともなく僕に語りかけてくる、この〝声〟――この超然とした〝声〟の主の正体は――

「宇宙人ですねっ⁉」

『いや、違うけど……』

どこかで皮肉屋な名探偵に、鼻で笑われたような気がした……。

とりあえず死にたい。

生まれて十分も経っていないらしい僕が、今思う事はそれだけだ。こんな僕を哀れと思うなら、せめて一刀の下に切り捨ててはくれまいか？

呆れたような声音で〝声〟は説明してくれた。

『ここは、君が以前生きていた世界とは違う、別の世界なのだよ。名前はイム・ナヴァール。ただ、世界の名前なんて覚えなくてもいいよ。そんな名は普通に生きる者にとっては、たいして重要な情報でもない』

まぁたしかに、世界の名前なんて考えた事もなかった。ラノベなんかの異世界転生モノでも、なんとなく〝異世界〟と対比するとき〝地球〟って呼ぶしな。

『話を戻そうか。君をこの、重力も、大気の成分も、存在する原子も、地球と酷似した星に招いた理由、それをこれから説明しようかと思うが、いいかね？』

「ええ」

あ、でも、酷似って事はつまり、同一ではないって事だよね？　どこが違うのか、ちょっと聞きたいかも。そう思ったが、既に機を逸してしまっていた。説明の続きを語りはじめた〝声〟に、仕方なく僕も今は聞く姿勢を整える。

『ここは地球と同じように生命が芽吹いた星。まぁ、同じようにとは言えても、同じようなとは言えないのだが、それは追々説明しよう。さて、君をこの星に招いたのは、さっきも言ったように私だ。君にちょっとしたお願いがあってね』

お願い？　世界を救ってくれとか言い出さないだろうな？　嫌だぞ、そんな面倒臭そうな事……。

『ああ、そんなに気負う必要はない。この世界に生まれ落ちた以上、君はもうこの世界の住人だ。私がなにを言おうと、君は君の自由意志に則って動いてくれて構わない。もし私の〝お願い〟を聞きたくないのであれば、それはそれで構わないのさ。好きに生きてくれ。これは皮肉ではなく、本心だよ？　私の役目はあくまで〝見守る〟事なのでね。この世界がどう転ぼうと、それはそれなのさ。勿論、この〝お願い〟を聞いてくれるならお礼はしよう』

「お礼？」

『そう、お礼だよ。これは命令ではなく〝お願い〟なのだから、当然だろう？』

ふむ……。現時点で、特にこの人の〝お願い〟とやらを拒否する理由はない、か……。まぁ、あくまで現時点では、だけど。

『さて、ではなにから説明したものか……。そうだな、まずは君の事から、君の今置かれている状況、そして君が何者なのかというところから始めよう。君は、この世界に君臨する、十三人の魔王の一人として生まれたんだ』

…………………………………………………。

『ああ、ヒかないでおくれ、本当なのだ』

まぁおぉうぅぅ？　なんか、一気に話が胡散臭くなってきたな。あり得ないと思ったが、これがドッキリである可能性も考慮に入れる事にしよう。

『この世界は、君が以前いた世界で物語にされているような、剣と魔法の世界なのだよ。そんな世界に十三人の魔王がいると仮定してみてくれ』

「……既に十回くらい世界が滅びてますね」

『ああ、そうか。そこまで過大評価しちゃったか。大丈夫、世界を滅ぼせる魔王なんか、三人くらいしかいないから』

三人はいるのかよ……。そして、僕がそこに仲間入りしちゃったわけか。帰っていい？

つーかこの展開、どう考えてもセットでアレもいるって事でしょ？　ますます帰りてー。アレの相手なんかゴメンだって。

『そして、その十三人の魔王を含めた魔族が世界の半分——正確には人口比では世界の五分の二程度だが——そしてもう半分が人間だよ。この人間にも種類があって、一口に人間と言っても君のよく知る人間ばかりではない。そこら辺は君の元いた世界とは、結構違うね』

あれか？　つまりエルフとかエルフとかエロフとかいるわけか？　よし！　僕はこの世界で生きてゆくぞ‼　たとえどんな困難が待ち受けていようともっ‼

『そして、その魔族と人間が相争うのが、君の今いるこの世界の現状だ。魔族は魔《ま》大陸、人間は真《しん》大陸に分かれて住んでいて、お互いにお互いの領土を欲している』

ちくしょうっ！　エルフは敵方か！　あ、でも魔族側にダークエルフとかいないかな？

『ねえ、聞いているかい？』

「勿論‼」

僕は力強く答える。むしろ僕は、今〝聞く〟事以外していないと言っていい。今の僕を見て、どうして聞いていないなどと思うのか、逆に問い質したいくらいだ。

『まぁいいけれど……。続けるよ？　真大陸、魔大陸に分かれて争っているって言ったけれど、実は魔王同士だって決して友好的ではない。些細な理由で争い、殺し合っている。それは真大陸も同じだけれど、真大陸ではここ数十年戦争らしい戦争は起きていないのさ。まぁ、その主な理由は直前の戦争による飢饉なのだけれどね……。おっと、怯えさせてしまったかな？』

いや、そりゃビビるって……。なにその戦国時代？　もうちょっと平和的な異世界に行きたいんだけど。もしくは生きたいんだけど。ほら、普通の冒険者から始めて、ちょっとした事件から、どんどん大規模な問題に巻き込まれてく感じでさ。それに、僕って魔王なんでしょ？　悪の親玉じゃないっすか。僕になにさせる気だよ、この人？

『そう身構えなくても大丈夫。私は別に、君に「人類を絶滅させてくれ」だとか、「女子供を狙って村を襲え」なんて〝お願い〟はしないよ？　あれ？　ますます怯えさせてしまったかな？　すまない。人間の感情、というものに私は疎いのだ。だが、安心してくれ。君に無体を強いるつもりも、無理をしてもらうつもりも、無理難題をふっかけるつもりも、私にはない。信じてもらいたい』

まだ、この〝声〟の主に全幅の信頼を置く事はできない。しかし、少なくともこの相手は、自らの不利益になるはずの自分に都合の悪い情報も、正直に僕に伝えてくれている。そういった、なんというか〝誠意〟らしきものには、こちらも〝誠意〟で返すべきだろう。それが形のうえでか、それともまさしく〝誠心誠意〟かは、今後の僕と彼との信頼関係によるだろうが、少なくとも僕はここでテーブルをひっくり返して御破算にするつもりはなくなっていた。

なんだかんだで、ちょっとこの〝声〟の主を気に入りはじめているのかも知れない。これってインプリンティング？

『次に、ここがどこであるかを話そうか。私の〝お願い〟にも関係してくるし、どうするにしたって、君も知っておいた方がいい。ここは、さっき言った人間の住まう真大陸と、魔族の住まう魔大陸の中間地帯。正確には魔大陸の北端に位置する半島、史上最も多くの血が流され、人間、魔族双方の血を飲み干し、魔王すら戦友の死に涙すると言われた、寂寞《せきばく》にして赤漠《せきばく》の大地《魔王の血涙《けつるい》》。海洋技術の発展が乏しいこの世界において、真大陸と魔大陸を繋ぐ唯一の交通路であり、それゆえに両陣営が付け狙い、何度も何度も戦《いくさ》が行われた戦場跡。草木の生えない、極寒の墓標なき墓所。それがここ《魔王の血涙》なのさ。ああ、ちなみにこの部屋は、その《魔王の血涙》の地下にある』

なんつーか……、おどろおどろしい場所なわけだね、ここは。この人も、なんでこんな場所に呼んだんだろう。もっと穏当な場所は選択できなかったのだろうか。

デートスポット選ぶセンスとか、なさそうだな、この人。

とりあえず、こんな危ない場所からは、とっとと退散するに限る。話を聞き終わったら、さっさと旅にでも出よう。

『さて本題だ。私の〝お願い〟は、君にこの地で巨大なダンジョンを造ってもらい、そこに君臨してもらいたい。ただそれだけだよ』

………………うん。この人、本当に僕にその〝お願い〟とやらをかなえてもらうつもりが、あるのだろうか？　ぶっちゃけて言おう。

「絶対嫌だ‼」

『君の懸念はわかる。たしかにここに居を構えるという事は、真大陸の人間や、決して友好的でない魔王、双方の勢力から狙われる事を意味する。あるいは、その両方が一度に攻めてくるかも知れない。それくらい危険な事だ。だけれど、これは君にしか頼めない事なのだ。無論、君の身の安全の為にも、君には強力な恩恵を授けよう。君が私の〝お願い〟で死んでしまっては、私の寝覚めも悪い。できるだけ手厚い施しをするのは当然だ』

それって、チートってヤツ？　俺ＴＵＥＥＥできんの？　それはちょっと楽しみかもな……。

『さて、この地にダンジョンを造ってもらいたいとは言ったけれど、その真意も伝えておこうか。真大陸と魔大陸、この両者の不毛な争いに終止符を打ってもらいたいのだ。

真大陸では今現在、魔王や魔族を敵視する宗教が最大の勢力を誇っている。この宗教が真大陸最大宗派である限り、魔大陸や魔族との戦争は、そう遠くないうちに勃発するだろう。魔大陸にだって問題はある。今現在、最北の地を縄張りとする魔王は好戦的で短絡的だ。おまけに強欲で、虎視眈々と真大陸の地を狙っている。口火を切るのは、もしかすれば魔王の方が先かも知れない程に。

三十年程前、彼は真大陸最北の国に戦争を仕掛け、八年に及ぶ激戦を繰り広げた。そのときはお互い痛み分けのような形で落ち着いたが、それはつまり双方とも禍根の残る結果だったわけだ。さっき真大陸で飢饉が発生したと言ったが、その原因は主にこの戦争にある。そして、今はお互いにその痛手も癒えてきた頃合いで、そろそろ我慢もできなくなるだろう。そして、そうなってしまえば、あとは際限のない殺し合いだ』

それは大変だ。僕は南の島にでも避難して、そこで面白おかしく暮らそう。せっかく異世界に来たんだ、ハーレムでも作ってな。じゃ、そういう事でノシ。

『人の話は最後まで聞くものだよ？　年長者からの、ありがたい忠告だ。

別に私は、君に各国の要人や魔王を説得して回り、平和的に平和を成してほしい、なんて言うつもりはない。言っただろう？　無理をさせるつもりはないと。それに、そんな困難を極めるうえに永続性のない事を、わざわざ私が出張ってまでお願いするつもりはない。そんな事ができるなら、そもそも君を呼ぶ必要すらなかったのだから。

君にやってもらいたいのは、さっきも言ったようにここにダンジョンを造ってもらいたい。ただそれだけであり、ただそれだけだ。それだけをやってもらえれば、私の〝お願い〟は終わりだ』

ふむ……、わからん。ダンジョンってのはあれだよな？　つまり迷路って事だよな？　ゲームとかでよくある、ダンジョンなんだよな？

『そうだよ。そのダンジョンだ。それをこの《魔王の血涙》に造って、真大陸と魔大陸を分断してしまってほしい。バッサリと。ぶっつりと』

えっと……、ちなみにこの《魔王の血涙》とやらは、どれくらいの広さなんだ？　戦争できるくらいだから、ナントカドームで換算するくらいには広いんだよな？　そこにダンジョン？　僕が？

『安心してくれ。ダンジョンとは言っても、それを君が手作業で造る必要はない。重機を使って建築する必要もない。なにせ、君はダンジョンの魔王。君の権能で、君の魔力で造るのさ』

権能？　魔力？　ちょっと物々しい単語が混ざるようになったが、それはそれで面白そうではある。そういえば、剣と魔法の世界とか言っていたな。だったら、僕も魔法が使えるようになるのだろうか？

『先述の通り海洋技術の未発達なこの世界では、ここ《魔王の血涙》を通らなければ、お互いの行き来は不可能だ。しかもここら辺の海域は岩礁地帯なうえ、急激な海流が船を阻み、航行はほぼ不可能。おまけに極点にも結構近くて、夏の一時期を除いて常に降雪があり、流氷や氷山だって押し寄せる。船で攻め込もうとすれば、君のいた世界にあったバミューダ海域より確実に命を吸い上げるだろう。陸地に沿って船を走らせる事は不可能であり、通行は陸路に限られる。

　さらに《魔王の血涙》は東西に長い半島、ここを離れれば今度は大航海が必要になる。この世界の造船技術では、夢のまた夢さ。あ、間違ってもコンパスの知識は流通させないでくれよ？　大航海時代が始まれば、それにつられて造船技術も進化するだろうからね。まぁ、遠洋航海が不可能な理由は、技術だけではないのだが……、それは、今説明する必要はないだろう。つまり陸路さえ塞いでしまえば、この不毛な争いも防げるって寸法なのだよ。私が君に、この地を封鎖してもらいたい理由は以上だ。なにか質問はあるかな？』

　質問……。あると言えばある。あり過ぎる。あり過ぎて、なにから聞いていいものか。

『ないようだね。では次に、君の記憶についても話しておこうか。とはいえ、そろそろ時間が押しているし、手短にいこう。君には地球にいた頃の知識がある。だが、記憶はない。そうだろう？』

「ええ……」

　迷っていたら話を進められてしまった……。

『正確には、記憶だけでなく知識の面でも、主に人間個人に対するものは消させてもらった。徳川幕府歴代の将軍を思い出す事もできなければ、芸能人の顔も思い出せない。ただ、江戸時代の歴史的政策や、大まかな国の趨勢は思い出せるし、流行《はやり》の歌だって思い出せる』

　ふむ……。みっくみくにされそうな歌手だけ覚えてるのはそのせいか。

『申し訳ないが、その記憶を戻してあげる事はできないし、口頭でもあちらの世界で君がどんな人間だったのかは、教えられない。それはこの世界では余計なものだし、君がどんなに望んでも、あちらに戻してあげる事はできないのだから。家族や友人の記憶があっても、つらいだけだろう？』

どうもちぐはぐな知識しかないと思ったら、そういう理由だったわけか。なるほどな。

ある意味人道的であり、そしてなにより利己的な理由。創作物でも、異世界に連れてこられた主人公は帰ろうとするものが多いからな。しかし、創作物なら人名も思い出せるのな。残念ながら、フィクションでも歴史由来の登場人物とかは思い出せないみたいだが。

まぁたしかに、思い出もない思い入れもない地球に戻る気は、今の僕にはない。というか、異世界へ移動したという実感は皆無だ。

『さて、ではとりあえず、君の置かれた状況の説明は以上だね。では、なにか質問は？』

「ああ、じゃあ二つだけ」

『なんなりと』

今度は流されないように、やや焦りながらもそう口走った。

「なぜこんな事を、わざわざお願いするんです？　別に放っておいたっていい気がするんだけど。あなたの言葉を借りるなら、あなたはただ〝見守る〟だけの存在なんでしょう？」

お互いにお互いの意志で争っているのだから、滅びたってそれはそれって気もする。そう思って質問した僕の言葉に、一瞬の間をおいて〝声〟は答える。

『理由？　理由か……。まぁ、ありていに言って、〝大変だから〟かな』

大変？　それは、大変な事態という意味だろうか？　だが〝声〟はそんな僕の予想を否定する。

『ああ、違うよ。大変と言ったのは、別に戦争そのものが世界にとって重大な危機をもたらすとか、ダンジョンを造らなければ世界を滅ぼさないといけないとかではない。大変なのは、私。私個人が大変だから、ちょっと君というアルバイトを雇おうかと思った、それだけの意味さ。
　この世界にはね、人間より遥かに長命な種族がいる。魔族は種族毎に分かれるけれど、その寿命は基本は百年から二百年、長い者で五百年といったところだ。人間の中でもエルフという種族は千年くらいの寿命があるし、ドワーフだって二、三百年の寿命を持つ。魔族や人間の他にも幻獣と呼ばれる種族がいて、そちらは千年を優に超える寿命を持つ者も珍しくない。そんな長命種の知的生命体を含めた、この世界の平均寿命は――

　なんとたったの――三十二歳‼

　あり得ないでしょう？　数百年、千年の寿命があるのに、この数字！　生物分布として人間が――この場合の人間は、地球人と同じ人族《ヒューマン》を意味するのだが、その人族が一番多いからといって、この数字は異常だよ。
　戦争ばっかりしているせいで、第一次産業を生業とする人たちは飢えて貧しく、そして働き手を確保するために生めや増やせや。だけど衛生観念がないから生まれてすぐ死んじゃう赤ちゃんは多く、成長した子供だって死にやすい。運良く育った子供すら、あまれば奴隷か兵隊だ。長命種だって戦争で死ねば、残りの寿命がいくらあったって意味がない。かと思えば、戦争ばかりしているくせに、医療技術は未熟。大抵の怪我なら魔法で治せるからね。おまけに、魔法は一種の才能だ。万人が持つ、普遍的なものではない。魔法があっても助けられない命は多いし、魔法で病気は治せない。だから流行病でポックリ逝く者は多く、不治の病も数多ある。なんでこんな事になっちゃったのやら……』

疲れたようなその〝声〟に、心底同情する。魔法なんてもんがある世界で、医学という学問が発展しなかったっていうのは頷ける話だ。

医術の発展には時間がかかる。現代の医学だって、たしかに技術の発展がそれを下支えしてきた事は否めないが、それでもその根底にあるのは、有史以来連綿と紡がれてきた、学者や医者の努力の結実だ。

詳しくは知らんけど、魔法なんてどうせ呪文唱えて杖振り回しゃあできるんだろ？　少なくとも医学知識が必要ない事は、今の〝声〟の説明でわかった。ならば、結果が出るかどうかもわからない、出たとしても数十年、数百年後の話となる医術が発展しにくいのも当然といえるかも知れない。

『まったく……。命を管理する私にしてみたら、迷惑な話さ。なまじ魔法なんてものがあるせいで、これ程までに苦労させられるなんてね……。初めはそれでも、手のかかる子供のように思ってはいたのだけれど、あまりに成長の見られない文明に、いい加減限界なのさ。いつまでも親離れできないようでは、私としても匙を投げるというもの。そこで最後のチャンスとして、この世界に君を派遣することにしたのだよ。

だから、私が君に〝お願い〟するのは、世界の救済、ではないよ。君にお願いしたいのは、ダンジョンを造って両大陸の争いを強制的に止めるという一点だけだ。

世界に与えた最後の選択肢、それが君なんだ。君が両大陸を分断し、それで頭が冷えたなら、私もこの世界の面倒を今少し見てあげよう。そうでなければ……。まぁ、すぐに滅びたりはしないが、あまりいい結果にはならないだろうね。いつまで経っても独り立ちできないこの程度の世界では』

呆れるような声音に、僕はなにも返さず最後の質問を投げかける。もはやする必要もない質問で、問う前に答えもわかってはいるのだが、それでも予定調和として必要な事だろう。

「もう一つの質問だけど」

『うんうん、なにかな？』

「あなたって神様？」

『うん』


〝声〟の主改め、神様の言いたい事はわかった。

しかしどうだ？　この〝お願い〟を聞いた場合、僕は各勢力を十把一絡《じっぱひとから》げで敵に回す事になる。

僕は学ランの袖から覗く手を見てみる。ただの手だ。どう見たって、今までケンカの一つもした事のないような、なまっちろい手である。

さて、考えてもみてくれ。

「これから君たちに、殺し合いをしてもらいます」

と言われて鍋の蓋を渡されたとき、いったいどう思うだろうか？

「これから世界相手に一人で戦争してもらいます」と言われた僕の気持ちが、少しはわかっていただけただろうか？

どう考えても、僕に荒事なんてのは向いていない。これまで言及は避けてきたが、僕の体は、ありていに言って貧弱だ。背の低い、痩せっぽちの子供。腕相撲なら、高校生どころか、ちょっと体格のいい女子中学生にだって負けてしまいそうな程である。こんな僕に、神様はいったいなにを期待しているのやら……。

うん、無理‼　やっぱ無理だって‼

ここまで懇切丁寧に説明してくれた神様には悪いが、僕だって命は惜しい。というか、なんでこんな物騒な〝お願い〟に、僕なんかを呼んだのだろう。そういうのなら、不死身の男コ〇ラか、ジョー・〇リアンの魂でも連れてくれば良かったんだ。え？　同一人物だって？

ああ、創作物の記憶ならあるんだし、いっそこの記憶を元に漫画家か小説家になろう。小説家になろう。なんとなく二回言ってみた。まぁ、聞いた感じSFはまだ早いだろうけど、逆にファンタジーものはリアリティが高くなるはずだ。著作権？　なにそれ美味しいの？　記憶ないから覚えてないや。

『最初に言った通り、勿論断ってくれても構わないよ。これはあくまで〝お願い〟だからね』

こちらの心中を見透かしたように、そんな事を言う神様。だがその声には、少し意地悪な雰囲気が見え隠れしていた。

『しかし、先にも言った通り君は魔王だ。それも、ダンジョンの魔王。望むと望まざるとにかかわらず、結局君が平穏を得るにはダンジョンを造るしかない。そしてここそが、君の安住の地に他ならないと、私は思うのだがなぁ。まぁ、残念な事に、私に君を止める事などできないがね』

うん、この人僕の事、逃がす気ないよね。

「でも、ここにいたらいずれ殺されるし……」

結局世界の全てが敵になるなら、いっそ逃げ隠れした方がいい。こんなところでなければ、少なくとも両方から狙われる事はないはずだ。ここじゃ、いずれ両方から軍隊が突っ込んできて、物量で押し潰される危険性すらある。それに魔王の対義語、アレの存在も気になるところだ。

『だから言っているじゃないか。君が殺されないよう、私が直々に力を貸すと』

チートかぁ……。それならいっそ、無双できるくらいのものがいい。できれば魔王も鼻くそほじりながら一蹴できるくらいの、イージーモードな俺TUEEEを頼む。これはゲームじゃないんだから、間違っても死にたくない。

『でもその前に、まずは君の今の能力から確認しておこうか。まず大丈夫だろうけど、万一ダンジョンの創造能力が備わっていなかったら大変だからね。それに、こっちもこっちで楽しいと思うよ？』

あ、そっか。僕、ダンジョンの魔王なんだっけ。神様としても、僕がダンジョンを造れなかったら〝お願い〟をかなえるどころじゃなくて困るわけだ。しかし、僕がダンジョンの魔王ねぇ。いまだに実感はないいんだけど。

『まずは胸ポケットのスマートフォンを出してくれるかい？』

「あれ？　スマホなんて持ち込んじゃっていいの？」

言われた通り胸ポケットの中を探れば、そこには本当に黒いスマホが収まっていた。それはそれで、異世界情緒が丸潰れだ……。まぁいいや、とりあえず電話帳チェックだ。

『残念ながら、そのスマートフォンに以前の君の家族や友人の情報は入ってはいない。当然だけれど、インターネットに接続もできないし、電話もメールも不可能だ』

「そんなスマホに、どんな存在価値が……」

いっそ、最初からなかったら良かったのに……。

『それは、ダンジョンの製作に役立ちそうなツールだったので持たせたのだよ。君も手に馴染んだものの方がいいかと思ってね。いきなり手探りでダンジョンを造れと言われたって困るだろう？　魔力を使って造るわけだが、いずれちゃんと魔力の使い方を覚えれば、そのスマートフォンを使わなくたって造れるよ』

「へぇ、それは夢が広がる話だな……。まぁ、たしかにいきなり魔力だなんだと言われたってわからないし、しばらくはお世話になりますよ。それで、これをどうすればダンジョンが造れるんです？」

『アプリが一つ入っているだろう？　それを起動してくれ』

言われた通り、画面をタッチして確認してみる。たしかに一つだけあった。名前は《ダンジョン造ろうぜ！》。イラッとするフランクさだった。よくもまぁ、たったこれだけの事で人の神経を逆撫でできるものだ。あまりのウザさに、思わず床に叩きつけるところだったが、なんとか我慢して僕はそのアプリを起動する。

『起動したようだね』

僕の葛藤とは裏腹に、当の本人は呑気にそんな事を言っている。

『ダンジョンの造り方は簡単だよ。そのアプリでダンジョンを造ってセーブすれば、君から勝手に魔力を吸い出して現実に反映してくれる。改変も同じだよ。手間はかかるけれど、定期的に構造が変わるダンジョンとかも造れる。たとえ相手にマッピングされても、対応可能なのさ。ちなみにそのスマートフォンには、ある程度魔力をストックさせる事もできる。ダンジョンは維持にも魔力を使うから、ストックされた魔力から勝手に維持の分も消費されていくというシステムだね。魔力を使う用事のないときは、不要な魔力はこちらにストックしておく事をお勧めするよ。今ストックされている分は、私からのプレゼントだ』

「えっと……」

スマホには白い四角形がぽつんと表示されている。これがこの部屋という事か。他には、画面の下部に《カスタム》《セーブ》《ステータス》のアイコンがある。まんまゲームだな、これじゃあ……。

「簡単すぎません、コレ……？」

『まぁ、使いやすくしたからね』

にしたってだよ……。

ためしに《カスタム》のアイコンから《通路》を選択して、この部屋に繋げてみる。

…………。……なにも起こらない。やっぱり、そんなに簡単にはいかないという事か。

『《セーブ》しなきゃ』

「あ、そうだった」

《セーブ》のアイコンを選択すると、［セーブしますか？］［はい］［いいえ］とだけ書かれた確認画面が表れた。いちいち面倒臭いとは思うが、この確認画面がなければミスタッチ一つで即セーブという事にもなりかねない。一回一回魔力を消費するのだから、これから《セーブ》を選択するときは、よく確認してからにしよう。

僕は［はい］を選択する。

数m先の純白の石壁が、特に振動もなく音も立てずに、にゅるりと流動して通路が現れた。どうでもいいけど、なんかキモい……。

しかし……、本当にできちゃったな……。やっぱり簡単すぎるんじゃないか？

『確認してもらえたみたいだね。こちらとしても、君にちゃんと資質が宿っていて安心したよ。万が一のときは、今ここでダンジョン創造能力を恩恵として授けるつもりだったからね。それと、そのスマートフォンにストックしてある魔力は、この《魔王の血涙》くらいの広さなら十個分は取り込める量だけれど、それがなくなったら今度は自分で補充しなくちゃだめだよ？』

ふぅむ……。注意点は、本当にそれだけか？　こんなに簡単にダンジョンが造れていいものだろうか？

『じゃあ、手作業で造る？』

「ありがとう神様‼　お陰で助かったよ‼」

一瞬でスコップ片手にダンジョンを造る自分を想像し、僕は心の底から神様にお礼を言った。

って、あれ？　なんだか〝お願い〟を引き受ける方向で話が進んでない？　僕まだ結論出してないよ？


『さてさてさて……。ではいよいよお待ちかねの、恩恵といきましょうか』

「よっ、待ってました‼」

ぱちぱちと、広い部屋に虚しく拍手の音が響く。いまさらだが、神様は声しか聞こえないし、傍から見た僕って、独り言ブツブツ喋りながら一喜一憂している危ないやつなのではないだろうか？

これ、早くも発狂した僕の妄想だったら、イタいなぁ……。

『まずは君の現在の状態を見てみようか。アプリの《ステータス》を開いてごらん？』

「あ、この《ステータス》って、僕のステータスなんだ。てっきりダンジョンのステータスかと思った」

目指せ、レベル９９のダンジョン！　とか息巻いてたんだけどなぁ。

《ななし》【まおう】【ダンジョンマスター】

【たいりょく】《10／10》【まりょく】《2／2》

【ちから】《4》【まもり】《2》【はやさ】《6》【まほう】《0》

【わざ】《うた》《あんざん》

【そうび】《ガクラン》《スニーカー》《スマホ》


「ファミコンかッ⁉」

ひらがなカタカナのみってだけでも驚愕の低スペックなのに、これたぶん【そうび】の欄に文字数制限あるよな⁉　手の平サイズのパソコンとまで謳われたスマートフォンが泣いてるよ……。

つーか、僕のスペックも低いなー。アプリのせいで二の次みたいになっちゃったけど、歌と暗算でどうやって剣と魔法の世界を生き抜けと？　つーか、なんだよ歌と暗算って……。

『確認できたみたいだね？』

「ええ、そして落ち込んでますよ……」

『心配しなくていいよ。その数字はあくまで目安、というかほとんど適当みたいなものだ』

「え、適当なの？」

『うん。その人間の能力を〝数字にしたらこのくらいかなー〟という感じに表示しているだけで、例えば君が防御力百くらいの人の首をナイフで切っても、普通に死んじゃうから』

いや、【防御力】じゃなくて【まもり】でしょ？　自分で作ったんだから、ちゃんと自分でもそう言うべきだと思うよ。

しかし、目安ね。あくまで目安。たしかにこんなんあった方が助かる。それでも、数字の低さは気になるが……。

『さぁ、本当に時間も押しているし、さっさと恩恵を授けちゃおう! まずは〝魔力の泉〟から。これは所有者の魔力を増幅し、魔法の威力を増大、魔法攻撃によって受けるダメージを軽減、おまけに魔力の回復速度も上がる激レアスキルだよ』

神様の台詞の最中に、既にその恩恵の効果とやらはステータスに反映されていた。たった《2》しかなかった【まりょく】が、一気に《10002》まで増大したのだ。【わざ】の欄にも《まりょくのいずみ》が追加され、どうやらこれで恩恵の受け取りは完了したらしい。

いや、うん。神様だもんね。ずば抜けた数字は、神様だからだよね? これが一般的な魔王の数値とかだったら、その鼻息だけで軽く死ねるんだけど?

『こんな激レアスキルを持っている人は、千年に一人いるかどうかだね。当然、他にも恩恵は授けるよ。君は本当にスーパーウルトララッキーだね』

幼稚園児かあんたは?

でも、たしかに有効そうなスキルだな。もし僕が魔法を使えるようになったら、MP切れを気にせず、バカスカ魔法撃ちまくれるわけだ。おまけに威力まで高くなり、敵の魔法攻撃も軽減されると。目安とはいえ、体力と魔力の数字は相手によらないから、ある程度正確なはずだ。あとは今のところ、比較対象がいないのが問題か……。

『サクサクいこうか。次の恩恵はその名も〝神の加護〟。その名の通り私の加護だ。効果は体力の増大、回復力、回復速度の上昇、ダメージの大幅軽減と、まさにチートスキル！』

なんだか〝魔力の泉〟の二番煎じ臭いな。どうせだったらこっちから授けてくれれば、素直に喜べたのに……。

と、ちょっとテンションが下がっていたら、《10》だった【たいりょく】が、爆発的に増大した。その数値は、なんと驚愕の《100010》‼　上がり幅は〝魔力の泉〟の比ではなかった。二番煎じとか思ってごめんなさい……。

『ちなみにこの恩恵を授かった者は、今まで一人もいない。正真正銘、君が初めて、唯一無二！どう、すごいでしょ？』

なんか神様がやけにハイテンションなんだけど。『ぼくのかんがえたさいきょうのかご』発表会じゃないいんだぜ？　大丈夫か？　ゲームバランス崩壊しない？

しかし《100010》か……。……ふふ……ふふふふふふふ——ふはっ——ふはははははっ‼　《100010》‼　十万十‼　じゅうまんじゅう‼　これもう、僕死なないんじゃない⁉　さっきの僕の一万倍でしょ⁉　おまけに物理、魔法のダメージ軽減。オートリジェネまで付いて、魔法撃ち放題‼

やばい。神様のテンションを笑えない。だって、僕も今すごく楽しい！

ゲームバランスの崩壊？　チート満載御都合主義？　パワーインフレ？　それがどうしたッッッ‼　こちとら実際に命がけなんだよ‼　生き残る為なら、できるだけの準備をするのは当然だ‼　文句言うやつは裏武○殺陣に魔導具なしでエントリーしてきやがれ‼　空○さんくらいの剛の者じゃなきゃ無理なんだよ、それ‼

「神様っ！　次は次はっ⁉」

『ふっふっふ。そう慌てるものではないよ。次はお待ちかねの魔法を授けよう』

「おぉ‼　うおぉぉぉおおお‼　マジで⁉　マジで僕魔法使えんの⁉」

もう俄然楽しくなってきた！　尻尾が付いていたら思いっきり振り回す勢いで、僕はスマホの画面に噛り付く。

『勿論使える。いや、使えるどころか、君は〝魔力の泉〟まで持っているのだ。ある意味、今日から君がこの世界最強の魔法使いを名乗ってもいい』

「すっげぇぇぇえええ‼　神様、ありがとう‼」

『いやいや、私の〝お願い〟を聞いてもらう為さ。これくらいは当然だよ』


あとから思えば……、このときの僕は高まるテンションにやられて、かなりアホになっていたんだと思う。もし過去に戻る事ができたなら、僕は一分おきにこの時間に戻ってきて、小躍りする僕自身に冷や水どころか氷水を浴びせかけて、その茹だった頭を冷やすだろう。

ここから、僕の最弱魔王生活は始まった。

《最上級水魔法》《最上級火魔法》《最上級風魔法》《最上級土魔法》《最上級光魔法》《最上級闇魔法》《精霊魔法》《回復魔法》《身体強化魔法》《時空間魔法》《古代魔法・重力魔法》《古代魔法・通信魔法》《古代魔法・幻術》《古代魔法・呪術》《古代魔法・召喚術》《無属性魔法》《鑑定》《鍛冶技術・レベル100》《錬金術・レベル100》《調合技術・レベル100》

【わざ】の欄がすごい事になっていた。これでもかとばかりに《最上級》のオンパレード（実際にはひらがなで表示されているが）。神様曰く『もうここまで魔法特化しちゃったら、間違いなく世界最強だね』との事。そりゃそうだ。でなきゃ《最上級》の名が泣く。なんたって《最上級》なんだから。それでこそ《最上級》である。

ちなみに、鍛冶技術や錬金術、調合技術なんかは、ダンジョンで落とすアイテム作りに使えるらしい。ダンジョンは侵入者を阻む為のものだが、侵入者が多いとダンジョンの維持が楽になるとかで、こういう技能があった方がいいそうだ。レベルは勿論マックス！

神様に言われなかったら忘れてた。僕の技能が上達するまで《やくそう》しか落ちていないダンジョンなんて、どれだけ味気ないかという話だからな。そうだよ。ダンジョンといえばお宝！　お宝のないダンジョンなんて、解決編のない推理小説みたいなものだ。あるいは甲子園に行けないで終わる野球漫画のようなものである。

しかし…………。

ふふふふふふふふふふふふふふふふふふふふ……。あはは、あはははははは‼

はあぁぁあっはっはっはっはっはっはっはっはっは‼

僕は強いっ‼　魔王？　誰だそいつ？　軍隊？　いくらでも来いそんなやつ等。十把一絡げに返り討ちにしてくれる‼

僕は魔王‼　世界最強の魔術王だ‼

……………………………………………………ごめん……。ごめん調子乗ったごめんごめんごめんなさい謝るから許してお金払うから言い触らさないでそんな目で見ないで‼　顔面から火ぃ噴きそう。そんなスキルないけど、絶対ここに誰か他の人がいたら出てた。新たなスキルに目覚めてた。恥ずかしい！　ものすごく恥ずかしい‼　いっそ殺せぇ‼

羞恥に苛まれ、ゴロゴロと床を転がる僕。なんか僕の知識が勝手に『中二病』とか『黒歴史』なんて言葉を検索してきやがる‼　おのれ地球‼　あの世界は僕の敵か⁉　滅ぼしちゃうぞ？　魔王だし。

心に軽く心的外傷《トラウマ》を負いながらも、その代償に得たものは計り知れない。自分を守る為だけというには、やや過剰な気もするが、それでもいざってとき困るよりはいい。ないよりはあった方がいいのだ。

僕の身分的に、勝てない相手に白旗振っても助かる保証なんてないからな。悪役が命乞いをしたら、それが既に死亡フラグ。相手も死ぬが自分も死ぬか、逆襲を企ててやっぱり死ぬかの、どちらかしか選べないのだ。それが魔王。

「ありがとう神様！　これで僕もやっていけそうだよ」

『うんうん。それは良かった。恩恵を授けてお礼を言われるというのは、新鮮だけれどやっぱり嬉しいものだね。いつもは物言わぬ魂に恩恵を与えているだけだから、どうしても味気なくてね』

「うわぁ……。なんか、ベルトコンベアで流れてくるごはんに、手作業で具を詰めるおにぎり工場の作業員みたいだね、それ」

『言い得て妙だ。まさにそんな感じだよ』

しかも扱っているのは人の魂。シュールだ……。

「神様っ神様っ！　それよりも魔法のためし撃ちしたいんだけど、いい？　いいっ？」

そんな事より今は魔法だ。ううぅ～っ‼　ワクワクするぅ～っ‼

『ああ、いやっ、ちょっと待ってくれ。ためし撃ちは、あとで広い部屋か地上でやってほしい』

「どうしたんですか？　なんだかちょっと早口だよ？」

早口というか、焦っているような雰囲気だ。

『いや、本当に時間が押しているのだ。私が地上に干渉できる時間は、そんなに多くないのだよ。その時間が、そろそろ切迫してきたというだけさ』

そういや、再三『時間がない』って言ってたっけ。

「え？　じゃあ神様といつでも話せるわけじゃないの？」

そのつもりだった僕は、ちょっとショックを受ける。声だけとはいえ、神様がいなくなったら僕はここに一人。それはあまりに寂しい。弱気に心細いと言い換えてもいい。

僕、この神様結構好きなんだよな。あまり威張らないし、子供っぽい感じがするのが。

『ふふふ。別れを惜しんでくれるのは嬉しい。けれど、声だけとはいえ私が地上に顕現し続ければ、それはそれで大変な事なのだよ。実際、今地上の《魔王の血涙》は、最大級の魔力嵐が発生しているはずだからね。だから、これ以上は地上に悪影響を残す事になってしまう。だが、お別れの前に、いくつかアドバイスでもしておくのが、年長者の見栄というものだ』

「そうですか……」

ならば仕方がない。……でもやっぱり寂しいな。いやいや！　ここまでしてもらって、さらにアドバイスまでしてくれるというのだ。僕はそれを心して聞こう！　別れまでに残された僅かな時間を、一瞬たりとも無駄にしない為に。

『ふふふ。そこまで深刻に捉えなくてもいいのだよ。一年もすれば、五分くらい君と話す事はできるはずさ。今生の別れという程でもない。さて、君のこれからについて、いくつか口を出させてもらおう。まずは地上に、海まで続くダンジョンを造ってほしい。これは、私の〝お願い〟の件もそうだが、それ以上に君の為だ。海まで続くダンジョンを造ったら、水を引いて飲み水を確保しないといけない』

「あ、そうか。ここで生きていくなら、水の確保は必須だね。他にも食べ物とか……」

あれ？　そういえば食べ物はどうしたらいいのだろう？　肉は獣とかを狩ればいいのか？　ワイ

ルドだなぁ。野菜はどうしようか……。なんかここって不毛の大地みたいだし……。

『まぁ実を言うと、君は魔王になったから飲まず食わずでもやっていけるのだけれど。それどころか病気にもならないし、寿命もない。知っているだろう？　魔王に毒攻撃なんて効かないのだよ。ただし、精神的には飢えるし、渇く。それはかなりのストレスを伴うはずだ。だからやっぱり、水は必要不可欠なのさ』

「へぇ。魔王って便利なんだな。でもたしかに、できるって言われても嫌だもんね。食べて飲んで寝る。それが人間ってもんさ」

『魔王だけれどね、君』

そうでした。

『ま、それは私にも君にも必要な事だから、これはいいか。じゃあ次だね。次は君の仲間の話だ。ダンジョンの運営は、やっぱり一人じゃ寂しいだろう？　できなくもないが、どうしたって人恋しくなるのが人情だ。だから、仲間を増やしなさい。アプリの《カスタム》から《召喚》という項目を選べば仲間になってくれそうな人が来るから、協力して頑張ってね』

そうか。《召喚》には気付いていたが、てっきりダンジョンを徘徊するモンスターでも呼ぶ為の機能かと思っていた。いや、それもできるが、仲間も呼べるという感じなのかな？

『あとはそうだね、真大陸や魔大陸の町に行ってみるのもお勧めだよ。通貨や物流を知っておけばいろいろと便利だし、お金を稼ぐのも君なら簡単だ。《カスタム》の《製作》という項目の中には、今この世界では作れないようなものもあるから、好きに作って売り払うといい。まぁ、作るには魔力が必要だけれどね』

「ほほぅ……。なかなかいい商材になりそうだね」

商売か。結構楽しそうだ。それに実を言えば、町に行くのは既に規定事項だった。

いかに強くなろうと、女の子のいない生活なんて耐えられない！　町に行けば人がいる。人がいるという事は、女の子がいる。女の子がいるという事は、美人がいる。《召喚》の事を知らなければ、今日にでも町を探して飛び出していただろう。

しかし、よく考えたらこの世界の事をあまり知らない僕が、軽々《けいけい》に町に出るのは良くないだろう。この世界の被服技術の基準がわからなければ、この学ランですら着ていっていいものか迷う。ま、脱げばいっか！

『こんなものかな。他にはないかなぁ……？　じゃあ、ついでにとっておきのプレゼントをして、私はお暇《いとま》するよ。くれぐれも無理はしないで、体に気を付けてね。君は強いし、魔王だから病気にはならないけれど、世の中にはどんな落とし穴があるかわからないのだから、ね？』

神様の言葉に、僕はにこやかに頷く。

「神様、本当にありがとう。なんだか流れで〝お願い〟を引き受ける感じになっちゃったけど、死なない程度に頑張るよ！」

『うん、こちらこそありがとう。ああ、そうだ！　言い忘れていたよ。くれぐれも覚えておいてほしい。君はこの世界で生まれた、確固たるこの世界の住人だ。もしも、私の意志と君の意志が対立したときは、躊躇せず自分の意志を尊重するのだよ？』

「う、うん……」

よくわからないけど頷いておく。たしかに、そういう状況というのはあるかも知れないし、神様はなにか具体的な状況を想定して忠告してくれたのかも知れない。まぁ、そうなればそうなったときにわかるだろう。

『さて、いよいよお別れだ。最後に大事な事も思い出せたし、良かったよ。今日から始まる君の人生が、愉快痛快であらん事を。じゃあね。

——あっ‼　やべっ、ちょっ、ま——』

…………。

なにも聞こえなくなってしまった。最後に聞こえた神様の焦った声に、頭の片隅で危険信号が鳴った気がした。

第一章 異世界の鬼は豆が好きっ!?

神様は去った。とでも言えば、なんだか絶望的にも聞こえるが、むしろ僕の心は希望に満ちている。

しかし、神様の最後の慌てた様子はいったいなんだったのだろう？　なんだかすごく不安にもなる。なにか重大な事を伝え忘れたとかだったら困るな。

でもまぁ、いっぱいスキルもらったし、ダンジョンの魔王としての力も結構使えそうだし、よほどの事じゃなければ笑って許せるだけの世話は焼いてもらった。それに案外、ただ単に持っていたトーストを落としただけかも知れないしな。あれ、絶対バター塗った方が下になるんだよな。なんでだろ？

とにかく、去ってしまったものはしょうがない。いつまでもくよくよせず、神様のくれたアドバイスを活かして、愉快痛快に生きていこう！　僕はアプリを起動したままのスマホに、再び視線を落とす。とりあえず地上に出てみよう――と思ったのだが、

「あれ、これはなんだ？」

画面下部に並んだ三つのアイコン、《カスタム》《セーブ》《ステータス》のうち、《ステータス》のアイコンの上部に赤い［！］のアイコンがくっついていた。

とりあえず確認してみるか……。

《アムドゥスキアス》【まおう】【ダンジョンマスター】
【たいりょく】《10010／10010》【まりょく】《10002／10002》
【ちから】《4》【まもり】《2》【はやさ】《6》【まほう】《0》
【わざ】《かみのかご》《まりょくのいずみ》《うた》▼
【そうび】《ガクラン》《スニーカー》《スマホ》

名前が付いていた。

これが神様の言っていた、最後のとっておきのプレゼントだろうか。しかしなぜこの名前なのだろう？

アムドゥスキアスはたしか、ソロモンの七十二柱の悪魔の一柱で、序列は六十七番。ユニコーンの姿で現れて、音楽関連の恩恵をもたらす悪魔だったはずだ。

というか、なぜ僕にはこんな知識があるのだろう？　頭の中で、脳が勝手に『オタク』というワードを引っ張ってきた。まったくもって意味不明だな、うん。なぜここで家の丁寧語が検索されたのか、僕にはとんと見当がつかない。

まあいい。とりあえず、神様のアドバイスに従おう。他にする事もないしな。

先程造った通路。この広い部屋にくっついている、唯一の道へと足を進める。とはいえ、五ｍも進めばそこはもう行き止まりだ。ここもまた、真っ白な石材でできている。壁も床も天井も。

今まで気付かなかったが、この白い壁は発光しているようだ。特に光源もないのに明るいと思ったら、この壁や天井が光っていたかららしい。床は光っていないな。

まずはこの先に、生活用の大きな部屋を造って、そこからさらに地上へ続く階段を造ろう。寝室やトイレも造らなきゃな。

《カスタム》をタッチ。そこから《製作》を選択し、さっきまでいた部屋の三倍くらいの広さの部屋を製作。《セーブ》っと。なにもないただの部屋を造っただけなので、確認もおざなりだ。

「やっぱりキモいな……」

固そうな石材がにゅるにゅる動いて部屋になっていく様は、正直ここに住むのを拒否したくなるレベルで気持ち悪い。

広い広い、広大な純白の部屋。端から端に行くまで、歩いて何分もかかるだろうという広さである。歩きながら、この部屋の調度品でも揃えるとしよう。

《製作》の中には、さっき神様の言っていた通り、いくつかの現代的な品も含めたリストがあった。とりあえずガラスの円卓と御影石の椅子、壁は一部鏡張りにして、クローゼットに食器棚、陶製の食器に銀のナイフやスプーン、フォーク。あとは隣にトイレと風呂場、寝室も造るか。

って、ベッドや布団はリストにないのか。今夜は床で寝るしかないという事だな……。とほほ……。

トイレは当然水洗。仲間が増える事も考えて、男女別にしておこう。水道設備がないので、まだ水は出ないんだけどね。お、温水洗浄便座付きだな、やりぃ！　って、そこまで配慮するなら寝具の一つくらいは入れておいてほしかったね。せめて枕と毛布くらいは……。風呂は大浴場だな、やっぱ！　これは男女共用。

いや、あれだよ？　水の節約とか、スペースの問題とか、そういう理由だよ？

ぽんぽんと製作していき、最後に入念に確認作業を行う。うん、問題はなさそうだ。と、確認すると同時に、部屋の端の壁に到達。

「確認良し。ほい、《セーブ》っと」

振り向くと、どこの豪邸だよと聞きたいくらいの、見事なリビングができ上がっていた。これがものの数分で自作できるとか、ダンジョンの魔王ってのは伊達ではないな。

しかし……、それにしたって……、

「簡単すぎるだろ、これ……」

こんな簡単に大豪邸のリビングが自作できるなら、ローマだって一日にして成る。万里の長城も一人で造れるだろう。あ、いいな。万里の長城風迷宮。一本道だから迷宮って感じじゃないだろうけど、それはそれでやり方はある。

まあ、そういう具体的な話はあとにしよう。今は、今やるべき事に集中だ。僕が再びくるりと身を返すと、そこには広めの階段が伸びていた。入ってきた通路のちょうど反対側。そこにあるのは、地上に通じる階段。異世界の空の下への道。

しかし、扉がないのは見栄えが悪いな。そう思い立ったが早いか、とっとと造ってしまう。観音開きの金属扉。ついでに反対側の通路にも付けとく。

「うんうん！　だんだん様になってきたじゃないか！」

もう一度部屋をぐるりと見回し、僕は扉を開く。さあ、異世界の空気でも吸いにいこうか！


赤茶けた大地。そこを舐める風は砂埃を巻き上げ、荒々しく疾駆する。緑は薄く、地面を這うように点々と大地に根付き、ところどころに砂にまみれた雪も残っている。背の高い緑はどこにも見当たらなく、あったとしてもこんなどんよりとした曇り空では、その姿も映えまい。厚い雲が天を覆い、太陽のある辺りが薄ぼんやりと光っていた。風は冷たく、ピリピリと肌を刺すような冷気が僕を苛む。

これが、僕が異世界で初めて見た景色だった。

なんともうら淋しく、それ以上に死を連想させるような厳しい光景だ。赤茶けた大地は、《魔王の血涙》の名には相応しいが、その名から連想できる派手さは皆無である、なにもない大地。そこは――

「さっぶぅー！　つか、なんで部屋の中が適温だったのかはよくわからないけど、助かったな」

こんな気温で日常生活ができる程、僕は現代人を卒業できていない。どう考えたって暖房が必要だ。そして、暖房といえば灯油か電気を思い浮かべる僕に、おそらく薪か魔法を思い浮かべるであろうこの世界は、少々過酷すぎる。

「しっかし、見渡す限りの地平線じゃないか」

海なんてどこにあるんだ？　歩いて海まで行けとか言われたら、軽く泣ける。

びゅおおおぉぉぉぉ‼

「うおぉぉぉ！　寒い！」

とてもやってられん！　ここは一時撤退だ。出てきた階段に転がり込むと、そこはもう別世界。階段の踊り場に一歩入り込めば、暑くもなく、寒くもない。まさに快適の一言。目の前で勢い良く風が吹き抜けていっても、こちらにはそよとも吹きつけない。

「ホント、どうなってんだこれ？」

僕がなにげなく、口にした疑問。当然、答えを求めてのものではなかったのだが、驚いた事に、その疑問には答えが返ってきた。

『ダンジョンの内部は、外界と完全に隔絶された空間です。外のいかなる現象も、ダンジョンの内部には効果を及ぼしません。逆に、ダンジョンの外へと影響を及ぼす事もできませんので御注意ください』

声の発生源は、僕の右手。そこに収められたスマホであった。電子音のような、人工っぽい女性の声。僕は少し驚きつつ、持ち上げたスマホに話しかけた。

「お前、喋れたのか？」

『正確には、発声しているわけではありません。音声を発しているのはこの端末の機能ですが、意志疎通が可能かどうかという質問であれば、肯定です』

うん、面倒臭い喋り方すんな。『はい』でいいだろ。

「えっと、お前は？」

『私はマスターをサポートする為のアプリシステム、《ダンジョン造ろうぜ！》です』

おい、なんか今《ダンジョン造ろうぜ！》の部分だけ、やけに情感籠もってなかったか？　いいんだよ、ウザさの再現とか！

「画面は低スペックのくせに、音声出力できるのか。なんかアンバランスだな……。えっと……、なんで今まで黙ってたの？」

『マスターからの質問に答える為のプログラムだからです。質問がなければ、必然的に回答する事は不可能です』

ああ、なんだ。やっぱり神様みたいに、意志を持って話しかけてきてくれたわけじゃないんだ。ちょっと期待したんだけどな……。

「あ、じゃあ、質問に答えてもらえる？　ここから海までどのくらいの距離があるかな？　僕、神様に真大陸と魔大陸を分断するよう頼まれてるんだ。でも地理もわからないし、どうしたらいいかちょっとわからなくて……。教えてくれるかい？」

『了解しました。ここから一番近い海岸まで、約四百八十㎞です』

おうふ……。時速百㎞で走ったとしても、到達まで五時間近く。勘弁してくれ……。こちとら生身なんだぜ？

『分断するだけならば、この《ダンジョン造ろうぜ！》』「やめい！」『があれば海岸に向かう必要はありません。画面をズームアウトすれば、ダンジョンの外の様子まで確認ができます。また、そのまま大陸を分断するようにダンジョンを創造する事も可能です』

「ズームアウト？」

声に言われるまま、画面をピンチインさせる。指を、画面上でなにかを抓《つま》むように絞っていくあれだ。すると、今まで見ていた四角い二つの部屋が、小さなドットになった。その周りは真っ黒で、他にはなにも見えない。

「？」

『《カスタム》の《製作》から、地上部にダンジョンを作製してください。今のままでは、地下空間しか表示できません』

おい。今、僕質問してないよね？　なんか、『当たり前だろ？　バカか？』ってニュアンスのセリフな気がしたんだが？

もやもやしたものを抱えつつも、言われた通り階段の周りを《カスタム》で整える。どうせなら神殿風にしよう。パルテノンみたいな。

『早くしてください』

「お前もう、絶対自由意志で喋ってるよねっ⁉」

急かされて仕方なく、そこそこの出来でセーブする。もうちょっと凝りたかったんだけどな……。

アテネのドリス式建築物っぽいものが目の前にでき上がった。やっぱり、細部がイマイチだな……。

あとで直そう。

スマホの画面の左端に、小さく1Fの文字が表示され、周囲の状況も俯瞰できた。どうでもいいが、やけに鮮明な航空写真なのがムカつくな。これなら、もう少し文字に容量を割けるだろ。別に普通の地図で構わないんだし。むしろ僕は、この鮮明な写真よりも、1Fの文字に感心している。アルファベット使えるのか。よくやった！　と。

『地上にダンジョンを製作する際には、元の地形のままダンジョンに組み込むか、まったく新しい空間に置き換えるかを選択できます。つまり、まったく手を加えなくても、ダンジョンに組み込めばそこはマスターのダンジョンとなります。逆に、新しく壁や床を造れば、その分は上書きされます。上書きされた分の物質は、この端末に保存され、主に《製作》などで使用されます。また、任意の取り出しも可能です』

もはや当然のように、ぺらぺらと話しはじめるスマホ。こっちは感心しない。

「とりあえず、元の地形を残したまま海までダンジョンを広げよう」

『どの場所からも侵入可能ですが、よろしいのですか？』

「あとでちゃんと迷宮仕様に変更するさ。取り急ぎ、まずは水の確保が優先。飲み水、風呂、トイレに必要だからね」

さらに画面をズームアウトし、この《魔王の血涙》の全体を俯瞰してみる。でかい大陸からぴょこんと飛び出した弓状の半島、それがここ《魔王の血涙》らしい。このでかい大陸が魔大陸で、反対側の大陸が真大陸か。くっついてこそいないが、こちらもかなり近い。地球の現代技術さえあれば、橋くらいなら架けられそうだ。そこそこ長い橋にはなりそうだが。

ちなみに、近くにある極点が南極なのか北極なのかはわからないので、方角はわからない。もし上が北なら東が魔大陸で、西が真大陸である。

《魔王の血涙》はほとんどが平地だ。川もない。魔大陸側に一つ山がある以外は、ほとんどなにもないといっていい土地だ。さぞかし戦争しやすかっただろうな。僕からしても、ダンジョンを造りやすいけど。

そのまま《カスタム》で《選択》という項目から、半島の両岸を含む範囲を選択。選択したあとに《製作》からいろいろといじれるようだが、今回はなにもせずにセーブする。

すると、確認画面ではなく警告画面が表れた。

[警告!][選択した範囲には生物が存在します。このままダンジョン内に取り込みますか?]

[排除][維持]

なにやら物騒な選択を迫られた。よし、今度はちゃんと質問しよう。

「これってどういう事?」

『選択範囲に生物が存在している場合、そのままではダンジョンの創造時に内部に侵入を許す事になります。[排除]を選択すると、生物をダンジョン外に強制転移させる事ができます。[維持]の場合は侵入されたままです。あまりお勧めはできません』

「でも排除したところで、まだこのダンジョンはなにもないし、どこからでも侵入可能じゃん。[排除]を選んでも意味ないだろ?」

『はい。その通りです。のちのち改変するときにも同じ警告が表示されますので、排除はそのときでも構わないでしょう。ただ、敵となる者が侵入している危険性があるという事だけは、ゆめゆめお忘れなく、十分御注意ください』

おおう。殊勝な事言うじゃないか。これがアレか？　ツンデラ？　あれ？　ツンドラ？　なんだっけ？

『マスターが死ねば、私も機能停止しますので』

おぉっと、ただの自己保身だった。

『マスター、私の為にも死なないでくださいね……』

「一見いいセリフだな⁉　直前のセリフさえなければ‼」

『マスターはたぶん、あっさりぽっくり逝きますから』

「怖い韻を踏むな‼」

ちょっと楽しそうなのがより怖い。

「それに、僕はたしかに見た目弱そうだけど、神様のお陰で超パワーアップしてるのだ！　簡単には死なないさ！」

『これほど見事に、まさに絵に描いたように他人の褌で相撲を取る人を見るのは初めてです。恥ずかしくないいんですか？』

「とうとうお前から質問してきたなっ？」

うるさいよっ！　僕だって情けないのは自覚してるさ。

『自覚していればいいという話でもないのですがねぇ』

「僕、今口に出してないよねぇ⁉」

なにこいつ？　ちょっと怖いんだけど……。

『マスター、話を進めましょう。冗長です』

「誰のせいだよ……」

もういい……。疲れたので、とっとと［維持］を選択してセーブする。

はぁ……。このスマホめ。お前なんか、これからスマ子と呼んでやる。

『マスター、怒りますよ？』

「ごめんなさい……」

マジで怖いんだけどぉ‼

『もしくは起こります』

「なにがっ⁉」


もうやだこの子……。

【ゴブリン】《123匹》

【オーク】《13匹》

【レッドキャップ】《4匹》

【オーガ】《1匹》


ダンジョン内に取り込まれた生物の名前とその数が、スマホの画面に表示されていた。かなり広範囲を取り込んだはずなのに、これだけしかいないというのは少し不思議だった。SFだった。

まぁ、寒いからな。それも仕方がないのだろう。

「まぁ、今はそんなのどうでもいいや。とりあえず、海岸から水を引こう。早く風呂に入りたいし」

『きちんと上下水道を整備しないと、大惨事になりますよ？』

オーケーオーケー、そこら辺は抜かりはないさ。上水と下水が混じったら、それこそ目も当てられぬ大惨事だからな。取り込んだ水は、水道管という名の細い通路を造ってそこに流す。使った水は別の通路に流して反対の海に排水する。ただ、垂れ流しではいろいろと問題もあるから、どこかで下水処理用の設備も造らなければな。それまでは、肥溜めみたいに溜めておくしかない。

「よし、できた」

『ちゃんと確認してから、それで良ければセーブしてください』

「？　ああ……」

なんだいきなり？　言われなくても、確認画面をチェックしてるよ。わざわざ口にしなくても、画面に出てるんだからいいだろうに……。ってか、今までそんな事、いちいち言わなかったのにな。

どうしたんだ、いきなり？

「セーブっと」

ふっふっふ。これでようやく風呂が使える。

「では早速♪」

僕は喜び勇んで踵《きびす》を返す。こんな殺風景な場所に用はない。階段を軽快に下り、すぐに観音開きの扉までたどり着く。

そういえば、まだキッチンを造っていなかったな。水道もできたし、ついでに造っておくか。

扉を開き、スキップしながらリビングを横切る。大浴場はこのリビングに隣接した場所にデカデカと造ったのだ。まずは脱衣所。ここは男女別なので、少し小ぢんまりとしている。隣は女子用の脱衣所である。

ぐっふっふっふっふ……。いずれ仲間が増えたら、ここでいったん分かれてから楽園で再会を果たすのだ。そして一緒にお風呂に入る。夢が広がるじゃあないか！

内部には洗濯用のスペースもあるが、残念ながらその洗濯は手作業である。流石に洗濯機は造れないらしい。っていうか、たとえ造れても電気がない。

まあ、今は脱衣所はいいか。特に用はない。問題は大浴場の方だ。大浴場。つやつやのタイルを素足で踏み締め、最奥に鎮座する金の獅子へと歩み寄る。咆哮を放たんばかりに、雄々しく口を開けたライオンが、こちらを睨んでいた。和風にしたかったのだが、有機物が造れないので木造は無理。まあ、石造りならこっちだろう。水の元栓はライオンから少し離れた湯船の隣だ。

「ふぅ……。……よっし！」

一度大きく息を吐き出し、気合を入れて元栓を掴む。

「いくぞ！」

誰にともなく宣言し、一気に元栓を開け放った。

……あれ？

なにも起こらない……。ライオンも、どこか呆れたように欠伸をしている。なんか恥ずかしい……。

しかし、いったいどうした事だ？　スマホを確認しても、ちゃんと水道は通っている。きちんと確認したのだから当然だ。ためしにもう一度セーブしてみる。……なにも起こらない。

「いったいどうなってるんだ？」

僕はわけもわからず、スマホに問う。スマホの答えは簡潔にして単純明快。

『直線距離で四百八十kmも離れているのですから、まだこちらに水が届くわけがないじゃないですか』

「…………」

は――恥ずかしぃぃぃ‼　水道さえ整備したら、すぐに水が使えると思ってたっ‼　これが現代っ子か……。

僕はそそくさと元栓を閉め、お湯の入っていない湯船の中に入って体育座り。

『時間ができたのであれば、ダンジョン内の生き物を確認しておいた方がいいかと思います。こちらに敵対的な者もいるかも知れませんし、魔物もいましたので』

いや、僕もそれどころじゃないんだけど……。穴があったら入りたい……。あ、落とし穴なら簡単に造れるや。造ろうか。そして落ちよう。

『マスター、現実逃避はあとにしてください。あなたの命がかかっているのですよ？』

ちょっと強い口調で、窘《たしな》められた。はい、ごめんなさい……。

「えっと、どうやればいいんだ？　スマホで見るのか？　これでズームインするとか？」

スマホに怒られて、素直に従う魔王。客観的に見ると、とても情けない。

『いえ、今のマスターでも、この端末を使う必要もなく確認できます。マスターはダンジョンマスターですから、やろうと思えばダンジョン内の全てを知覚できます。ダンジョンマスターにとって、ダンジョンとは自らの体のようなものですから』

「はぁ？　マジで？」

『マジです』

それは、ちょっとすごいな。つまり、この場にいながら遠くの相手の姿を覗けるって事か。うわぁ、超能力っぽい！　楽しそう。あと、全然関係ないけどダンジョン内に町を造るのってアリだよな？いや、全然関係ないけど。銭湯とか造ろうと思ってるけど、他意なんてこれっぽっちもないよ？

「っていうか、それなら不意打ちも闇討ちも心配しなくて良くないか？」

全ての生き物の動向がわかるなら、このダンジョンで僕を不意打ちなんて絶対無理じゃん。逆に、こっちが不意打ちし放題だよ。

しかし、スマホは僕のその考えを否定する。

『いいえ。たしかにマスターはダンジョン内の全てを知覚できます。ですが、知覚と把握は別です。あくまでも、意識をすれば認識できる、というものです。ダンジョンの中であろうと、油断をすれば不意を突かれる事は十分にあり得ます。現に今も、マスターは侵入者の動向を認識できていないでしょう？』

まあ、そうだね。例えば、大都市を上空から双眼鏡で眺めても、その街に住む全ての人間を確認する事はできないという事だろうか。

『それに、マスターは同時に複数の情報を処理できますか？』

「あ、そっか。そういう問題もあった」

『はい。片方を注視しているとき、別の方に意識は割けません』

さっきの例えで言うなら、もし街の住人を一ヶ所に集めて双眼鏡の視界に収めたとしても、個人を判別するためには結局、一人一人をじっくり見なくてはならない。魔王だなんだといわれても、僕の中身は所詮凡俗、一般人。マルチタスクを求められても、僕の処理能力では水道の例をあげるまでもなく不可能だ。

「じゃあまずは、一人だけいるオーガの動向でも探ろうかな。まずは少ないところから慣れていこう」

『それがいいでしょう。オーガは先程確認された生物の中では、一番強力な個体です。こちらに敵意を持っているようであれば、早急に始末した方がいいでしょう』

だから言い方が怖いって。でも、また怒られるのは怖いので、とりあえずスルーして話を進める事にする。

「どうすればいい?」

『ただ念じるだけで構いません。もし難しいようなら、声に出してみると、やりやすいかも知れません。いずれは念じるまでもなく、意識さえすれば文字通り手に取るように把握できます。ですが、今はおそらく無理でしょう』

ふむ。そんな簡単な事で本当にできるのか? やや懐疑的にはなるが、既に超常の力を見るのも使うのも慣れてきたのか、そこまで驚きはない。とりあえず、言われた通りにやってみる。

「確認、オーガ」

僕がそう発声した途端、今現在目の前にある大浴場の光景とは別に、赤茶けた大地の景色が見えた。

この感覚を言葉で言い表すのは、ちょっと難しい。テレビを二台並べて見ている感覚に近いだろうか。勿論そんな経験はないのだが、片方に意識を集中すると、もう片方への意識が逸れるのは、それに近いだろう。あるいは、カメラで被写体にピントを合わせたとき、他の景色がぼやける感覚、とでも言えばいいだろうか。

どちらにしろ、科学技術の発展していなさそうな剣と魔法の世界では、説明に窮する感覚だ。

「できたな。つか、本当にできちまったな」

今まではなんだかんだと、スマホを間に置いた状態で超常の力を行使してきた僕であるが、これは正真正銘自分自身のみで行使した権能、異能である。

僕って本当に、人間じゃないんだねぇ。

特に感慨や悲観はなく、淡々とそう思いながら、もう一つの視界に映るオーガに意識を集中させる。

どうやら僕は、あまり長い間ウジウジ悩むのは嫌いな性分らしい。瞬間的に落ち込みはしても、後を引かない能天気な性格のようだ。水の事も、今は後回しでいい気がしてきた。我が事なのに『らしい』とか『ようだ』とかいう曖昧な物言いなのは、僕自身まだ自分のパーソナリティを理解していないからだ。

「なんか、すごく警戒されてね？」

視界の中で、赤茶けた大地に立つ一人の鬼が、油断なく辺りを見渡していた。

黒に近い灰色の肌、漆黒の一本角がその額から天を衝かんとばかりに伸び、簡素な衣服というか、ただの布のようなものを纏っている姿。あれだ、トーガってやつに近い気がする。あれを、もっと布を多くして全身を包んだ感じ。鎧などは身に着けていないが、隆々とせり上がった筋肉は、どう見ても天然の鎧だ。見た感じ、線は細いのにな……。

そういった細マッチョな感じも含めて、結構格好いい感じの青年である。

『それはそうでしょう。いきなりダンジョンに取り込まれたのですから』

「えっ⁉　ダンジョンに取り込まれたのって、そんなに簡単にわかるものなの？」

『当たり前じゃないですか。なにを言っているんですか？　いきなり極寒の空の下から、快適な室内に入ったような温度差なんですよ？　マスター程のアホでもなければ、誰でも気付きます』

「おい、とうとう直接罵倒してきやがったな？　この野郎……」

どんどん生意気になっていくスマホを意識の外に追い出し、オーガの方に集中する。

「まずいな……、今はただ警戒されているだけだけど、ファーストコンタクトを間違えれば敵対されそうだ」

なにより、ああも警戒されてしまっては、話を聞いてもらえる状態にするだけでも一苦労だ。

『でしたら排除してしまえばいいでしょう？　敵対する危険性を押してまで、今無理に接触する必要はありません』

うーん……、でもできればそういう事はしたくないんだよなぁ……。この地をダンジョンに取り込むからって、先住民の人たちを無理やり追い出すのは忍びない。それに、僕だけでは私生活にも支障をきたす。ここにきて知識の整理もついてきた僕ではあるが、一向に料理や食べ物に関する知識は上辺だけしか思い出せない。きっと僕は、料理のできない男だったのだろう。ほら、僕ってワイルド系だから。

『はぁ？』

「だから、喋ってない事までツッコむなよ！　しかも、今のたった二文字のセリフにありありと嘲笑する雰囲気が含まれてたぞ⁉　随分と感情表現も上手くなってきたなぁ⁉」

『そんな事より、今はオーガに集中しましょう。対話をお望みであれば《召喚》で呼び出してしまえばよろしいのではないでしょうか？　《召喚》を使って呼び出すと、マスターの仲間になる事を了承しなければ、召喚時に使用される《召喚陣》からは出られません。仲間になる事を了承すれば、その後マスターに危害を加える事はできません。そういう制約がかかります』

「そうか！　その手があったか！」

早速スマホを操作して、《カスタム》から《召喚》を選択する。

「いろいろ項目があるな……」

っていうか多い……。全部入力していたら、カップラーメンからスープがなくなるくらいの時間がかかりそうだ。

『全てを入力する必要はありません。なにも入力せずとも、召喚そのものは可能ですから。その場合、完全にランダムな召喚となりますが』

なるほど。でも、僕はこれからあのオーガを呼ばなければならないんだ。それなりの情報をインプットしないといけないだろう。［名前］［種族］［年齢］［性別］［身長］ｅｔｃ．《エトセトラ》……。まだ見た事しかないオーガを呼び出すには、いささか厳しい要求である。ここまで知ってたら、それはもう〝仲間〟になっているだろうに……。

『マスター、まさかとは思いますが、御自分の能力《鑑定》を忘れていたりはしませんよね？　いくらマスターでも……』

あ。

「まままっさかぁ！　そ、そんな事あるわけないじゃないじゃないじゃないじゃないですかぁ！　もう、僕のスマホは本当にわけのわからない事を言うなぁ！」

『…………』

沈黙が痛い。急いで《鑑定》と念じて、誤魔化すようにオーガのステータスを覗いてみる。

《オーガ》【いっぽんづの】【たびびと】【はぐれもの】
【たいりょく】《1205／2600》【まりょく】《12／89》
【ちから】《1220》【まもり】《2819》【はやさ】《298》【まほう】《12》
【わざ】《こんぼう・レベル55》《じばしり》《りょうり》▼
【そうび】《ぬの》《こんぼう》《ナイフ》

「《鑑定》までファミコンスペックかよ‼」

見づらいよ！　お陰で、オーガの強さに驚いたり、自分のステータスと見比べて落ち込むより先に、真っ先にスペックにツッコミ入れちゃったよ‼

あれ？　でもこれ、名前以外に使えるデータなくね？　体力とか魔力、その他ステータスは入力する項目ないし、装備みたいな変わりやすい項目があるわけもない。

『まあ、《召喚》で呼ぶ者の選定くらいなら、私が介入できるのですけれどね。あのオーガを呼びますので、なにも入力せずとっとと《召喚》を選択してください』

それってわざわざ《鑑定》使う必要もなかったって事だよね……？　なんでこんな遠回りを？

『暇だったもので』

…………もうヤダこの子……。

私にとって、世界とはとても生きづらいものだった。あの人に出会うまでは――

頑強な肉体と豪腕、それがオーガという種族の特性だ。そんなオーガの里に生まれた私は、幼い頃から皆に蔑まれて生きてきた。親は一本しか角のない私に、三日に一度しか食事をさせなかった。二本の角がある弟は、日に二度も食事を与えられるのに。外に出れば、大人も子供も、私を見ては嘲笑した。

オーガにとって、角とは力の象徴である。普通のオーガは、両のこめかみから二本の角が生えているのに、私には額の中央に一本のみ。折られたわけでもなく、生まれながらにして一本しか角のなかった私は、力こそを信奉するオーガの里では常に爪弾《つまはじ》きにされた。子供は寄ってたかって私を殴り、ときには大人にも殴られた。『お前を殴ったせいで、子供が怪我をした』などと言われて……。

常にお腹を空かせていた私は、ろくに反撃もできなかったというのに。

我ながらよく死ななかったものだと感心すらする程、当時の私は殴られ続けた。

成長するにつれ、私は自分が虐げられる理由を知った。そして、それを解決する術がない事も。

貧弱な、痩せっぽちの一本角のオーガ。同年代のオーガや、弟ですら既に私よりも大きな体を持っているなか、こんな自分がのけ者にされるのは当然だ。力こそを信奉するオーガの一族において、私などはただの恥なのだ。そう思ってしまう私も、やはりどうしようもなくオーガだった。しばらくして、私は里を出た。これ以上、オーガの一族に恥をかかせるわけにはいかなかった。なにより、ここにいるのは寂しくてつらかった。

誰も見送りにはこなかった。

私も、もうここに戻るつもりはなかった。親にも弟にも、もう二度と会わない決意をして、旅に出た。


でもなぜか、目からは涙が出た。

それから私は、魔大陸の各地を旅した。旅を始めて良かったのは、好きなだけ食事ができるようになった事だろう。森に入ればたわわに実った果実があり、動物がいる。魔物もいて危険だが、貧弱であってもオーガはオーガ。それなりに力の強い私に、野生の魔物はそこまでの脅威ではなかった。私の体は、ようやく少しずつ大きくなっていった。無論、普通のオーガのような、立派な体格ではなかったが……。

魔大陸の各地を旅して回るにつれ、いろいろな事を知るようになった。例えば、力を信奉するのはオーガだけでなく、多くの魔族がそうであるという事。魔大陸では力を持つ者こそが尊敬され、力なき者は虐げられて当然、という風潮が罷《まか》り通っている。無論、少数派もいるが、大多数は力こそを尊び、その頂点である魔王や支配者に追従しているのだ。

とはいえ、旅の道中で出会った魔族のなかには、私に温かく接してくれる者もいた。だがやはり、一本角は蔑みの対象となる事が多かった。そのたびに、優しい人たちに迷惑がかからぬよう、すぐに旅に出る事を繰り返した。あるいは私は、その優しい人たちにすら軽蔑されるのを恐れたのかも知れない。


一人で旅に出るとき、どうしてか、そのたびに涙が出た。


あるとき、滞在していた町に魔王様が赴いている事を知り、会いにいった。

魔王様。絶対的な強者にして、支配者。魔大陸に数人いる魔王様は、例外なく支配者として君臨している。魔王という名は称号ではない。魔王は魔王であり、魔王という確固たる、あるいは唯一無二の存在なのだ。事実、子を生《な》した魔王様の話も珍しくはないが、その子供は魔王ではない。

私にはその判断基準はわからないが、なにか明確な違いがあるそうだ。それゆえに尊敬され、それゆえに憧憬と崇拝を集める魔王様。

例に漏れず、私にも魔王様に憧れる気持ちがあった。私はオーガとしては弱いけど、他の魔族と比べればそれなりに強い。魔王軍という絶対的な力の一員になれるなら、こんな自分でも少しは誇れるのではないか。そう思って魔王様に会った。

魔王様は私を見るなり、こう言った。

「オーガが配下に加わりたがっているというからわざわざ出向いてやったのに、よりにもよって一本角か。吾輩の配下には、オーガより上位の魔族も多い。一本角風情を配下に加えれば、吾輩の威光に障るというもの。話にならん」

そう言って私を嘲った。それくらいの罵倒は、私にとっては日常茶飯事だった。だから私は、なにも言わずにその場を辞した。その場を辞し、そしてその町もあとにした。

でも、やっぱり涙が出た。

私は、この世界に不要な存在なのだろうか?

幼い頃から幾度となく考えた疑問。そのたびに、その事を考えないようにしてきた。

でも……――

私にとって、世界はとても生きづらいものだった。

赤茶けた大地、吹き荒ぶ風。ここは《魔王の血涙》と呼ばれる、魔大陸の北の果て。海に面した土地にゴブリンやオークなどが細々と暮らしている他は、魔物くらいしかいない土地。寒さのせいか、ほとんど植物も育たない死の大地。

私はなぜ、こんなところに来たのだろう……？

おそらく自暴自棄になっていたのだろう。旅慣れていたため、数週間は飢えないだけの食料はあるが、ここにいればすぐに底を突くだろう。いっそ、ゴブリンかオークに頭を下げて住まわせてもらおうか。だが、日々の食にも事欠く彼等に居候を願っても、いい顔はされないだろう。ましてや私は一本角。蔑まれこそすれ、歓迎など望むべくもない。

ふと気付いて前を見れば、彼方にレッドキャップの群れが見えた。まだこちらには気付いていない。

レッドキャップは真っ赤な鬣《たてがみ》を持つ魔物だ。二本の足で歩くも知性はなく、凶暴にして残忍。個々の強さは特筆するようなものではないが、この魔物の厄介な点は群れをなす事だ。大きな群れに襲われれば、町や村が滅ぶ事もある。そんなレッドキャップの群れが、今私の目の前にいる。

私は自分で作った木の棍棒を抜く。目の前のレッドキャップは、そこまで大きな群れではない。せいぜい二十数匹。だが、ゴブリンやオークにとっては脅威だろう。襲われれば少なくない被害が出る事は確実だ。彼等の為、私は戦う事を決意した。

もしかしたらこの事を知った彼等が、温かく私を迎えてくれるのではないか。そんな打算もあった。

オークの村は蹂躙されていた。

二十匹あまりのレッドキャップを倒し、意気揚々とオークの村を訪れた私は、その惨状の前に立ち尽くした。あそこにいたレッドキャップは、どうやら群れの一部に過ぎなかったらしい。百を優に超えるレッドキャップが、その小さな村を蹂躙していた。

まだ戦っているオークがいるのだろう。大きな戦闘音と、レッドキャップの咆哮が聞こえる。廃墟と化した家々と、死体となったレッドキャップとオーク。その死体を喰い散らかしているレッドキャップ。

それを見て私は、彼等を助けにいく事ができなかった――

レッドキャップの数が多すぎる。このまま私があそこに向かっても、数の暴力に押し潰されて終わりだ。

私は、蹂躙される村を眺めている事しかできなかった……。

そのとき、天の恵みか、普通ではあり得ない程の魔力嵐が突然発生したのである。

魔力嵐は、多くの魔力が暴風のように吹き乱れる珍しい現象である。自然界にある魔力は、普通は視認できないのだが、魔法などを使う際に僅かに揺らぐ。魔力嵐は、その〝揺らぎ〟が全方位に発生し、景色が歪む。この魔力嵐が発生している間は、魔法が使えなくなり、おまけに、魔力嵐のあとは多くの魔物が生まれるので、普通は忌避されるものだ。

だが、今回はこの魔力嵐に救われた。魔力嵐で一番の被害を受けるのは、人でも動物でも大地でもなく、魔物なのだ。魔力嵐は魔力が吹き荒れる。私たち普通の生き物であれば、揺らぐ景色に酔ってしまう程度にしか直接的な被害はない魔力嵐だが、魔物にとっては致命的な災害となる。普通に生まれた私たち魔族と違い、魔力溜まりと呼ばれる場所で自然発生する魔物は、魔力嵐に存在そのものを揺るがされてしまうそうだ。

長いこと吹き荒れた激しい魔力嵐は、そこに集まっていた夥しい数のレッドキャップの命を全て刈り取った。残ったのは、レッドキャップとオークの死体の山と、破壊されたオークの村だけ。

私はただ、呆然と立っていただけだった。なにもしていない——なにもできなかった。

いや、違う。私は多くのオークを見殺しにした。これからゴブリンたちを訪ねようにも、どの面を下げて会いにいけばいいというのか……。私は逃げるようにその場を去った。

本当に行く当てがなくなってしまった。

魔大陸には戻りたくない。真大陸などに行けば命はないだろう。良くて奴隷だ。

どうしようか……。

ああ……。…………………つらい……。

なぜだろう。やっぱり涙が出る。

本当に私は、誰にも必要とされていないのだろうか。誰も私を好きじゃないのだろうか。寂しい。世界中回ったなんて言うつもりはないが、世界なんて小さくて、窮屈で、つらいものでしかなかった。寂しい。だからだろうか？　だから私は、ここに来たのだろうか？　寂しい。だからここに、死にに来たのだろうか？　寂しい……。

寂しい。

寂しい。寂しい。

寂しい。寂しい。寂しい。

寂しい。寂しい。寂しい。寂しい。

寂しい。寂しい。寂しい。寂しい。寂しい。寂しい。

ああ、溢れ出してしまった……。

もう……………、だめだ……。もう抑え込めなかった。目からは涙が溢れ、口からは嗚咽がこぼれた。幼い頃に殴られていたときのように蹲《うずくま》り、必死に震える体を押さえる。

誰かに必要とされたい。誰かに好きになってもらいたい。誰かに友達になってほしい。誰かに褒めてもらいたい。よく頑張ったねって。えらいよって。ありがとうって。

だれか——

私に——

笑いかけて——

次から次に溢れ出して、次から次に消えていく。

無理だってわかってる。なにより、私が人を好きになる方法を知らない。好きになってもらっても、どうしていいかなんてわからない。

私にとって、世界は——

「ッ⁉」

突然——

突然、世界が一変した。肌を刺すようだった寒さがなくなった。暑くもなく、寒くもない。もしかしたら、誰かに抱き締められたときの温度はこういうものなのかも知れない。そんな温度、私は知らないのだけれど、とても優しい感覚だった。

どうしたのだろう？　まさか、幻覚作用のある植物でも近くにあったのだろうか？　ほとんどないとはいえ、背の低い草はところどころに生えているのだから、油断していたのかも知れない。

こんな心地のいい世界、あるわけがない。

それとも、また魔物の襲撃だろうか？　まだ魔力嵐が治まって間もないが、新たに生まれた魔物が火でも吹いているのかも知れない。

辺りを警戒していた私は、突然足元から発生した光に呑み込まれた。

目の眩むような光がやんだとき、私は知らない場所にいた。

少なくとも、先程までいた《魔王の血涙》ではない。広い純白の部屋。そこには一人の子供が立っていた。顔を手で隠し、上質な衣服に身を包んだ不思議な子供。

「いやぁ、びっくりした。こんなに眩しいとは」

そう言って翳していた手を下げた彼は――

私に笑いかけた。


「やぁ、突然呼び出してしまってすまない。僕は魔王。名をアムドゥスキアスという」

取り繕うように、僕は笑顔で彼を迎えた。いやぁ、本当にびっくりした。まだ目がチカチカする。

見栄えを意識して、あの大浴場から僕が目を覚ましたこの部屋までせっかく移動してきたというのに、顔を隠してへっぴり腰では見栄えもなにもない。《召喚》があんな太○拳だとは思わなかった。

「魔王……だと……？」

「うん。といっても、さっき生まれたばかりだけどね」

彼は最初、僕が魔王と名乗ったときにちょっと苦い顔を浮かべたが、すぐに落ち着きを取り戻した。

濃い灰色の巨躯、漆黒の一本角。少し細身な感じはするが、それでもそのゆったりした服の上からでもわかる胸板や、袖や裾から覗く手足はしっかりとした筋肉の鎧で覆われている。アッシュグレーの短髪の下からは、同じ色の眉毛と金の双眸が油断なくこちらを見詰めていて、整った顔立ちに生真面目そうな表情も相まってかなりのイケメンさんだ。全身から漂う覇気とでも呼ぶべき緊張感も合わせて、見事な黒鬼ぶりである。

「なぜ、私を呼んだのですか……？」

やはり警戒の滲む声に、少しため息を吐きたくなるが我慢する。第一印象は大事だ。

彼の足元には、スマホの言っていた《召喚陣》だと思われる円が、いまだ光っていた。

複雑な幾何学模様もなく、印章もなく、ただの光る円。てっきり魔法陣的なものかと思っていただけに、ちょっとがっかりである。

それにしてもこのオーガ、意外と声が高い。顔立ちも精悍さとか剽悍《ひょうかん》さとかより、あどけなさが感じられる気がするし、もしかしたら結構子供だったのかも知れない。それはそれで、オーガという種族にビビる話だ。なにせ彼、既に百九十㎝くらいはあるのだから。

僕は笑顔をキープしたまま、彼の質問に答える。

「一つは、僕は君を害するつもりはないという事を伝える為に。この辺一帯をダンジョンに取り込んだせいで、だいぶ警戒させてしまったみたいだからね。そしてもう一つが本題。勧誘の為に君を呼んだ。さっきも言ったように、僕は生まれたばかりなんだ。まだ仲間もいないし、この世界についても疎い。いろいろと教えてくれる仲間が欲しい」

スマホはまだ、仲間と判断できないところがある。自称プログラムだしな。まぁ、もうほとんど信じていないが。

「……」

こちらを警戒しているのか、無言を貫くオーガ。まあ、いきなり見ず知らずの他人が、仲間になってくれなんて言っても信じられないか。

「警戒しなくていいよ。——とはいっても、急に呼び出されたんだからそれも無理な話か。だが、こちらは本当に君に危害を加えるつもりはないんだ」

「……」

やっぱり沈黙。キープしていた笑顔も、やや苦笑いへと崩れていく。ただ、形だけでも笑顔だけは絶やさない。

「なぜ……、私なのですか……?」

沈黙に耐えられなかったのか、ようやく口を開いたオーガが、警戒だけは解かずに問うてくる。

だが、質問の意味がわからない。

「なぜとは？」

「私は、オーガのなかでも、特別力が弱く体が小さい。それに、この角を見ればわかるでしょう？　私は一本角なんですよ」

いや、『わかるでしょう？』とか言われても……。その立派な一本の角は、むしろ相対する僕の身が不安な程に強そうなんだけど？　っていうか、これで力が弱くて小さいのか……。オーガこえー。

「すまないが、さっきも言ったように僕はまだ世間に疎い。君がなにをさしてなにを言いたいのか、わからないんだ。立派な角だと思うが、それがどうしたんだ？」

一瞬たじろいだオーガだったが、すぐに冷静な表情を作り直す。

「……そうでしたね。あなたは先程生まれたばかりだとか。ならば知らないのも仕方ありません。オーガにとって、角は力の象徴です。普通のオーガは二本の角を持ちますが、私はなぜか一本しか角が生えませんでした。生える場所も他のオーガとは違う額の中央。当然、一族との折り合いも悪くて、旅から旅への根なし草をしています」

つまり、一本しか角のないオーガは弱い、という偏見があるんだな。しかしなぁ……、それが〝一族との折り合いが悪い〟理由として〝当然〟なのか？　そして、二本角のオーガはこの人より強いという事だが……、オーガ、バケモンじゃん。あ、そもそも魔族だっけ。

「……」

「……やはり、私などを魔王様の配下に入れようなどとは思わないでしょう？」

おっと、下らない事を考えていたら、ついつい無言になってしまっていたらしい。自嘲するようにそう言ったオーガに、僕は笑いかける。

「いや、ついつい余所事《よそごと》に捉われてしまった、すまない。だが早速、有益な情報を手に入れられた。旅をしていたというなら、それこそ願ってもない幸運だ。なおさら、僕は君が欲しい」

驚き、狼狽するオーガ。どうやら『弱いオーガなどお呼びでないわ！』とか言われると思っていたらしい。僕の営業スマイルは、どうやらまったく効果を発揮していなかったようだ。

「だ、だが、私などを配下に加えれば、あなたの威光に傷が付きますよっ」

「ふん、その程度の輩になんと思われようと僕は気にしない。そんな事を言うようなやつには悪意と敵意をもって応えよう」

能天気な性格を舐めるなよ？　バカは強し、である。

「し、しかし、他の魔王様は――」

「余所は余所、家は家！」

おかんルールと呼ばれる、僕の知識から持ってきた強権を使ってみる。これは、家族にとって法律以上の遵守を求められる鉄則らしい。僕の知識がそう言っている。

「勿論、君が自由気ままな旅を続けたいというなら、僕にそれを止める事はできない。無理に勧誘はしないし、断られても君を咎めたり害したりなんかしない。そのときは残念だが、別の者を召喚する。だから、気負わず自分の意志で決めてくれ」

「う、ぅう……」

さらに狼狽するオーガ。しかしそれは、僕を警戒しているというよりも、信じられないものを見

る目。むしろ怖がっているようにすら見えた。なんで？

「ぼ、僕の仲間になってくれるなら、最大限歓迎するよ！　絶対に君を差別したり、冷遇したりしない！　そうだ！　まだお金はないけど、いずれちゃんとお給料も出す！」

ってそうだった。よく考えたら、金もないのに人を雇うとか、アホか僕は？　一見無私の忠義を尽くす騎士だって、その根底にあるのは報酬だ。武士だって、報酬のお返しに主君に忠義を尽くすのに。やっぱり僕は、かなり無理を言っているのだ……。

「……そうか。そうだな……。本当にすまない、無駄な時間を取ら――」

「……ぃ……」

「ほぇ？」

なんか、消え入りそうな、というかほとんど消えてしまっていて聞き取れなかったが、目の前のオーガがなにかを言った気がした。

「……ほ……、……本当に……、……私で、いいの……？」

おずおずと、いや、恐る恐るといった様子で、オーガはそう聞いてきた。僕はそれに満面の笑みを返す。営業スマイルなんかじゃない、本当の笑顔で。

「勿論‼」

僕は彼の手を取り、これからよろしくと言ってまた笑う。

「……そうか……。……人を好きになったときは、笑えばいいのか……」

僕の初めての仲間は、泣いた黒鬼だった。
福は内、鬼も内ってね。

第二章 異世界の水は肌に合わないっ!?

パイモン。ソロモンの七十二柱の悪魔の一柱。王冠を被った姿でヒトコブラクダに乗り、楽器を携えたお供を連れ、咆哮とともに現れるという王の位階を持つ悪魔。女顔の青年のような容姿をしていて、ありとあらゆる知識を授け、威厳と人望の権能を持ち、二百もの軍団を率いて〝四方の王〟とまで呼ばれる悪魔である。序列は九番。


仲間になったオーガに授けた名前である。僕に知識を授ける、ちょっとファニーフェイスな彼にはピッタリな名前だと思う。僕の名前が名前なので、彼にもソロモンの悪魔から名をいただいた。

「パイモン……。私の名前は、パイモン……」

なにやらブツブツと呟きながら、時折にへらと笑うパイモン。最初こそわんわん泣いて困ったものだったが、なんだかそのあどけない笑顔に結構癒される。それもそのはず、なんと彼はまだ、数え年で十五歳との事だ。ゼロ歳——おっと数えで一歳——の僕が言えた事ではないが、早熟極まりないな。しかし、数え年ってのは慣れないな……。

聞けばパイモンは、そんな若い身空で天涯孤独らしい。家族と縁を切って旅をしているんだとか。まぁ、詳しい話は聞いていないけど、いろいろとあったのだろう。

さて、そんなこんなでパイモンが仲間になったし、ここはそろそろ——

風呂だな‼

やっぱり仲良くなるには裸の付き合い。本当は女の子と一緒に入りたいところだが、ここは男同士、裸の付き合いで親交を育む事にしよう。それはそれで青春っぽいしね。

四百八十㎞の長い道をたどってきた水も、そろそろ届いている事だろう。

本当は水くらい、ダンジョンマスターの力で造れるのだが、それは勘弁してもらいたい。ダンジョンの一部として水を造ってしまうと、その水はダンジョンの一部と見なされる。なにを当たり前の事をと思われるかも知れないが、これが相当に厄介なのだ。

順を追って説明しよう。

ダンジョンは破壊不能である。ダンジョンの一部であれば、それが壁だろうと、細い糸だろうと、薄いガラスだろうと、それを破壊する事は不可能なのだ。でなければ、物量さえあればダンジョンを破壊しながら直進して僕のところまで到達できる。

わざわざ遠回りして、相手が罠を仕掛けて待ち構えている順路をたどるより、時間はかかってもこの方が有効な進軍方法だろう。だが、それでは困る。ダンジョンの存在意義を揺るがしかねない大問題だ。だからこそ、ダンジョンは破壊不能なものとして造られる。神様がそうしたのか、僕の元々の能力がそうなのか、あるいはスマホのサポートのお陰なのかはわからないが、とにかく壊せないものとして造られるのだ。

だがここで、視点をずらして考えてもらいたい。破壊とは、なにをもって破壊なのか？　水は気化しようが凝固しようが水、水蒸気だろうと氷だろうとH_2Oである。

だが、そんな事を言い出せば、石の壁は粉々になろうと石だし、糸は切れようと糸、ガラスは粉々になろうとガラスである。しかし、壁が粉々になればそれは壁ではない。なにかに結んでいた糸が切れれば、それはもう糸として機能しているとは言いがたい。ガラスという隔たりがなくなれば、そこは外と同じである。

わかっていただけただろうか？　つまり、水としての機能を喪失させる行為は、破壊と同義なのである。ダンジョンの一部として造られた水は、水としての機能を変える状態変化というものをしなくなる。摂氏千度になろうと蒸発しないし、絶対零度でも液体のままだ。洗濯物は永遠に乾かないし、食器もずっと濡れたまま。飲料水？　飲みたいの、コレ？

さらに、エネルギー消費も馬鹿にならない。水を造る事そのものには、あまり魔力を消費しないのだが、水は生活に必要不可欠である。それをいちいちスマホで造っていたら、神様からもらった魔力ですら、すぐに底を突くだろう。と、そんな理由で水を自作しなかったわけだ。

せっかく神様が石鹸やシャンプー、リンスを《製作》のリストに入れておいてくれたのだ。風呂に入れなかったら勿体ないじゃないか。

そうじゃなくても、そろそろ喉が渇いてきた気がする。それに、パイモンも結構汚れてる。顔や服には赤黒い土汚れが付いているし、髪もちょっとごわごわしてる感じだし、風呂という文化があったとしても、しばらくは入っていないだろうと推察する。

うん、やっぱ風呂だな。それ以外にない。そうと決まれば、早速♪

「って、アレ？」

ふと思い付いた事に、僕はスキップしかねない程に軽やかだった足を、重く下ろす。

そういえば、水が出るだけじゃ風呂って呼べないよな？　水風呂だ。

よく考えたら、風呂の外観は造ったけど、ボイラーなんかは造ってない。あれ？　ボイラーってどう造ればいいの？　流石にそんなものはリストに入っていないし、ちょちょいと自作できるようなものでもない。

『マスター、なにか私に言いたい事があるんじゃないですか？』

「よく考えないでものを造りました……、たすけてくだちい……」

「板が喋ったっ⁉」

テンプレートな驚きの声を上げるパイモンを後目《しりめ》に、僕はスマホに懇願した。こうなりゃ恥も外聞もない。僕は異世界に来ても、日本人らしさを手放すつもりはない。一日最低一回は、絶対に風呂に入りたいのだ。その為なら、こうして悪魔にすら魂を売っても構わない。

『誰が悪魔ですか？』

「ごめんなさいマジごめんなさい」

うわぁぁぁん！　僕のスマホが怖すぎるよぉ！

「アムドゥスキアス様、その板はなんですか？　魔道具かなにかですか？」

パイモンが不思議そうな顔で僕の手元を覗き込む。それに答えたのは僕ではなかった。

『初めまして。私はマスターのサポートをしている、アンドレアルフスと申します。以後お見知りおきください、パイモン』

おい、いったいいつ名前が付いたんだ、お前は？　しかもそれ、悪魔の名前だから。ソロモンの七十二柱の一柱だから。

「わっ！　本当に喋ってます！　あ、あの、私はパイモンです。アムドゥスキアス様の新しい下僕です」

「いや、下僕じゃないから。だから様とかいらんし、名前も長すぎ。舌噛むっつの。短縮してキアスって呼んでくれ」

おざなりな態度で話に横槍を入れる。だって長いし言いづらいじゃん、アムドゥスキアスって。その言葉に勢い良く首を振るパイモン。

「魔王様を呼び捨てになんてできませんよ！　……で、でも、綽名《あだな》っていいですね……」

最後に付け足すように、パイモンが小さな声で言う。すごく嬉しそうだ。

クソ、しくじった！　パイモンって綽名が付けにくい名前だな。パイ？　イモ？　モン？　どれもイマイチすぎる。特にイモ。

『ハハハ、ザマァｗｗｗ』

「叩き壊してぇ‼」

『私は普通にパイモンと呼びますが、私の事はアンドレでいいですよ』

「はい、アンドレさん！」

素直な笑顔でそう返すパイモン。その笑顔に、すごい癒される。ええ子や……。少しはこの性格の悪いスマホも見習ってほしいものだ。

『マスター？』

「ごめんなさい！」

即土下座。プライド？　そんなもの、こいつの前では使用済みのティッシュより価値がない。

『いまさらですが……』

呆れたような声音で、スマホ改めアンドレが言う。どうやら、ようやく僕のお願いに答えてくれるらしい。『マスター』とか呼ばれてるが、こいつにとって僕のお願いは、パイモンに対する自己紹介より優先度が低いようだ。……まぁ、別にいいんだけど。

『マスターはダンジョンマスターのくせに、このダンジョンについて知らない事が多すぎます。生まれたてであろうと、あなたを殺そうとする者にとって、そんな言葉はなんの意味も持たないのですよ？　あ、正座してください。私、今説教していますので』

「はい……」

説教だった……。僕はすごすごと膝を折り、姿勢を正す。隣では、なぜかパイモンまで僕の真似をして座っている。

『いいですか？　今のままでは、このダンジョンはダンジョンと呼べません。あるのはただの神殿と、豪華なリビングと、ハリボテのような大浴場と、無駄に高度な技術を使ったトイレだけ。それ以外は、ただの荒野。馬鹿なんですか？　死にたいんですか？　これはもしかして、遠回りな自殺なんですか？
いくらダンジョンが破壊不能とはいえ、それはあくまでもダンジョンです。壁ではありません。つまり、最奥にたどり着けないようにはできないのです。スタートがあって、ゴールがなければいけません。絶対に誰もこの場所に来られないようにして、引き籠もる事はできないのです。自らの身を守る為には、ダンジョンを強化していくしかありません。まずは、もっと《カスタム》の機能を理解してください。そして、もっと考えて行動しなさい』
……反省します……。

アンドレの説教はまだ続いている。僕はなんとなく、アンドレアルフスという名前について考えていた。

アンドレアルフス。ソロモンの七十二柱の悪魔の一柱。孔雀の姿で現れ、幾何学や測量、天文学に関する知識を授け、侯爵の位階を持つ。また、人を鳥の姿に変えたり、顔だけを鳥に変えたりもして逃走の権能を持つ、三十の軍団を率いし悪魔である。屁理屈の伝道師とも呼ばれ、その起源はギリシア神話の多情の河神アルペイオスだとも言われている。序列は六十五番。

アルペイオスってたしか、女の尻ばかり追っかけたり裸を覗いたり、随分と三枚目な逸話が残ってる男神だったよな……。しかもアンドレアルフスは屁理屈の伝道師……。なんでこのチョイス？　それとも僕と同じく、神様が名付けたのだろうか？

『聞いていますか、マスター？』

「勿論であります！」

僕は座ったまま、ビシッと敬礼する。

『マスター、これは本来説明する必要もないような、そんな当然で当たり前の事なのですが、あなたは馬鹿なので説明しますね。

先程も言った通り、ダンジョンマスターにとってダンジョンは体の一部のようなものです。たとえ離れていようとも、それはあなたの四肢と同義なのです。本来であれば、私のような端末を使うまでもなく、自分の体を動かすようにダンジョンを創造する事ができる、それがダンジョンマスターです。ただ、マスターの場合、ダンジョンの場所が場所です。そんな悠長な事を言っていては、魔力の扱いを覚える前に、誰かに殺されてしまう危険性が大きいのです。だから、私がサポートについている。ここのところを、本当に理解していますか？』

ま、まぁ、なんとなく……。

『よろしい。では続けます。まず、このダンジョンとも呼べない欠陥住宅を造ったのはいいでしょう。良くはありませんが、あなたも初めてなのですから失敗をとやかく言うつもりはありません。ですが、やるならもっと考えなさい。既成概念だけを先行させ、形だけ見繕ってもしょうがないでしょう？』

「おっしゃる通りです……」

たしかに、簡単に造れるから失念していたが、日本の快適な生活をここで再現するには、その快適さを下支えする技術の再現が必要不可欠だ。それを理解しないで形だけ造っても、ハリボテの欠陥住宅と言われても仕方がない。

『はぁ……。反省したのはわかりました。ではこれからのダンジョンについて、いくつか意見を述べさせていただきます。

まず、ダンジョン内に侵入しているレッドキャップを速やかに排除してください。本格的にダンジョンを造るまでの、大きな障害になりかねません。ダンジョンを造り、そこに取り込んだうえでトラップを使用した殺害を推奨します。

ダンジョンに侵入した生物の死骸、その他有機物はダンジョンを維持するエネルギーとして分解、回収されます。微々たるものですが、練習台としてはちょうどいいでしょう。現在、ダンジョンに入り込んでいるレッドキャップは二十四匹です。魔力嵐のあとですから、どうやらどこかから流入しているようですね』

あ、ホントだ。さっきまでは四匹だったのに、結構増えてる。スマホの画面を確認してみれば、たしかに数が増えていた。その代わり、オークが二人減って十一人になっていた。

『次に、ダンジョンを造るうえで必須ですので、属性の付与について覚えておいてください。ダンジョンはマスターの体の一部のようなものですから、マスターの使える魔法をダンジョンに付与する事ができるのです。

先程話に出たボイラーで例えると、大浴場の裏に火属性の魔法を付与した部屋を造り、そこに水道を繋げれば簡単に造れるはずです。追い焚きの機能を付けたければ、浴槽から隔離した小部屋を造って、そこを循環するように管のような通路を繋げて火魔法を付与するか、火傷しない程度の弱い火魔法を浴槽に付与すればできるはずです。ちなみに……。ああ、いいえ、なんでもありません。少し痛い目に遭った方が学習するでしょう』

なんだよそれ？　なんか怖いよ。今までとは別の意味で……。

『まずはレッドキャップの排除です。いいですか？　まずレッドキャップですよ？』

「ボイラーから練習していくってプランは……」

『却下です！』

ですよねー……。

『あなたはダメ人間ですからね。好きな事をさせれば、それしかやらないでしょう？　ですから、まずはレッドキャップ。そのあとにキッチンを造りなさい』

「え？　キッチン？」

そういえばまだ造ってなかった。でもなんでキッチン？

『夕食がいらないのなら、私は別に構いませんが？』

はい……、ごめんなさい……。忘れてました……。僕はなんとか我慢できるけど、パイモンはそうもいかない。彼は僕やアンドレと違って、【たいりょく】が減っているので食べないと衰弱してしまうのだ。むしろ、風呂より必要である。それに、僕だってごはん食べたい。

そういえば、既に役に立たない事で定評のある僕の知識が、またも情報を伝えてきた。

『おかんは最恐』

普段ならいらないと断じる内容の情報だったが、今の僕はただただ頷くばかりである。

アンドレ母さん、最恐。


レッドキャップに対処する為、僕は再びダンジョンを製作する。

この辺りの魔物は一度魔力嵐で全滅したそうなので、たしかに、このペースでレッドキャップが流入したら困るだろう。アンドレの言う通り、すぐに対処した方が良さそうだ。

パイモンが言うには、レッドキャップの群れは既にオークの集落を壊滅させたらしい。魔力嵐のタイミングからいって、これはどうやら僕が生まれる前の事だろう。だが、確認したオークの数が減っていたのは、もしかしたらこのときの傷が原因かも知れない。まぁ、なんとかできたのかも知れないが、そんな事に拘泥するつもりはない。このままレッドキャップを放置すると、今度はゴブリンの集落まで襲われかねない。助けられなかった命を考えるより、今は助けられる命を考えよう。

あ、ちなみに、ゴブリンやオークは魔族で、レッドキャップは魔物らしい。正直、パイモンに教えられなければ、「やっぱ初戦はゴブリンかスライムだよね！」と、意気揚々と殺戮を繰り広げるところだった。ちなみにちなみに、スライムは魔物。本当に違いがわからん……。

レッドキャップを確認してみれば、二十四匹が固まって移動していた。ばらけられたら面倒なので、とっとと練習台として殺す事にする。

レッドキャップは、ネズミと犬を足して、そこに悪意を掛け算したような醜悪な容姿をしていた。体長は百四十から百五十㎝くらいだろうか。頭身が低く、体に比べて頭がデカい。かろうじて二本足で歩いているが、その姿は獣の特性が色濃く、どう見ても四足歩行の方が動きやすそうである。全体的には黒っぽい斑のある灰色の体毛で、馬のような真っ赤な鬣はモヒカンっぽい。興奮しているのか息を荒げて行進する様は、そのうち「ヒャッハァァ‼」とか言い出しそうだ。

僕が把握できるのはあくまでダンジョン内の生物であり、ダンジョンの外にいる生物は確認できない。だが、スマホならダンジョンの外も確認できるので、これでレッドキャップがどこから来たのかを確認しておく。どうやら、魔大陸側にあった山からのようだな。生存競争に敗れて逃げ延びてきたのか、あるいは群れが大きくなりすぎて餌を求めてこぼれてきたのか。

「魔物は生存競争に敗れたからといって、逃げる事はありません。絶望的な戦力差があろうと、生物がいたらそれを殺そうと死ぬまで襲いかかってきます。魔物同士でもそうですから普段は縄張りを出ないのですが、レッドキャップは群れる魔物です。仲間は殺さないので、おそらくは後者ではないでしょうか？」

との事。いやぁ、やっぱりパイモンを仲間にして良かったなぁ。

僕は視線をレッドキャップに集中させながら、パイモンにお礼を言った。別に確認しながら殺す必要はないのだが、やっぱりこれがダンジョンマスターとしての正式な初仕事ともなれば、自分の目で見ておきたかったのである。

「《カスタム》からダンジョンを製作。まずは普通の通路を……。罠は落とし穴でいいや。初仕事だし、やっぱダンジョンといえば転がる岩か落とし穴でしょ。あ、広さはこんなになくていいな。高さ二m、幅七m、長さ五百mっと。こんな感じかな？」

レッドキャップの群れを、ギリギリ収められるかという幅の回廊。直線なので、普通は通路か廊下と呼ぶのだろうが、ここが回廊と呼ばれる所以は、これからレッドキャップたちがその身をもって味わう事になる。

使われる材料はただの石。当然、ここと違って光っていないので内部は暗い。だからついでに松《たい》明《まつ》も付けてやろう。壁の両脇に十m毎に合わせて百個。火属性の魔法を使って勢い良く燃やすので、暗くはならないはずだ。

「よし、できた」

『脱出可能でないと、通行不能と見なされてセーブできませんからね』

「おっと、出入り口造るの忘れた」

出す気なんてなかったから。

高さ一mくらいの低い出入り口を、その回廊の両側に造る。入り口側は中から開かないようにして出口は普通に開くように、っと。

「これでいいかな？　……うん、よし、オッケー。セーブっと」

僕が《セーブ》の確認を終えて警告を［維持］で閉じた途端、自分たちを覆うようににゅるにゅると生えてくる石の壁に、慌てはじめたレッドキャップ。そりゃそうだ。あれはキモい。おまけに、見晴らしのいい地平線の見える光景から、暗く狭苦しい石の通路に押し込まれたのだから。

松明が点き、一斉に石の通路の内部を照らす。煌々と明かりを放ちはじめた松明は、残念ながらレッドキャップにとってはあまり助けとはならず、むしろ混乱を加速させただけだった。

「こいつ等って馬鹿なの？」

明かりが点いた途端、三々五々に散りはじめたレッドキャップ。警戒もなにもあったものじゃない。そのくせ、入り口から外に出ようとする者はほとんどいない。まぁ、出られないけど。

「魔物にはほとんど知性がありませんから。レッドキャップは、同族を認識できるだけ頭のいい部類の魔物です」

パイモンにはレッドキャップの姿は見えていないのだが、それでも的確に僕の質問に答えてくれる。パイモンからもらった情報は、すぐに証明された。

一個目の落とし穴に、レッドキャップの半数が落ちた。こんなに馬鹿なんじゃ、あれこれ考えていた僕の方が馬鹿みたいじゃないか……。

この落とし穴は、ただの穴ではない。足を踏み入れると、床が傾斜して沈んでしまう。そして、入り口側に頑張れば上れる程度の坂道ができ上がる。出口側は勿論絶壁だ。

深さは十m、幅四m、奥行き七m。当然その深さと奥行きに見合った急こう配になる。レッドキャップたちは、皆必死に坂を上る。やっぱり、四足歩行の方が歩きやすそうだ。

七mの幅がある通路のうち四mが落とし穴なので、当然迂回もできる。運良く迂回したレッドキャップたちは一つ目の落とし穴を突破し、二つ目の落とし穴に落ちた。そう、この道は直進できないのである。くねくねと蛇行し、迂回し、遠回りしないと出口にたどり着けない回廊なのだ。

『マスター、このトラップはたしかに足止めには有効でしょうが、殺傷能力、危険度が低すぎませんか？』

危険度とは、ダンジョンの難易度のようなものである。命の危険がないトラップは危険度が低く、凶悪なトラップや、強力な魔法を付与する程危険度も上がる。そして、危険度が高いほど維持コストも高くなり、低いほど安いコストで維持できる。

この回廊でいえば、命の危険のない落とし穴と、松明に付与した火魔法は攻撃を目的としたものではない。それでも、魔法なのでそこそこコストはかかるが、それも結局そこそこ程度のコストで維持できるので、危険度は十段階中たったの二である。たしかにデータ上では『足止めしかできないフロア』に見えるだろう――

――だが、甘い。

そんな温《ぬる》いトラップで、僕が満足するはずがないだろう？　このトラップは将来ダンジョンを大きくしていくうえで、中盤くらいに配置しようと思っている凶悪仕様のトラップなのだ。

『ッ⁉　マスター、レッドキャップが減りはじめました』

そろそろか。練習がてら、僕が確認したかった事の一つは、魔物にこのトラップが通用するかどうかだったので一安心だ。もしかしたら、普通の生き物とは違う魔物には効かない可能性もあったのだ。そうなると侵入者を阻むのには使えそうだが、今回は本当に足止めしかできないトラップに成り果てるので、少し安心した。

確認している視界の中でも、何体かのレッドキャップが倒れはじめた。他のレッドキャップも、激しく息を吐きながら必死に落とし穴から這い出そうとしている。

それと同時に、少しずつ松明の明かりが弱まっていく。僕はなにもしていないし、火が弱まるような仕掛けもない。

高さも、幅も、長さもあまりないこの回廊で、百本もの松明を激しく燃やし続ければ、自然と酸素が足りなくなる。おまけに深い落とし穴の分滅圧し、さらに足止めをしながら、あまつさえ激しい運動まで強いるのだ。

つまり、この回廊は無酸素トラップなのである。

『通行不可能ではないのですか?』

「まあ、普通ならね。ただこの落とし穴、ある程度重量がないと発動しないから、一人だったら素通りできるんだ。酸素がなくなる前に駆け抜ければ、わりと簡単に通行できるトラップなのさ」

わざとそういう弱点を作らないと、通行不可能と見なされてセーブできないので面倒と言えば面倒である。そのくせ、危険度そのものはトラップの質や付与された魔法だけで判断するのだから、よくわからん。

おっと、気付けばレッドキャップが全滅している。松明は全て消え、闇の中は静かに重く、動く者のいない静寂に包まれていた。いや、流石に音までは聞こえないんだけどね……。まぁ、一度酸素がなくなれば、残りが何匹いようと関係ないトラップなので、一度事が起これば結末まではあっという間だ。

さて、これでダンジョンマスターとしての初仕事は終了か。馬鹿なレッドキャップだったから、あまり達成感とかはない。むしろちょっと物足りないな……。ま、初仕事なんだからこんなもの、と言ってしまえばその通り。うん、こんなものだろう。

『この画期的なダンジョンを造った感想が、それだけですか……』

あれ？　アンドレ今僕の事褒めた？　褒めた？　えへへ〜。

『調子に乗んな』

……はい……。

ついでに造ってみた。

長城迷宮。

迷宮とは名ばかりの、ただの城壁だ。つまり一本道。だが、その長さは常軌を逸する。《魔王の血涙》を東西に分断する城壁。踏破するにはただただ時間がかかる。

城壁上部には各所に門があり、それを開かないと先へ進めないのだが、二つの仕掛けを同時に作動させたり、人間三人分の重量が必要だったりと、ボッチには過酷な迷宮ともいえる。おまけに、一本道とはいえ折り返し地点もあり、最終的に《魔王の血涙》を一往復半縦断しなければならない過酷な道である。

ただ、実はこの長城迷宮、地球の万里の長城より短い……。つか、総延長二万㎞以上ってどんだけだよという、文句なのか褒め言葉なのかわからない呟きは置いておき、この長城迷宮にも直接命に関わるトラップはなく、ここも危険度は二である。

少し前から考えていたこの長城迷宮を、真大陸と魔大陸の両側に造り（一つ千㎞程度なので、二つ合わせても万里の長城には遥かに届かない）、この辺り一帯を広く囲んでしまった。これで一応、真大陸と魔大陸を分断したとも言える。いや、言えないか。どっちも出口と入り口あるし。構想としては、ここには空を飛ぶ魔物を放ちたい。まあ、それも《召喚》で呼べるのだが、しばらくはそれも保留。

これでもう、レッドキャップが侵入してくる事はないだろう。残念ながら、しばらくすれば自然発生する可能性もあるとの事だったが、とりあえずの応急処置はこれでいい。いいとする。

『マスター、やはり危険度が低いですが、もしやこれも……？』

「まぁね。それより、そろそろキッチンとボイラー造ってもいい？」

『はぁ……。結局それですか……』

なんだよぉー。いーじゃんかボイラーくらい。アンドレはスマホだから、イマイチわかってないみたいだけど、風呂ってのは生きていくうえでいろいろいい事尽くめなんだ。

それに、ある意味で風呂は地上に顕現した天上の楽園なんだぞ！　パイモンだって、あんなに立派なお風呂があるって知ったら、大喜びするはずだ。絶対っ!!

『まぁ、いいでしょう。レッドキャップ退治に長城迷宮造り、今日の仕事は果たしたと言えます』

「よっしゃぁぁぁ！」

……よく考えたら、なんで僕がサポート役のはずのアンドレにお伺いを立て、顔色を窺いながらダンジョンを造っているのかはわからないが、今はそんな事はどうでもいい！　そろそろ暗くなってきたし、風呂の為ならそんな些事はもはや考慮の埒外だ！

まずはキッチンである。ちゃっちゃと仕上げてやるぜぇ！

「アンドレ、水はもう届いてるよね？」

『はい。届いてはいます』

「おおっ！　よしよし、これで風呂にも入れる！」

喜び勇んでスマホをいじり、最新どころか、この世界ではほとんど未知の機能を持った、先鋭的なキッチンを造ってやる。魔法もふんだんに付与して、僕でも使えるキッチンにするのだ！

『だといいですね……』

アンドレの声には、どこか暗い笑いが滲んでいるような気がした。

ありとあらゆる現代日本の知識を総動員し、できる限りのシステムキッチンを造り上げた。

…………………………………………………………………………。

水魔法の付与された冷蔵庫。火魔法の付与されたクッキングヒーター。風魔法の換気扇。さらにとっておきの魔法レンジ。電子レンジではない。時空間魔法の付与された、魔法レンジである。

時空間魔法は、物体の時間や空間に作用する魔法だ。これは別の空間にものを保存したり、物体の時間を巻き戻したり、逆に加速させたり、遠いところに瞬時に移動したりする超便利なものなのだが、魔力消費がとても激しい魔法でもある。だからあまり多用したくない。

本当は冷蔵庫もこの時空間魔法で時を止め、食材の劣化を防ごうと思ったのだが、短期的に使用するレンジと違って常に使い続ける冷蔵庫に時空間魔法を付与するのは、コストの面でかなりの瑕《か》疵《し》となるのでやめた。

この魔法レンジは食材を温めるのではなく、温かかった状態に戻すという代物だ。時間を戻すといっても、減ってしまったものは戻らないし、調理していなかったものを調理する為にも使えない。

ちなみに時空間魔法で生物の時間を操る事はできない。死体の時間を巻き戻しても、それは新鮮な死体になるだけで、生き返るわけじゃない。欠損部位だってくっつかないし、生えてくるわけでもない。勿論、生きていたらそもそも巻き戻せないので、若返るのも無理。

そんなこんなで、食器棚やシンク、食器類から調理器具も含めて凝りに凝りまくったシステムキッチンが、僕の目の前に広がっている。

スマホは有機物を造れないので、やや無機質な外観だが、むしろその姿こそがこの最新鋭のキッチンに相応しいだろう。

これでもかと魔法を付与したせいで、そのどれもが殺傷を目的としていないにもかかわらず、危険度はなんと驚きの四！　〝無酸素回廊〟や長城迷宮よりも高くなってしまっていた。あちらは広さもあるので、維持コストそのものはキッチンよりも高いのだが、それでも危険度としてはこのキッチンが今現在、このダンジョンで最も危険な場所と認定されてしまったわけだ。

……僕もちょっとやりすぎたとは思っている……。


海。

生命の母であり、故郷であり、根源たる海。その水には塩分を含み、塩は人間の生活には欠かせない。塩がなくなると、人間は食べ物があっても食欲をなくして餓死するという逸話まである程だ。海のない地域では、塩は同じ重さの銀と交換される事もあり、まさに母の恵みなのである。

だが、しかし。

だがしかし、である。そんな御託をいくら並べたところで、人間は海の水を直接飲んで暮らしたりはしない。そんな生活を送れば、あっという間に血液は循環不良を起こして、なにかしらの病気を発症する。そうでなかったとしても、無味無臭の水を飲むというのは人間にとって快感なのだ。だからこそ、慣れ親しんだ土地を離れて飲む水に些細な違いを覚え、そこに馴染めぬ事を『水が合わない』というのである。

結局、僕がなにを言いたいのかといえば……──


完成したキッチン。

白と銀を基調とした清潔感溢れるそこを見渡して、僕は満足して頷く。完璧だ。いまだかつて、これほどどすんなりと《カスタム》を使いこなせた事があっただろうか？　どこを見ても最新と超常の技術が詰まった機能美に溢れ、これこそが新たな魔法文明の先駆けと言わんばかりの威容を誇っている。

「ふふふん♪　どぉーだアンドレ？　僕だっていつまでも失敗しているわけじゃないんだぞ？」

『そうですか。三分後のあなたがなにを謳うのか、楽しみです』

「すごいですキアス様！　なにがなんだかよくわかりませんが、とてもすごいです！」

まったくアンドレにはやれやれだ。少しはパイモンの純真さを見習ってほしい。ほら、あんなに目をキラキラさせながら、オーブンに頭を突っ込んでる。……うん、間違ってもスイッチは押すなよ？　すぐに熱くなったり、火が噴き出るわけじゃないんだけど、ちょっと不安になるぞ？

「じゃあ、早速水でも飲むか。喉渇いたし……」

「あ、お水なら私が持ってますよ！」

嬉しそうにそう言うパイモンだが、残念ながら今は君の持つそれに用はない。僕は銀でできた蛇口の上部にあるレバー式の栓に手を乗せると、ゆっくりとそれを下ろした。

「す、すごいですっ！　水が出てます！　水が出てますよ、キアス様っ！」

うんうん、その反応が見たかった。愛《う》い奴め。目をキラキラと輝かせ、パイモンがじゃーじゃーと流れる水を見ている。背は高いけど、そんな姿は年相応でとても可愛らしい。見ていてほっこりとするものがある。

流れ出た水は、排水溝から下水へと流れ、地下の貯水池に溜められる。そこで有機物を分解し、エネルギーへと変える。ただ、そうなるとスマホで作った石鹸やシャンプーなどの化学物質、他にも流された一部の無機物が残ってしまう。それを海に放出してしまうのはかなりいただけない。そこで、水以外の成分はここでただの物質としてスマホに吸収し、残りの水は蒸発させて空へと返す事にした。

本当はもう、そのまま飲めるくらいの清潔な水なのだが、流石に下水を生活用水として再利用する勇気はなかったので、通気孔のような上下に伸びる通路を造って放出する事にしたのだ。

ほんじゃ、いただきますか。生まれて初めての水を。僕はグラスを手に取ると、ダバダバと止め処なく流れる水を注ぐ。

ああ……。なんかすごく喉が渇いてきた……。

くすみ一つないグラスに、透明な水が注がれていく様は、感動すら覚えるほどに美しく、これからこれを飲むのかと想像すると、早くしろとばかりに喉がそれを欲して渇く。今少し我慢しろとばかりに唾を飲み込み、いよいよ僕はグラスを蛇口から離す。

なみなみと水の注がれたグラス。僕は、それを、ゆっくりと、口へ……。

ぴょこん。

そのとき、幅広の蛇口から、なにかが飛び出してきた。僕はそれを視界の隅で捉え、頭が真っ白になる。

しかしもう止まれない。

既に僕の唇は、グラスの縁にくっつく寸前であり、なにより処理落ちした脳細胞は中止命令を発令できる状態になかった。

ぴちぴちと——シンクで跳ねる小魚を見ながら、僕の口は、とうとう目的地に到達した。

「ブゥ————————‼」

それはまだ、ただの海水だった。

僕の表情はおそらく冴えていない。恐ろしく冴えていないはずだ……。それどころか泣きそうだ……。いや、泣きたい……。

『私になにか言いたい事は？』

「……また、よくかんがえずにものをつくりました……。……ごめんなちい……」

スマホに向かって頭を下げる僕と、魚やエビ、タコなどが満載された籠を抱えてずぶ濡れなパイモン。そして、ぴちぴちとシンクで跳ねる小魚たち。

下水の処理にあれだけ気を配ったのに、僕は浄水処理をまったく考えていなかった……。普通、どこかで気付くだろうと思われるかも知れないが、こんななんでもかんでも好き勝手に造れて魔法で解決できる状態になると、意外と最重要な事を見落としてしまうのだ。

『いえ、単にあなたがアホなだけです』

「はい、その通りです……」

それに、そんなものは言い訳にならない。それでは、魔法があるからと医術をおざなりにしているこの世界の住人に、なにを言う資格もない。だからこれは、純粋に僕の過失である。そう、認めなくてはならないだろう。若さゆえの過ちを……。ゼロ歳どころか、生まれて数時間である、自らの過ちを。

『年齢を言い訳にしないでください』

「うぅ……」

それから、取り急ぎ浄水場の製作と、取り込んでしまった生き物の処理を行った。だが、それは簡単なものではなかった。むしろ大変だった……。すごく……。

浄水場を造る為、僕は全精力を使った。水造りに関する知識はなかったので、ほぼ全て手探りでだ。

いくつもの柵で不純物を取り除き、それでも残る水の中に溶けている物質を分離する為、段階的に加熱した。そして、水温がちょうど百度になるように加熱し、水を蒸発させる。その水蒸気を集め、真水として戻す。この温度管理が、ほんっっっとうにっ！　大変だった。

魔法の付与の微調整に何度も何度も失敗し、塩を焦げ付かせ、水蒸気爆発を起こし、かと思えば加減しすぎて全然温度が上がらない事もあった。なんとか温度管理のコツを掴むまで、試行錯誤を繰り返し続けた。それはもう〝無酸素回廊〟よりずっと大変だった。あれはわりと簡単に造れたのに、こっちは大変だった……。

海水を熱する過程で大量にできた塩は、さらに別の場所へと移す。いつか売る為に、管理はしっかりとしておこう。

僕が苦労した分だけ語りたくもあったのだが、僕にはもうそんな気力すらない……。とにかく、苦労と苦難と苦渋の果てに、僕はようやく浄水場を完成させた。

浄水場にかかりきりになっているうちに、時刻はとっくに夜になっていた。

結局、パイモンの持っていた食料と水で晩ごはんを作ってもらい、それを食べながらも試行錯誤を重ねた。

せめてものプライドで、調理はキッチンで行ってもらった。そのあまりの使い勝手の良さに、パイモンが感激してくれたのを、ほんの僅かな抵抗として書き記しておこう。ついでに言うと、そのときに出された干し肉や黒パンは、固くてとても食えたもんじゃなかった。食ったけど……。勿論、大漁だった魚介類もスタッフが美味しくいただきました。こっちは普通に食えたので、このキッチンは僕の生活には必須だと思う。

ようやく浄水場が完成し、蛇口から真水が出たときは、思わず感動して男泣きに肩を震わせた。

正直、今日はもう寝てしまいたかったが、それでも僕にはやらねばならない事が残っている。

そう、ボイラーだ。風呂だ。今日の疲れを癒す為、僕自身の生誕をささやかに祝う為、自分の為の産湯を自分で作るのである。

そんなわけで、浄水場を造ってすぐにボイラーに取りかかる。とはいえ、浄水場であれだけ水温管理で悩まされたのだ。いまさら、ただ加熱するだけのボイラーに手こずる僕ではない。同じ過ちを二度する僕でもない。え？　なに？　なにも聞こえないけど？

大浴場の横に小部屋を二つ造って、そこでお湯を作る。これがボイラーになるわけだ。小部屋といっても高さ二m程度、四方は五m程度の部屋で、あまり大きくないのは熱のロスを減らす為だ。

二段になっている上部で水を熱し、下部は熱いお湯を溜めておくように使う。なぜ二段かというと、熱する前の水や温いお湯が出ないようにだ。下の部屋の水位が下がると、上の部屋からお湯が供給され、そのお湯の管を閉じてから上の部屋に水を入れて熱する。あとは、上部の部屋で発生する水蒸気に押し出されて勢い良くお湯が飛び出さないようにする為でもある。

よく考えれば、ボイラーを利用して電気も作れるんだよなぁ……。ダンジョン限定だけど、「立てボイラー」だって現代より効率的に造れるし。まぁ、今はそんなのどうでもいいか。蓄電や変電、送電の知識もないし。

次に追い焚き用の部屋を造る。部屋といっても、湯船と通路で繋がった五十㎝四方の小さな空間である。湯船にお湯を張ると、この空間にも自然とお湯が満ちる。そして付与された火魔法でお湯を熱するという、簡単なもの。湯船と繋がる管も上下に分かれているので、熱いお湯は上から出て、温いお湯は下から入る。

「ど、どう思う……？」

『いいんじゃないですか？』

本当か？　本当に本当か？　またなにか気付いていて、浄水場のときみたいに僕が気付くのを待ってるんじゃないか？　もういい加減時間もないし、ここで失敗すると本当に今日の入浴は諦めないといけなくなる。だから、もしなにか問題があるなら素直に教えてほしいんだけど？

『ふん、どうやら薬は効いたようですね？』

「どうでもいいけどさ、最初に自分がただのプログラムだって言った言葉、覚えてる？」

もはや疑いの余地ないよ。こいつ、人格持ってるよ。コギト・エルゴ・スムだよ！

『いえいえ、私は所詮0と1の羅列で作られた、ただのプログラムでしゅ』

「プログラムは噛まないよ！」

『ジョークです』

「ジョークも言わない！」

本当に掴みどころのないやつである……。アンドレに対する謎には目を瞑り、僕はスマホの画面をタッチする。ともあれ、今は風呂である。


信頼の迷宮。

巨大な迷路。長城迷宮の出口から侵入可能な迷宮で、その入り口にはちょっとした制限がある。入り口を開く為には三人以上五人以下の人数が必要で、中に入れるのもその人数であり、もう一度開く為には三時間も待たないといけない。これは軍隊などを分断するのが狙いだが、それだけでもない。

ちなみに、入り口から入って最初の関門は分かれ道である。侵入者が来ると水が流れ込む仕掛けがあり、十の扉が選択を迫る。当然、もたもたしていたら溺れ死ぬ。この十の扉は、開閉されるたびに半日封鎖される。ここを抜けて迷宮に入るわけだが、その先の迷宮そのものには特筆すべき罠はない。ただ、仲間と協力しなければならないものであったり、一人ではそもそも進めなかったりと、トラップの質はまさしく名前通り、〝信頼〟の迷宮なのである。別名『ボッチ殺し』。

それでも、命に関わるようなトラップはあまりない。ここだけを見れば、ほのぼのアスレチック風ですらある。ただ、見た目はちゃんとした大迷路であり、僕の造った初めてのダンジョンらしいダンジョンでもある。

危険度は三。この危険度はおそらく、入り口のトラップが大部分を占めていて、入り口以外での危険度は二だと思われる。これを、真大陸、魔大陸双方の長城迷宮の出口に一つずつ用意した。

湯船にお湯を張る時間を潰す為、手遊《てすさ》びに造ってみたダンジョン。なんか、長城迷宮と合わせてボッチいじめでありながら、リア充にはお遊び程度のダンジョンになってしまった。

ふふふ……。しかし、このダンジョンだって十二分に危険である。その危険度は、侵入者が現れ、長城迷宮と信頼の迷宮に侵入しなければわからない。あ、あとでちゃんとドロップアイテムも作ってやろう。せめてもの手向け、最後の晩餐にでもしてくれ。

『マスター、ここにも例の〝無酸素回廊〟は設置しないのですね？』

「ん？　ああ、あれはもう少し先かなぁ。もうちょっと仲間と協力させて、力を合わせ、たしかな信頼関係を築かせてからの方が、あの複数人では突破の困難なトラップが、より有効になると思うんだ」

『うわぁ……』

え？　なにその反応？　リア充だろうとボッチだろうと、突破されるわけにはいかないんだから当然じゃん。それに、お前だけにはそんな外道を非難するような声音を上げられる覚えはないぞ？

『まぁいいです。個人的な感想としては、終盤の入り口辺りでもいいと思いますが、マスターにはマスターの考えがあるのでしょう』

「随分とあの〝無酸素回廊〟がお気に入りみたいだな」

あんな物騒なものをよくもまあ、とは思うが、造った張本人である僕がそれを言うのもどうかと思うので黙っておく。

僕たちがどこでこんな会話をしているのかと言えば、なにを隠そう男子用の脱衣所である。脱衣所は男女別だが、勿論風呂は混浴。いずれ仲間が増えれば、ここで……。ぐふふふ……。

あ、でもパイモンに人気が集まったらどうしよう……？　あんなにイケメンで、物腰が柔らかく、人を立て、気立てが良く、ちょっと涙もろいという可愛いところもあって、おまけに細マッチョで背も高い。

やべぇ……、身近にこんな伏兵《リア充候補》がいたとは……。あいつが女の子と裸でいちゃいちゃしている横で、肩身を狭くして風呂に入るなんてごめんだぞ……。

ちなみに、件《くだん》のパイモンには食事の後片付けがてらキッチンの使い方を覚えてもらっている。明日の朝ごはんも、残った魚介類とパイモンの食料で作ってもらうのだ、クッキングヒーターの使い方くらいは覚えてもらわなきゃ。

それが終わったら一緒に風呂に入ろうと誘ってあるので、別に仲間外れではない。イケメンだろうと仲間は仲間。これからの処遇についてはじっくり考える必要もあるだろうが、今はまあ、僕ら二人だけだしね。

なぜ彼に料理の一切合財を任せようとしているのかと言えば、僕に料理の技能が皆無だからである。まったく、僕はいらない事ばかり知っているくせに、米の炊き方は炊飯器頼みだし、切る、焼く、煮る以外はなにもわからないに等しい。使えん！　それに比べ、パイモンはスキルに料理を持っているので、これからいろいろと作ってもらう事にした。流石は旅人、一人で料理もお手のものか。

僕には無理だが、いずれ彼には地球の食文化を再現してもらうつもりである。だが、それにはやはり調味料と食材の調達が必須だろう。そして、それ等を手に入れるには、町へと出る必要がある。有機物が造れない以上、食べ物だって自作はできないのだから。

醤油……、あるかなぁ……。

やはり、飲み水の次に心配するのは食料である。これに関しては神様からはなにも言われていないが、衣食住から充実させていくべきだ。となると、食料の次は寝具だな。ベッドか布団、最低限毛布くらいは欲しいところだ。服に関しては、リストに《ガクラン》という、詰襟、ワイシャツ、スラックスがセットであったので問題ない。他にも《スニーカー》や《トランクス》もあり、サイズもわりと自由になるので問題はなさそうである。うーむ……。衣服はともかく、いろいろと今後の課題が山積みだな。

「よし！　明日から頑張ろう！」

『典型的な怠け者の発言ですね』

えー……、今日は僕、結構働いたと思うよ？　生まれて数時間で、あんな巨大なダンジョン造ったんだし。ゼロ歳の誕生日からこんなに働き詰めなのは、世界中探したって僕くらいのもんさ。

ああ、ちなみにオークたちの動向も確認した。総勢十一人になってしまったオークたちだが、周囲の変化に戸惑いつつも、今は休んでいるようだ。怪我人ももういないみたいだし、緊急で僕の手が必要な事はなさそうなので、接触は明日にする。今呼んでも、余計に混乱させるだけだろう。

「さって、そろそろかなぁ～？」

というわけで、素っ裸になって大浴場へと突入する。いざ楽園へ！

からりと擦りガラスの扉を開けば、モワッと特有の暖気と湯気がお出迎え。その先に広がるユートピアは、もうその光景だけで今日の疲れを癒してくれる。

これだよこれ！　これこそが、僕の待ち望んだ光景だよ‼

湯煙が漂う大浴場、お湯の揺れる大きな湯船に、結露が滴る蛇口、そこに寄り添うシャワーと、湯気に曇ったガラス鏡。純白の壁と、タイル張りの床、浴槽の奥にはついに役目を果たせた黄金の獅子が、嬉しそうにお湯を吐き出している。振り向けば、僕の入ってきた入り口の上部には、見事な富士山の威容が天井付近までその頂上を伸ばしている。金のライオンとのミスマッチを考え、富士山は入り口側にしたのだが、これはこれで浴槽から眺めやすくていいな。どこかで『カポーン』と音が鳴った。あるいは幻聴か。

『……満足しましたか？』

ついつい流れで連れてきてしまったアンドレが、やや呆れた調子で聞いてくる。だが、そんな声にも、今の僕の気分は害されない。

「最っっっ高だなっ‼」

今日はいろいろ物騒なものを造らされたが、これ以上の傑作はないと断言する。もしかしたら、これから先にもできるかどうか……。

『そうですか。明日からもちゃんと仕事をしていただけるならば、あえてここで無粋な事は言いません』

アンドレの中で、僕はいったいどれだけのドラ息子だと思われているのだろう……？

「はぁ～。極楽極楽」

湯船に浸かれば、今日の疲れが本当に洗われるようだ。いろいろあったが、今日はもう終わる。反響する自分の声に、そう実感する。長い一日だった……。

『普段から腑抜けた顔が、お風呂に入ると余計にアホヅラになりますね』

アンドレは、浴槽の隣に設けられた石の台座の上で、金ダライに入ってもらった。この金ダライ、情緒というものに欠ける。やっぱ木の桶だろうと、声を大にしてそう言いたい。完璧に思えた大浴場だが、やはりまだまだか……。これからも頑張らなければ。

『しかし、ゴツくはありませんが引き締まった矮躯が……。細くてなまっちろい手足もこれはこれで……。童顔の少年が一糸纏わず無防備な様を晒すのは、どこかこう……、背徳的な気分になります……』

「なぜだろう？　体は温まっているはずなのに、すごく寒気が……」

『うふふふ……、眼福眼福』

「お巡りさぁーん、ここに覗きがいますよぉ‼」

『良いではないか、良いではないか』

「本当にアンドレアルフスだよ！　アルペイオスだよ！　お前、明日から外な！」

『断固抗議します！』

「うるせぇ、覗き魔と混浴する趣味はねぇ！」

『ストライキを起こします。具体的には、召喚を行う際に美人は召喚しないよう、業務を停止し、抗議します！』

「すいませんっした！」

『同行を認めなさい。でなければ、これから召喚されるのはあなたの感覚では女性に分類できない人外を呼びます。タコのような容姿の魔族や、カバの獣人女性、人間だって……』

「全面降伏します！　無条件降伏します！」

『では、明日からも私同伴という事で』

「はい……」

癒されない……。せっかく造った大傑作だというのに、全然癒されない……。

『しかし、それほどまでに美人を求めますか。欲求不満ですか、ゼロ歳児のくせに？』

「イヤらしい言い方すんな！　女の子と一緒に風呂に入るのが、僕の夢なんだよ！　その為にこの風呂を造ったと言っても過言ではない！」

『十分にいやらしいと思いますが……』

「うるせぃ、覗き魔」


カラカラ。


擦りガラスの扉を開き、おずおずとパイモンが大浴場に入ってくる。

「し、失礼します……」

「おお、パイモン。良かった。この変態スマホと二人き――」

やや筋肉質だが、引き締まった健康美が眩しいパイモンの肌。手足は長く、しかし貧弱という雰囲気はなく、むしろ力強く、しかしほっそりと程良く柔らかそうな四肢。八つに割れた腹筋が浮かぶ腹部は、しかしその腰回りが急激にくびれて丸い臀部へと続く曲線美が艶めかしく、そのまま脚線美へと続く。濃灰色の肌が妖しくも美しい、怠惰な獅子とは違う、まるで黒豹のような美しさである。そして――その上部――その胸筋――いや――

『早速夢がかなって良かったですね』

——おっぱい。

パイモンのおっぱい。それが僕の前に——あった。

幕間　おやすみなさい。また明日。

不思議な日だった……。

今日、世界は変わった。まるで天地がひっくり返ったような、朝に月が昇り、太陽が闇を運んできたような変わり様。それ程までに私の世界は変わった。

仲間ができた。

それだけで、世界は見違えるように輝きはじめた。なにもない、死の大地の代名詞たるこの《魔王の血涙》の夜ですら、空では雲間から星々が優しく輝き、月の光は雲の後ろからでも優しい光で大地を癒す。こんなにも世界は美しくなった。こんなにも広く、大きく、美しく。

「……綺麗……」

つい口からこぼれた言葉は、それでも静かに闇に吸い込まれていく。優しく、優しく。

仲間の一人は魔王。

軟弱そうで、脆弱そうで、弱々しいのに、どこか底知れない強さを感じる、私の主。

もう一人は私と同じ、魔王の配下。

物怖じせず、魔王にも平然と罵詈雑言を浴びせる、四角くて小さな私の同僚。
二人とも大切な、私の仲間……。

私の作ったごはんを食べてくれた。不思議な竈で焼いたり煮たりした魚や、私の持ってきた干し肉やパンを、嬉しそうに食べてくれた。

でも、干し肉やパンが噛み切れないのには、少し笑ってしまった。生まれたばかりとはいえ、子供だってもう少し顎が強いと思う。アンドレはまたキアス様に悪口を言って、キアス様はそれに文句を言う。楽しそうに。私だったら、嫌われるのが怖くて言えないと思う。二人のやり取りは、気心の知れた者同士の気安さがある。

お風呂というものに初めて入った。温かくて、ポカポカして、優しいものだった。嬉しくて、またなぜか涙が出た。

本当に不思議な日だ。悲しくも、痛くも、つらくもないのに、よく涙が出る日。

私が泣いているのに気付いたキアス様が、慌てて謝ってきた。なんでだろう？　明日からは別々にお風呂に入ろうと言われて、今度は悲しくて涙が出た。なにか嫌われるような事をしてしまったのだろうか？　キアス様に嫌われてしまったら、私は……――

そう心配したら、いっぱい涙が出た。そうじゃないとキアス様に説明されて、私はホッと胸を撫で下ろした。お願いしたら、明日からも一緒にお風呂に入ってくれると言ってくれた。初めてワガママを言ってしまった。

でも、弱いうえにこんなに泣き虫な私が、さらにワガママばかり言っていては、本当に嫌われてしまうかも知れない。これからは気を付けよう。泣くのも、我慢しよう。

しゃんぷーと、りんすというものも使わせてもらった。とてもいい匂いがして、嘘みたいに私の髪がサラサラになった。なにかの貴重な霊薬だったのだろう。キアス様は、ものを生み出す力を持った魔王様だ。だからこんな貴重な霊薬すら、配下の私に使わせてくれる。嬉しい。誇らしい。

しゃんぷーはいい匂いがしたから、ためしに舐めてみたら……思わずえずいてしまうようなマズさだった。えも言われぬマズさに涙が出た。あんなに甘そうな匂いがするのに不思議だ。りんすはためすのが怖かったので舐めてない。

お風呂から出たら、さっき泣かないって言ったのにまた泣いてしまった。だって仕方がないと思う。キアス様が、私に服をくれたのだ。しかも、キアス様と同じ服。とっても着心地のいい、高級そうな服。仕方がない。


優しく、心の広い魔王。

キアス様は、私の憧れた魔王のお姿そのものだ。キアス様を知ってから思い出せば、あの魔王コション様が、随分と矮小で狭量で俗っぽく見えるのに可笑しさすら覚える。

今私があの方に思うのは、ただただ感謝ばかりだ。ありがとう、私を雇わないでくれて。ありがとう、私に冷たく接してくれて。そうでなければ、私はキアス様に出会えなかった。

「ごちそう様。ありがとう、美味しかったよ」

こんな事を言ってくれる人と、出会えなかっただろう。

あの窮屈で小さな世界で縮こまって、いずれ消えていった事だろう。

星の美しさも、月の優しさも、闇の静かさも知らずに。だから、ありがとう。


寝室は別々だった。ちょっと寂しいけど、ワガママは言わないと誓ったのだ。あまり、守れそうもない泣かない誓いと違って、これは頑張って守ろう。

キアス様が寝室には回復魔法を付与したと言っていた。よくわからないけれど、優しく包まれているような感覚が、この部屋は一層強い。体も軽くなっていく気がする。これが、きっとキアス様の言っていた事だろう。

キアス様にベッドがない事を謝られたが、そんなものは気にもならない。そもそも、ベッドや布団なんて、滅多にお目にかかれない高級品だ。大抵の魔族は、基本的に布や毛皮に包《くる》まって寝るものだ。人間の作ったベッドや布団は、魔大陸では高級品なんですよ、と教えてあげたら驚いていた。

「そこまで技術格差があるのに、よくもまあ侵略されなかったものだ」

と、呆れられた。人間はたしかにすごいものが作れるけど、貧弱だって皆が言っていた。きっと、そういう話をキアス様も言っているのだろう。よくわからないけど。

それでもそういった高級な寝具は、魔王様やその側近であれば持っているかも知れない。だからキアス様も謝ったのかも知れない。私も今や、魔王の側近なのだから。

キアス様に私の持っていた予備の毛皮を渡し、それぞれ寝室に潜り込んだ。予備の方が綺麗だからと渡したけど、あんなもので良かったのだろうか……。

今日はとにかくいろいろあった。つらい事もあったけど、いっぱいいっぱい、良い事があった。それらを一つ一つ、じっくりと思い出しながら私は目を瞑る。最後にキアス様が言った、あの素敵な言葉を思い出しながら。

「おやすみ。また明日」

おやすみなさい、キアス様。おやすみなさい、アンドレ。おやすみなさい、今日の私。また明日も、この優しくて素敵な世界があなたを待っているんだよ。

第三章　魔王襲来っ!?

「エレファン、気付いているかい？」

「ん。新しい魔王、生まれた」

ボクの問いかけに、エレファンは言葉少なに答えた。

「そうだね。世界の魔力が揺らいだのを、ボクも感じたよ」

「ん」

彼女は寡黙である。しかしそれこそが、彼女の穢れなき純真さと、触れるべからざる静謐《せいひつ》さを物語っている。彼女こそが、世界一の神秘である事をボクは知っている。

「この感じだと、場所は北かな？　ちょっと遠いね？」

「ん。でも、見たい」

「へえ、キミが他の魔王を気にするなんて珍しいね？」

彼女が興味を示したのであれば、ボクはそれをかなえる。それがボクの使命であり、願いであり、矜持であるがゆえに。それに、彼女が興味を示した事で、ボクにも興味が出てきた。新たな魔王は、いったいどんな魔王なのか……。

「じゃあ、行ってみようか？」

「ん。でも、もうちょっと寝たい」

「じゃあ、もうちょっとゆっくりしてから出かけよう。急ぐわけでもないのだから」

そうしてボク等は目を閉じる。柔らかなエレファンの胸に顔をうずめ、その甘くも涼しげな匂いに陶然としながらも、ボクはその魔王の事を考えた。新たに生まれた、十三番の名を冠すであろう魔王。

コションの事もあるし、もしボク等を煩わせるようなつまらない魔王なら、そのときは――

――とっとと殺してしまおう。

そんな風に考えてから、ボクはもう一度エレファンの匂いを胸いっぱいに吸い込んで眠りに就いた。世界最強の存在、原初の魔王、エレファン・アサド・リノケロスの腕に抱かれて、第二の魔王であるボク、タイル・ジャーレフ・アルパクティコは、眠りに就いた。


しかしパイモンが女の子だったとは……。僕も見る目がない。

だが、それも仕方がないというものだ。あんなモコモコした服装じゃ体のラインもわからないし、なによりあんなに背が高くて凛々しいのだから。

だが、裸を見た感じじゃ結構柔らかそうだし、女性らしい曲線も保たれていて、あれはあれで素晴らしいものだ。幸いこれからも混浴するのは認めてもらったし、今夜も堪能しよう。パイモンイケメン疑惑も払拭され、僕は清々しく目を覚ます事ができた。毛皮で寝るとか、現代社会ではまず経験できない事もできたし。ただ、ちょっと獣臭いのが玉に瑕か。

　それに、寝室内のインテリアも少し考えなきゃな。殺風景な真っ白い部屋。それが、僕が目覚めた寝室の今の状態だ。それはパイモンの寝室も同じ。広さこそ昨日僕が目覚めた部屋よりは狭いが、それでも精神衛生上、こんな現代的な監獄みたいな部屋で寝起きはしたくない。だが、寝室に一番大事な寝具が作れないのは、どうしたもんかな……。

『暇です』

「おはようはどうした、アンドレ？」

　枕元——とはいっても枕がないので、ただ頭の近くから、スマホのアンドレが開口一番文句を言ってきた。まぁ、開く口はないんだけど。

『おはようございますマスター。暇です。あなたが眠っている間、とても暇でした。明日からは暇潰しがてら、歌など歌っていてもよろしいですか？』

「お前が歌？」

『ボエー』

「なんでジャ○アン風だよ……？」

『ヴォエエエェェ‼』

「ハードロック⁉」

安眠妨害だから是非やめろ。そんな事を思いながら、僕は昨晩寝る前にした実験の結果を見る為、スマホを手に取った。

「おお、ちゃんと全回復してるな」

《ステータス》の欄を開けば、昨日の夜に全部スマホに注ぎ込んだはずの魔力が元の数字に戻っていた。スキル〝魔力の泉〟は、ちゃんと機能しているとみていいな。ゲームじゃないんだから、一晩寝れば魔力が全回復するなんて保証はなかったのだが、なにせ一夜で一万もの魔力が回復するというのだから。もし他の連中もこんなペースで回復するのなら、魔法なんてそもそも撃ち放題である。

「たった七時間程度で一万も回復するのか」

そうなると、結構余裕があるな。

時空間魔法連発でもしなければ、そうそうなくならないだろう。そう思い、三千くらいの魔力を再びスマホに注ぐ。注ぎすぎて、いざってときに魔法が撃てなくなったら困るので、このくらいだ。

畳んでおいた学ランに袖を通し、寝室を出る。あまり長時間いたい部屋ではない。部屋を出ると、そこにはパイモンがいた。

「おはようパイモン」

『おはようございます、パイモン』

僕と、僕の胸ポケットのアンドレが挨拶をすると、パイモンも笑顔でたどたどしく挨拶を返してくれる。

「お、おはようございます、キアス様。アンドレ。ちょうど良かったです。朝ごはんができたので、起こしにきました」

昨日あげた学ランを着込み、パイモンがとても嬉しそうに笑う。凛々しい彼女には、その姿がとても様になっている。男装の麗人というヤツだ。

あんなトーガもどきのただの布に、ポンチョもどきを羽織っていたときとは違い、女性らしい体付きが学ランの上からでもよくわかる。腰の括れ、丸いおしり、胸の丘陵、それらが露わな服装は、一層彼女の魅力を引き立てる。素晴らしい！　具体的にはおっぱいが素晴らしい！　B？　Cくらい？　あまり詳しくないので具体的な数字はわからないのだが、控えめな自己主張ながら、慎ましいなどと蔑まれるようなものではない。むしろ実に手に馴染みそうなあの大きさで……、これは……、なんとも……。

『おっさん』

「なんの事かまったくわからない。冤罪だ。否認する。断固抗議する。僕は無実だ」

まったく、相変わらずアンドレには困ったものだ。やれやれだ。

アンドレの非常識な罵倒を大人の余裕で受け流し、パイモンのあとについてリビングへと移動する。そこには温かそうな朝食が。

うん、やはり一年の計は元旦にあり、一日の計は朝食にある。朝ごはんは大事だ。もしパイモンがいなければ、この朝食にすらありつけなかったのだから、やはり彼女を仲間にしたのは間違いではなかった。

まぁ、調味料の不足している現状では少々味気ないのが残念ではあるが、それでも美味しくいただいた。うまうま。

「今日はオークを呼び出して、仲間になってくれるようなら仲間にしたいと思う」

『いいと思いますよ。人手はあって困るものではありませんから』

「オークですか……」

食事をしながら述べた今日の予定。アンドレは即肯定してくれたが、パイモンは苦い表情を浮かべた。きっと彼等の集落を助けられなかった事に、自責の念を感じているのだろう。だが、どうせならオークやゴブリンは仲間にしておきたい。

そうでなければ、ダンジョン外に排除するしかない。

ダンジョンのこんな奥深くに、敵か味方かもわからない勢力を抱えるのは怖すぎる。それに、このままではゴブリンはともかくオークたちは結構まずい。着の身着のまま逃げ延びた彼等には、ろくな食料の持ち合わせすらないだろう。壊滅した集落に戻ればそこそこの食料は残っているだろうが、十一人しかいないのでは再建も厳しい。厳しすぎる。なぜなら逃げ延びたオークは、十一人中八人が女子供である。おそらく、女子供から優先して逃がしたのだろう。残りの三人は護衛か。

というわけで、パイモンの蟠《わだかま》りは今後の課題という事で、一気に十一人のオークを呼び出した。

初対面は割愛。パイモンのときとほとんど同じだったから。その代わり、オークたちの容姿について記述しておこう。

物語に語られるような、そんな醜悪な姿ではない。むしろちょっとコミカルである。天辺を向いた鼻の横から、立派な牙が同じく天へと向けて伸びている。額から顎の周りにかけてはふさふさの体毛に覆われていて、体も毛が濃い。豚というより猪の印象が強い姿で、身長は大人でも百二十cmくらい。胴体や手足も体毛が濃いだけで、人間のそれとさほど違いはなさそうである。

護衛の三人は革鎧に槍を装備し、女性の幾人かも槍を持っていたが、それらの武器は粗末であり、頼り甲斐がなさそうだ。

「つまり、我々を魔王様の配下に加えていただけると?」

オークたちを代表して、戦士のような男性が僕と話している。他のオークたちは、その後ろで平伏している。そういう堅苦しいの、苦手なんだけどなぁ……。

「うん、まあそういう事でいいや。十一人じゃ、再興もままならないだろう?」

僕を魔王と知ると、皆『配下配下』と言うので、もうそれでいいやと思う事にする。

「簡単な雑用を任せるから、それをこなしてくれれば地上に住居も用意する。これからゴブリンも増えるから、それも覚えておいてくれ。こちらからの要望はそれだけだ」

雑用というのは、塩の運搬や浄水場の柵の清掃なんかである。この清掃は漁の意味合いも強いので、彼等にとっても有益な提案のはずだ。

レッドキャップを駆除した事、長城迷宮を造ったのでもう侵入してこない事を教えてあげたら、オークはかなり警戒心を解いてくれた。彼等からしてみれば、僕は仇を討ってくれた恩人のような扱いらしい。正確には、彼等を襲ったレッドキャップを倒したのは僕じゃないし、さらに侵入してきたレッドキャップを倒したのは、ダンジョンを造る為の練習台だったのだが……。それでもいいらしい。

「話はわかりました。是非我々を配下としてください、魔王様」

「キアスでいいよ。こちらこそよろしく」

《召喚陣》が消え、笑いながら僕とオークは握手を交わす。

次はゴブリンか……。多いんだよね、ゴブリン……。まぁやるけど…。

「これは……っ！」

「すごいわ！　今日からここに住めるんですか？」

「すごい！　魔王！　すごい！」

地上の神殿、その前に新たに造った十一戸の家を見て、オークたちが歓声を上げている。どう考えても、子供も多いこの面子で十一軒も家はいらないのだが、空き家があっても困らないし、住人が増える事も考えればこれでも足りないだろう。ベッドや寝具はないのだが、どうやら魔族はそれが普通らしいので、彼等も気にしていない。でも、個人的には絶対に手に入れようと思っている。

最初に行く町は、人間の町に決定である。

悪いが、風呂は公衆浴場を新たに造らせてもらった。昨日造った大浴場は僕と仲間専用である。

というか、ああいう私生活のスペースにいつ何時他人が入ってくるかもわからない状況というのは、ちょっと落ち着かない。

そんなこんなで、オークたちを受け入れていたら時刻は昼近くになってしまった。ごはんを食べようかとパイモンに頼んだら、なんと魔大陸には昼食という概念がないらしい。一日二食が普通なんだとか。お腹減るだろうに……。夜はオークたちの歓迎の意味も込めて豪勢になるとの事なので、今回は引き下がる。だが、絶対一日三食の習慣を付けてもらう。僕の為にも。

では、昼を抜いてダンジョンマスターの仕事に戻ろう。残っている仕事は三つ。だが、一つ目はすぐ終わる。アンドレと相談しながら、ダンジョンの地形をちょちょいと操作するだけの簡単なお仕事だ。

「こんなもんか?」

『はい、コストを削減しつつ、ダンジョンの難易度を上げる素晴らしいアイデアです』

「よせよせ、そんなに褒めてもなにも出ないぞ?」

ダンジョン製作に関してはアンドレも手放しで褒めてくれるので、少し自信が回復してきた。いや、浄水場とか、風呂とかで結構やらかしたからな。

アンドレも上機嫌だ。こいつは、ダンジョン関係でいい事を考えると、機嫌が良くなるようだな。

〝無酸素回廊〟もお気に入りだし。

僕がやったのはそんなに難しい話じゃない。魔物のポップスポットを造っただけだ。

ポップスポット、つまり魔物の生まれる場所——魔力溜まりだ。

　ダンジョンの本来の機能であれば、この魔物のポップスポットは《召喚》を用いて特定の魔物を呼び、いなくなれば同種の魔物を再び召喚するのだが、僕がそんなに素直に動くわけがない。

　魔物は、自然界に普通に存在する魔力が沈殿して生まれるらしい。魔力は重さもなく、肉眼では確認できない代物ではあるが、それでも物質と同じ性質を持つようだ。

　だから、既に魔力嵐で多くなったこの土地の魔力を、意図的に魔力溜まりに集まるよう地形を造り変え、人工的に自然発生型のポップスポットを用意したのだ。生まれた魔物や侵入者はトラップで死に、その死体はダンジョンに吸収される。

『素晴らしい発想です。自然界に存在する魔力は元々利用が困難で、生物の体内に取り込んで初めて利用可能となる。そういった、魔力に対する固定観念のなかったマスターだからこそ、できた発想とも言えます。

　魔力溜まりそのものは、単なる魔力の溜まる場所ですので維持も簡単ですし、《召喚》に比べ、かなりの低コストで魔物をダンジョンに利用できます。出現する魔物がランダムなので、関門を任せるのは無理ですが、それは《召喚》を使ってしまえばいい話です。それに、魔物はある程度環境に合わせて生まれてきますので、地上に海の魔物が生まれるといった心配は皆無です。長城迷宮にも、マスターの要望通り空の魔物が生まれるでしょう。ダンジョンマスターの面目躍如ですね』

「まぁ、それほどの事でもないよぉー？」

『おっと、少しおだてすぎましたね。豚もおだてりゃ木に登るそうですが、あなたは少しおだてただけで、蝋の羽もないのに太陽まで突っ込んでいきそうですね。加減が難しいです』

相変わらずのアンドレの毒舌は、この際笑顔で受け流そう。せっかく回復した自信も、根こそぎ叩き折られそうだ。


二つ目の作業には時間がかかる。次はいよいよ、武装を整えねばならないのだから。

僕は鎚を握り、地上に造った鍛冶場へと向かう。ここら辺りだって、魔力嵐の残滓が残っているのだから、いつ魔物が出てもおかしくはない。僕やパイモン、オークたちの武器も作るので、かなり時間がかかる。というか、ぶっちゃけ今日中に終わるものではない。

いくら《鍛冶技術・レベル１００》の恩恵があり、その恩恵のお陰で知識もあるとはいえ、やはり初めてなのだから肩慣らしは必要である。そうなると……、まずは簡単なプッシュナイフからにするか。あれなら小さいし、成形にも時間がかからない。

そんな事を考えながら、加工用の鉄を取り出す。スマホに保存されていたこの土地の土から、鉄分だけを分離して取り出したのである。将来的には鉄の産地にもこだわって、製鉄から自分で行いたいな。あるいは、専用の職人を育てるか……。しかし、魔族の技術力には不安を覚えるし、適当に作られるくらいならこっちの方がましだしなぁ……。

魔法を付与した炉に、取り出した炭素を適当に突っ込んで鉄を熱していく。

素材はあまり良くなかったが、思ったよりまともな鉄のナイフができた。これが《鍛冶技術・レベル100》の恩恵か。次はオークたちの槍にしよう。

まともな武器は追々作るので、今はとりあえず間に合わせだ。あ、槍じゃなく薙刀にするか。いやいや、それなら鏟《さん》の方がいい。って、あれは沙悟浄だったな。じゃあ——

「キアス様、夕飯の準備が整いましたよ？」

「お、もうそんな時間か」

パイモンが呼びにきたので外を見てみれば、そこはもう夜の顔を見せはじめている。今日は一日が過ぎるのが早かったな。昨日とは大違いだ。やはり鍛冶仕事というのは時間を食うなあ。まぁ、それ以上に性に合っていて楽しかったという理由もあるだろうが。

「じゃ、飯にしようか」

「キアス様、その前にお風呂に入りましょう。そんな煤まみれのお姿では、歓迎されるオークたちも少し可哀想です」

なんだか楽しそうなパイモンに諭され、僕等は大浴場へと向かった。フォローはしなかったが、オークたちとの蟠りはなくなったのかな？

あ、ゴブリンたち仲間にするの忘れてた。というわけで、三つ目の仕事は明日へ先延ばしとなった。

次の日、百二十三人ものゴブリンを呼び出し、仲間になってもらった。これで、働き手となる男衆が随分増えた。

ただ、やはり物資も武器も乏しいようだ。

「このたびは、我々ゴブリンなどを配下の末席に加えていただき、感謝の言葉もございません」

ゴブリンの長老が畏まって話しかけてきた。

ゴブリンは、鼻の大きな毛のない小人ってカンジだ。

「ああ、長老、早速なんだけどさ、仕事を頼みたいんだ。結構人手もいるんだけど……」

「はい、なんなりとお命じください。なんなら、私自ら、キアス様のお役に立ちたく存じます」

「いやぁ、流石に長老には任せられないかな……。死なれると困るし……」

「え……？」

「とりあえず、活きのいいのを三十人くらい見繕ってくれ。大丈夫。二日に一度は睡眠時間はあげるし、あとになれば、そんなに人数はいらないから」

この老人に不眠不休は、ちょっと酷だろう。


あれから一週間と少し。今日はとうとう間に合わせでない、ちゃんとした武器ができた。

今までは鋼と呼べないような鉄の穂先と、オークやゴブリンたちがそれまで使っていた槍の穂先を付け替えてなんとか間に合わせていたのだが、今日ようやくちゃんとしたものが完成した。パイモンも、それまで使っていた木の棍棒や僕が作った六角棍を使っていたのだが、やはり魔物も結構発生して大変だったようなので、威力の高い新たな得物を用意した。

だが、その道のりは決して平坦なものではなかった……。

僕の指示の下、オークとゴブリンの男衆たちに手伝わせ、渾身の炉を手作業で造るのに丸一日。その炉を、今度は三昼夜火を絶やさずに燃やし続けて造った玉鋼。次の日は流石に寝てしまい、さらに次の日から二日徹夜して玉鋼を鍛えて造ったのが、僕渾身の武器たちである。

「お前等……、ありがたく受け取れよ……」

相槌を打った二人のオークがグロッキーななか、一番過酷だった僕ができ上がったそれをオークやゴブリンたちに見せて言う。この主従形態、なんか間違ってね？

「おおっ！　なんと素晴らしい！　新品の槍だ！」

「これが魔王の配下の証か！」

「いや、それどころかキアス様本人が、手ずから打たれた代物だ。他の魔王様の配下だって、そんなものは持てないぞ！」

喜んでくれてなにより……。僕はもうだめだから、ちょっと寝ます……。

「それにしてもキアス様――」

と思ったら、ゴブリンの長老が話しかけてきた。こいつには、オークも含めた他の連中の取り纏めもやらせているので、無下にもできん。仕方なく話を聞いてみる事にする。

「この槍もそうですが、パイモン様とキアス様の武器も異様でございますな？」

「すごく使いやすいです、キアス様！」

長老の言葉に被せるように、パイモンがキラキラした瞳で語る。

「重さは今まで使っていたものより重いのに、それより遥かに取り回しがしやすいです！　ありがとうございます、キアス様っ！　一生大事にします！」

「いや、武器なんてものは消耗品だ。いずれ、もっといいものをあげるよ」

うん、嬉しそうなパイモンを見ていると、こっちまで嬉しくなってくるね。疲れも吹き飛ぶというものだ。いや、寝るけど。

パイモンがこれまで使っていた木の棍棒は、その大きさのわりに持ち手が片手用だったから、こっちの方が使いやすいのは当たり前だ。パイモンの為に作ったのは、三mの金砕棒。六角の表面に鋲を打ち、持ち手に近付くにつれて細くなり、持ち手は円柱になっている。いわゆる鬼の金棒だが、あんなに太くはない。重さもせいぜい五kgであり、パイモンなら取り回しはたやすいだろう。

「オークやゴブリンたちの槍も、……なんだか禍々しい感じです……」

褒めようと思ったのだろうが、実際に見て言葉が尻すぼみになっていくパイモン。僕とゴブリンの長老が苦笑しながら、男衆たちの掲げる槍へと視線を向ける。

「あれはドウ・サンガと呼ばれる槍だ。穂先が二叉に分かれ、しかも刃が波打った槍。刺突、斬撃両方に効果的で、生産効率さえ考えなければ、普通の槍より遥かに優秀な槍と言える」

インドのムガール帝国で使われていたものであるが、その元となったのはペルシャの騎兵が用いた槍だそうだ。ヨーロッパではフォーク・パイクとも呼ばれるらしい。

波打つ刃はフランベルジェなどとも通じる裂傷を広げる効果を持ち、長いY字の穂先は外側に広がっているがゆえに斬撃に適し、突かれようものなら波打つ刃にガリガリと体を削られ、ギロチンのように両断される。たしかに禍々しいかもな。

「なるほど。ただ見た目だけの槍ではないのですな」

長老が感心しながら、その穂先をしげしげと眺める。波打つ刃を持った武器、というのは意外と多い。そして、そういった刃物は見た目の美しさから儀礼用にも使われがちだが、その根底にあるのは戦における機能美と、殺傷に関する飽くなき追求である。

「そしてキアス様の剣は……――」

パイモンが言うと、ゴブリンの長老や他のやつ等まで、僕の腰の剣を注視しはじめる。

「ああ、これね」

僕は魔物の革でできた鞘から、その剣を抜く。鋼色に輝く刀身が美しく、その曲線が優美に光って辺りを魅了する。

「不思議な剣です。こういった形のものは見た事がありません」

「私も長いこと生きとりますが、それでも見た事のない形ですな。たしかに不思議な剣ですじゃ」

興味深そうなパイモンと長老。僕の持つ曲刀は、その刀身が大きく湾曲している。

峰の方にではなく、刃の方に。

形としては鎌に近い。

「ショテルという剣だ。使い方としては、盾に隠れて敵の視界の外から攻撃したり、逆に相手の盾を持つ手を切ったりする剣だ。正面から敵の背中すら攻撃できる。しかも両刃なので、弧の外側を使って普通の斬撃にも使える！」

エチオピア原産の曲刀。この機能美、合理的フォルム、そして奇剣というカテゴリー。なんとも素晴らしいじゃないか！　正面から不意を突くというスタイルも好きだし、曲刀は切れ味を重視したものが多いなか、その湾曲した切っ先で突くように戦うのも面白い発想の転換だ。

だが、この剣は鞘が難物なのだ。僕の場合は大きな半円の革鞘を使っているが、これは咄嗟のときに抜き打ちにできるような代物ではない。護身用としてはどうかと思うが、それでもこの剣が好きなのだ。

いいんだよ、僕の真骨頂は魔法なんだから！

だがその取って付けたような言い訳すら、次の日に使えなくなる事を僕はまだ知らなかった……。

知らずに、あとの事はパイモンと長老に任せて、僕は眠りに就いたのである。

眠かったし。

その日は、ごく普通に始まった。

朝の食事を終え、新たに発生した魔物の位置を確認し、近いものはトラップで殺して肉と皮に分けて保存し、遠いものは放置している。別段、実害もないしね。残っているのは食料であり、食料ならば保存も考えてしばらくは生かしておくというのも効率的だろう。まぁ、近付いてきたら殺すけど。

さらに、神殿近くの風景も少し変わった。なんと、田畑ができたのである。といっても一から作ったわけではない。オークやゴブリンが育てていた畑を、そのままダンジョンの機能で持ってきたものである。居住区の中央に噴水を造り、そこから用水路まで造ったので、川がなくても水の心配はないだろう。

最近は武器にかかりきりだったのでダンジョンを疎かにしていたが、そろそろ信頼の迷宮の次を造らないとな。《魔王の血涙》に発生した魔物が、いつ神殿の方に来るかもわからないので、ダンジョンを造ってそこに放置する算段なのである。あ、ただそうなると食料がな……。オークやゴブリンの持っていた食料もあるのだが、それにだって限界はある。自然と肉料理中心の食生活になりがちで、少々食傷気味ではあるのだが、魔物が狩れなくなると、今度はそのオークたちの食料しか当てがなくなる。早急に、この食料不足をなんとかしないといけないだろう。

そろそろ町に出るか……。などと考え、僕は居住区をぶらぶらしていた。呑気な事にこのときの僕は、完全に油断していた。この牧歌的な風景と、好意的な周囲に、自分が剣と魔法の世界にいる事すら忘れかけていた。


そして、平和な時間は唐突に終わりを告げる。


真っ先に気付いたのはアンドレだった。

『ッ⁉　マスター、侵入者です‼』

突然響く、アンドレの焦った声。その声に促され、スマホを確認した僕は思わず絶句する。

マジかよ……――


【まおう】《2匹》


――――。言葉にならない。

初めてダンジョンにまともに侵入したのが、魔王だとッ⁉　一般人でも、冒険者でも、兵士でも、四天王ですらなく、よりにもよって魔王⁉　それも二人ぃ⁉

「順番ってものを考えろよッ‼　なんでいきなり魔王なんだよ⁉」

『落ち着いてくださいマスター！』

そう僕を宥《なだ》めるアンドレの声にも、若干の焦りを感じる。当然だ。このダンジョンは今、存続の危機に陥っていると言ってもいいのだ。未完成なダンジョンで迎え撃つには、魔王はあまりにビッグネームすぎる。

「アンドレ、相手は今どの辺りだっ⁉」

とりあえずは現状の把握が必須である。僕はスマホを操作して、信頼の迷宮の次のダンジョンを造りながらアンドレに問うた。

『長城迷宮の入り口、階段を登った踊り場です！』

「あの二つの迷宮なら足止めは十分だろ。取り急ぎ、次の――」

『――ッ！　マスター‼』

アンドレの悲鳴のような声は、しかし突然吹き荒れた風に阻まれてほとんど聞き取れなかった。

周囲一帯に猛烈な暴風が吹き荒れ、そして――

「やあやあ、キミが新しい魔王かい？」

――そいつ等は現れた。

見ただけでわかる。こいつ等は異常だ。

ばさりばさりと翼をはためかせて空に漂う、少年とも少女ともつかない一人。空中にピタリと静止し、こちらを見下ろす紫の肌の絶世の美女が一人。――ヤバい……。《鑑定》を使うまでもなく、本能が訴えている。今すぐ逃げろと。絶対に勝てないと。生存本能が訴えている。

ただこちらを見ている、それだけで圧倒される程の威圧感。パイモンを相手に、『強そうだ』と感じるのとは違う。『強さ』そのものを感じさせる、その威圧感こそが異常だった。


紫の肌の方は銀の髪を風になびかせて、超然とした無表情を浮かべる美女。両側頭部からはその銀髪を押しのけて金の角が伸びており、百七十cm弱の身長を裾の長い神官服のような、黒くゆったりとした衣装で包んだ姿は、妖しい美しさを孕んでいた。――いや、彼女にはそんな小道具がなかったとしても、それでもなお思わず息を呑んでしまうような美しさがある。こんな状況だというのに、彼女に見惚れながらそう思った。

あれが――魔王か。

男物のシャツとベスト、それに少年用の礼服のような半ズボンを履いた、性別不明なもう一人。色白で、金の癖っ毛と、あどけない童顔でありながら、やや大人びた目付きのチョコレート色の瞳。百三十cmに少し足りないくらいの身長。その姿は人間とそう変わらない。背から飛び出した四枚の漆黒の翼さえなければ。

「うふふふ。そんなに警戒しなくていいよ。ボクたちが今日ここに来たのは、キミを見ておきたかった、ただそれだけなんだからさ」

僕に向かってにこやかに笑いかけながら、黒い翼を持つ方がゆっくりと降りてくる。

どうする？　相手の言葉を鵜呑みにするには、僕は彼等の事をなにも知らない。不用意に近付かれるのは危険かも知れない。しかし、相手は魔王が二人。それも、あんな威圧感を持つ二人だ。僕が神様からもらった恩恵は強力そのものだが、果たしてこんな連中に通用するだろうか？

翼の方の言葉を信じるなら、どうやら戦いにきたわけではないらしい。僕もできれば戦いは避けたい。しかし信用できるのか？　相手はなんたって魔王だぞ？

……僕もだけどさ。

それに、聞いておきたい事もある。どうしてここに来たのか、どうやってこんな短時間でダンジョンを突破したのか。それらは絶対に聞いておかなければならない事柄だ。前者は状況を理解する為、後者は二度とこんな突破を許さない為に。

「ボクは第二魔王、タイル・ジャーレフ・アルパクティコ」

懊悩する僕を後目に、大地に降り立った黒い翼の方――タイルがそう自己紹介した。

「それで、こっちが第一魔王エレファン・アサド・リノケロス。美人さんでしょ？　よろしくね、第十三魔王君」

ニコニコと笑うタイルに、僕は矜持だけで泰然自若を装い、堂々と言って返す。

「僕はアムドゥスキアス。先日生まれた新参の魔王だ。こちらこそ、……よろしく頼む」

そう言って右手を差し出すと、タイルはちょっと驚いたように目を開いたが、その表情は相変わらずの笑顔を崩さずに握手を返した。

どうやら握手という挨拶は、この世界にもあるらしい。僕はそれを、タイルの柔らかな手を握ってから気付いたのであった。

エレファン・アサド・リノケロス。

第一の魔王にして、この世界で最強の魔王。……らしい。

約五百年前、彼女の怒りを買った真大陸南端の国は、彼女の手により粉々にされたそうだ。文字通りの意味で、彼女の手によって、粉々に。真大陸南端の、今ではアルバン諸王国と名前を変えたその諸島地域。粉々にされた島々の形が花に似ている事から《悲劇の花》と呼ばれ、魔王への畏怖を、今でも深く人々の心に刻みつけているらしい。〝世界最強の魔王〟の名とともに。

僕はタイルから聞いた話を思い浮かべながら、もう一度エレファンを見る。ぽけーっとした無表情をその美貌に浮かべ、輝かんばかりの銀髪を膝の裏辺りまで垂らし、威圧感より荘厳さが際立つ金の角。そんじょそこらではお目にかかれない——どころか世界中探そうと、ここから見たら異世界である地球をひっくり返して探してみたって、相対する者なき無比なる美の体現。とてもではないが、そんな厳つい逸話がある人物には見えなかった。

「んふふぅー。ウチのエレファンは美人だろう?」

どこか自慢げに、タイルが胸を張る。その薄い胸を。

しかしその気持ちもわかる。これだけの美人、友人としてどころか、単に町で見かけただけでも、男なら自慢したくなるというもの。っていうか、こいつはこいつで依然として性別不明だ。細い金糸の癖っ毛は、その長さからでは男女の区別はつかないし、幼さの残る矮躯は、緩急のないそのラインに青い果実の危うさすら感じるが、それは男女に関係ない魅力だろう。男なら紅顔の美少年とでもいうべきだが、女の子だったとしてもすごく可愛らしい美少女である。しかし、直接問い質すのは憚られるな。男女どちらだったところで、間違えて気分を害すのは避けたいのだ。

どれ程愛らしい外見だろうと、タイルだって魔王なのだから。今ここで、僕とエレファンとタイルが殺し合うのは、最悪の未来予想図だ。

「ところでアムドゥスキアス君、キミはなんでここに居を構えたんだい？」

タイルはニコニコと笑いながらこちらに問いかけてはいるが、正直その仮面の被り方は下手くそだと言わざるを得ない。僕を値踏みするような視線がうっすらと見え隠れしているし、何度かその笑顔の仮面も剥がれかけている。

「ここはお世辞にも拠点としては向いていないだろう？　水や食料の面だけでなく、物流は皆無で、おまけに真大陸に近く、人間の襲撃にも備えなきゃならない。それに、他の魔王の目にもとまりやすい。こんな風にね」

そう言って両手を広げるタイル。自分たちのような輩が、いずれやってくるぞとの忠告らしい。

たしかに、それはちょっと困るかもなぁ。こんなやつ等があと十人もいるんだろう？

「生まれたばかりのキミには、少々過酷な土地だと思うんだがね？　知らなかったのなら、転居をお勧めするよ？　なんなら、他の魔王や支配者のいない土地を紹介しよう」

一瞬悩む。正直に答えるべきか、否かを。まぁ、すぐに答えは出たけど。

「この土地についてはある程度知っている。それでなお、僕はここに居を構えた」

「へぇ……」

タイルの目は、そこに笑みを湛えるが、その奥には暗いなにかが凝《こご》っているように思えた。

「突破してきたなら知っていると思うが、僕はここにダンジョンを築き、真大陸と魔大陸を既に分断した」

「ああ、空の上から見させてもらったよ。あれはすごいねぇ。あんな大きな建築物は初めて見たよ。まったくたいしたものだ。生まれてまだ日も浅いというのに、あんなものを造り上げてしまうなんて。お世辞抜きに感心するよ。面倒だから飛んできてしまったが、長時間空を飛べる種族なんてそうはいない。あれを突破するのは大変だろうねぇ。で？　このダンジョンとやらを造って、両大陸を分断した意図っていうのは、聞けば教えてくれるのかな？」

くそっ、やっぱり空から突破したのか。これは、あとでアンドレと飛行対策を考えなきゃな。簡単なものなら既に思い付いてはいるが、それは弊害も多い。どうするか……。

そんな事を考えながらも、僕は平然とタイルに答える。

「教えるだけならば構わないさ。それを聞いて、アンタがどうするかは知らないが……。僕は単に、頼まれたからそうしているだけさ。依頼人の要望は『両大陸を分断し、相争う人間と魔族の頭を冷やしてやってほしい』という、ただそれだけさ」

「ほう！」

　僕の答えに、タイルは今日初めて純粋な驚きの表情を浮かべた。そのあどけない顔は、今までの大人ぶった顔よりもよほど魅力的に見えた。

「なるほど。だからここなんだね？　ここでなければ両大陸を分断する事はできない。逆に、ここであればさっき見たダンジョンで分断もたやすい！　なるほど、なるほど。だがそれは荊の道だよ？人間どころか、魔王も敵に回す。ボク等のような例外を除けば、真大陸と戦をするのか、しないのかと聞かれて後者を選ぶ魔王は稀だ。ボク等は真大陸なんて、これっぽっちも欲しくないけど。そんな魔王も敵に回し、真大陸に住む人間も敵に回す。世界を相手にケンカを売るようなものだ。そんな事ができるのは、エレファンくらいのものさ。おまけにキミは生まれたて。悪い事は言わない。今すぐ拠点を移しなよ？」

　タイルの忠告はもっともだ。というか、神様から話を聞いて、僕も真っ先にそう思った。だが、

「うーん……、まだ結果も見えていないのに、一度受けた依頼を反故《ほご》にするのは趣味じゃないなぁ。それに、そういった輩を迎え撃つ自信は、あるよ」

　神様からもらった魔法の恩恵、そしてこのダンジョン。この二つで、どんな魔王でもある程度は相手にできると思っている。……まぁ、ダンジョンの方は、さっき早々に突破されてしまったわけだが……。それだって、まだ未完成だったのだからしょうがないと、言い訳くらいはしておく。それは僕の怠慢だというブーメランも、見事な軌道で返ってくるわけだが……。

「ふぅん？　まぁ、ボクたちは人間との争いに興味はないし、キミを見る限りそれもまた面白そう

だね。ただ、他の魔王――とりわけ第十一魔王と第十魔王は黙っていないだろうね。二人とも野心家だし」

「やっぱりいるのな……、真大陸との開戦派の魔王……」

わかっていた事ではあるが、それはどうにも気の重くなる話だった。なぜなら、その魔王たちと僕がぶつかるのは、もはや必然なのだから。

「あははは、そりゃそうでしょ」

屈託なくタイルが笑う。その表情にはもう、こちらを推し量るような色は見受けられなかった。

「特にここから一番近いところに縄張りを持つ第十一魔王コションは、その急先鋒だね。生まれて二百年くらいだけど、何度も真大陸に攻め込んでいる。ぶっちゃけ、キミがコションと同じようなやつかどうか、それを確かめに、ボク等は今日ここに来たんだ。まぁ、そんな心配はなさそうだね。あんなヤツより、キミはとっても面白そうだ！」

「戦争なんてまっぴらだよ。つまらないからな」

なにが哀しくて、楽しい事も好きな事も面白い事も我慢して、人殺しなんてつまらない事をしなければならないのか……。

「うんうん、なんだかキミとは仲良くやれそうだ。ボクはちょっとだけ、キミの事が気に入ってきたよ。あはは、ごめんね、ちょっと立ち寄っただけなのに、長々といらぬお節介なんて焼いちゃって」

「いや、僕もまだ生まれて日が浅いからな。友好的、かはともかく、敵対的でない魔王の知り合いができたのは喜ばしいよ」

「おやおや、別に友好的と言ってくれても構わないんだけど？」

「それは追々見定めるさ」

「ますます好印象だ。ボク個人としても、キミに一層興味が出てきたよ。だから簡単に死なないでね？」

「努力する」

僕だって死にたくはない。言葉通り、努力はするさ。取り急ぎ、ダンジョンに飛行対策を施さねば。

どうやら二人は、本当にただ立ち寄っただけであり、このまま帰るようだ。何事もなく立ち去ってくれるなら、こちらとしてもありがたい。タイルの雰囲気も、当初よりかなり柔らかだ。

「じゃあね、アムドゥスキアス君」

そう言ってにこやかに去ろうとするタイルだったが、微動だにせずこちらを見ている存在がもう一人。言うまでもなく、それはエレファンだった。あるいはなにも見ていないのではないかと思わせる、その無気力な瞳が、僕をじっと見詰めていた。

「エレファン、どうしたんだい？」

タイルの呼びかけにも答えず、じっと、じぃーっと、僕を見続けるエレファン。流石に居心地が悪くなり、声をかけようとした。のだが、その機先を制すようにエレファンが口を開いた。

「オマエ、なんで弱い？」


突然、今までずっと黙っていたエレファンが、たどたどしい口調でそう問うてきた。ガラスを打ち鳴らしたような澄んだ声音が、僕とタイルの間に響く。それには、僕だけでなくタイルも驚いたようで、エレファンに駆け寄った。

「どうしたんだい、エレファン。キミが誰かに興味を示すなんて珍しいね？」

「タイル。こいつ、魔王。間違いない」

不躾に指をさされるが、それを気にさせない程エレファンの言動は幼い。無垢とすらいえる程に。

「そ、そうだね。アムドゥスキアス君はボク等と同じ魔王だよ。今日は彼を見にきたんだろう？」

「違う」

「え？」

戸惑うタイル。おろおろと慌てながらこちらを見てくるが、それはそっちの管轄だ。彼女の言葉は、僕にとっては翻訳が欲しいレベルなんだから。

「見にきた、そう。でも、違う。タイルと、こいつ、違う。こいつ、魔王。でも、こいつ、弱い。すごく、弱い」

罵倒とか軽視とかではなく、エレファンは単純な事実を告げるようにそう言った。僕は、拙い彼女の言葉の翻訳をタイルに求めた。

「えっと……、言いにくいんだけど、キミって魔王のわりになんというかその……、威圧感や力の片鱗みたいな特徴もないし、まるでただの人間の子供のようだろう？　どうやらエレファンはそこに興味を持ったみたいだね」

つまり弱そうだと。まあ、素手で大地をぶち割っちまうようなやつから見たら、僕なんて貧弱なんだろうけどさ。エレファンを窘めるように、タイルがちょっと強い口調で言う。

「エレファン、きっとアムドゥスキアス君は、力をとてもうまく隠しているんだよ。力の片鱗というなら、あのダンジョンがあったじゃないか。あれはきっと、土魔法で造ったんだよ。そうでなければ、生まれてからこんなに短時間であれだけのものは造れないさ。そういう言い方は相手の気分を害して、いらぬ争いを――」

「違う。タイル、こいつ、弱い。ボク、わかる」

「…………」

「…………」

困ったような表情のタイルと、泣きそうな僕……。

いや、お世辞にだって、僕は強そうには見えないだろうけどさ、なにもそこまで言わなくても……。エレファンが純粋にそう思って言っているのがわかるだけに、かなり心を抉る。

っていうか、僕には実際神様からもらった、チート的な体力と魔力と魔法技能がある。だから、ここまで言われれば、たとえ悪意がなかったとしても、ちょっとカチンとくるわけで。

「えっと、エレファン、で良かったか？」

「ん。ボク、エレファン」

僕の問いに胸を張って名乗るエレファン。外見は絶世の美女なのに、言葉遣いや仕種はやけに子供っぽいやつだ。

「僕はアムドゥスキアス。キアスと呼んでくれていい。僕はこれでも一応魔王だからね、身を守れるくらいには魔法も使えるよ」

「ウソ！　それ、ウソ！　おま――キアス、魔法、使えない！」

やっぱりちょっと、カチンとくるものがあるよな。

ここはあれだ。いっちょド派手な魔法でも使って、この娘のド肝を抜いてやろう。そういえば、ダンジョン製作や鍛冶仕事なんかで、結局魔法のためし撃ちは後回しになっていた。ダンジョン製作がポンポンとなんでもできて、魔法の付与まで行えるもんだから、すっかり忘れていた。

「そこまで言うのなら、ちょっと見ていてごらん」

僕はそう言って、居住区の外のなにもない荒野に向き直る。家が壊れたりはしないのだが、誰かが巻き添えになったりしても困る。居住区そのものもあまり大きくなく、田畑の区画も決まっているので、そこを一歩出ればこんな風に手付かずの荒野がまだ残っているのである。

使う魔法は……、そうだな、〝炎害《フロガ・カタストロフィ》〟にしよう。〝災害《カタストロフィ》〟系統は、最上級魔法の入門編みたいな魔法だ。威力は高いし攻撃範囲は広いのだが、個人対個人の戦いに使えるような魔法ではない。その攻撃範囲と威力こそが、生半可ではないのだ。

小さな村なら、そこに村があった事すらわからぬくらいに一瞬で焼き尽くす。命もものも空気すら、灼熱の嵐と急激な酸化現象によって消え失せる。
良い子は、絶対に人に向けて使ってはいけない魔法なのだ。勿論、僕は良い子なので、人のいない、見晴らしのいい荒野に向かって撃つ。
「いくよ、〝炎害《フロガ・カタストロフィ》〟‼」

……………………………………………………………………

……………………………………………………………………アレ？

……………………………………………………………………

僕の目の前には、相変わらずの不毛の荒野と、困った顔のタイル、無表情でじっとこちらを見ているエレファンがいた。
……………もう、泣いていいよね？

【まほう】《0》
もっと注意していれば、すぐに気付けたはずだった……。

いくら目安でしかないステータスだって、ゼロなものはゼロ。一ではなくゼロ。あるかないかでいえばないのだ。〝魔力の泉〟で魔法の威力が上がると言われて、当然のように魔法が使える気がしていたのだが、ゼロの十%はゼロであり、ゼロの八十%もゼロであり、ゼロの千%でも、それはゼロなのである。

ゼロの攻撃をいくら増幅させようとしても、そこに使われる数式は基本的に、足し算ではなく掛け算。ゼロになにを掛けても、ゼロなのである。

ゲームでも、どれだけ強い魔法が使えるようになったって、どれだけ強い装備を手に入れたって、レベル一で魔王を倒せたりはしない。低レベルのモンスターにも、ＨＰが低ければ一撃で倒されてしまう。ＭＰが足りなくては、その強い魔法すら撃てない。レベルが低いというのはそういう事であり、結局、僕がなにを言いたいのかといえば——

僕はどうやら、史上最弱の魔王らしい。

夕食の席に着く僕、パイモン、タイル、エレファンは、皆一様に無言だった。エレファンは元々無口だし、パイモンとタイルは空気を読んで口を噤んでいる。僕に関しては言わずもがなだ。タイルとエレファンは、帰る機を逸したせいか、今日はここに泊まっていくらしい。別にいいけど、布団もベッドもないぞ？

あれから何度ためそうと、僕には魔法のまの字も発現させる事ができなかった。しかも、魔法が使えなくなれば、僕に残された戦闘手段は肉弾戦のみである。最初の平原で出現するスライムに劣りそうな、僕のあのステータスで、である。

なんかもう、泣くのを通り越して笑えてきた。

どないせぇっちゅうんじゃい⁉

僕もうここにダンジョン造っちゃったんだよ⁉　世界中にケンカ売っちゃったあとなんだよ⁉

チンピラよろしく絡んだ相手が、実は北斗神拳の伝承者だったくらいの死亡フラグなんだよっ⁉

ははっ！　笑っちまうだろう？

味もわからなかった夕食を終え、僕等は風呂に入る事にした。風呂に入れば、この鬱々とした気分も、少しは晴れるだろう……。まあ、気休めだけどね……。

そんな下らない事を考えていたときが、僕にもありました！　でも僕は元気です！　元気すぎて、ちょっと今風呂から出られません‼

なぜかって？　決まっているだろう⁉　僕は今――

——美女に囲まれて風呂に入っているんだぞっ⁉

もう、他になにもいらないじゃないか！

パイモンの、いつものスリムなボディー。やや男性的な魅力のあるパイモンも、裸になってしまえばその姿は見紛う事なき女性。胸、脇腹、腰から足にかけての女性らしい曲線。形のいいお胸と、ぷりぷりのヒップ。モノトーンなパイモンの肌でありながら、ところどころに淡い色が浮かぶのが、なんとも扇情的なのだ。腹筋や背筋、腕や足の筋肉だって、見慣れてしまうとそれも魅力的になってくる。ついつい撫でたくなる。男装の麗人を裸にしているというのは、どこか背徳的な快感を覚えてしまうものだと、僕は最近知った。

次にエレファンの、この世の美の粋を集めたかのような、完璧なプロポーション。銀の長髪がその肢体に貼り付き、紫の肌とのコントラストが、なんとも蠱惑的だ。胸、腰、くびれ、太ももから爪先にかけての脚線美、小さなおしり、全てが完璧で、それらがどれも邪魔をせずにバランスの取れたコラボレーションを果たし、いやらしさより神秘的な美しさを体現していた。いや、普通にいやらしい気分にはなるが……。

そして嬉しい誤算なタイル。言動や雰囲気から、男の子の可能性が高いと思っていたが、その予想はいい方向に裏切られた。体付きこそ幼いものの、慣れ親しんだ肌の色。色素の薄い白磁の肌に、薄くも発展途上な体の凹凸は、青い果実の魅力を湛えていた。漆黒の四枚の翼が烏の濡れ羽よろしく黒く輝き、他の部分の輝きを際立たせている。ボーイッシュな短い癖っ毛も、その宝石のようなチョコレート色の瞳も、そして白磁の肌も、それに相まって美しいのだ。

実に実にマーヴェラス！

眼福眼福。

え？　魔法？　あー、そういうのいいから。もう、どうでもいい。

グチグチ悩んでたって、事態が好転するわけでもないし、生産性がない。それに、そもそも今回発覚したのなんて、ただ魔法が使えなかったというだけだ。僕はそもそも魔法を使った事がないのに、それでなにかを損したと思う程、厚かましくはないつもりだ。力の強さだけが人間の価値を決めるわけでもないのに、さっきまでの僕は本当、なにを悩んでいたのやら。最弱とか、最強とか。もう、本当に馬鹿馬鹿しい。異世界だろうと、地球だろうと、真理と呼べるものはいつも一つしかない。


女体の神秘は、何事にも勝る！


もうこれでいいじゃん。美女と混浴できるなら、お前等はなにを犠牲にできる？　僕はそれが魔法だったというだけだ。まったく惜しくない！

「あははは、なんだか元気になったみたいだね、アムドゥスキアス君」

美少年、じゃなかった美少女のタイルが、そう言って僕の隣にやってきた。立っていても胸の下辺りまではお湯の中に隠れているタイルだが、その揺れるお湯の波間から覗く裸体にドキドキする。

うーむ、やはりなかなか……。もうしばらく、湯船からはあがれそうにないな……。

「いやぁ、やっぱりお風呂ってのは魂の故郷だな！　悩みとかどーでも良くなっちゃったよ‼」

「ふふふ、たしかにこのお風呂は最高だね。ボクも支配地に戻ったら造ってみようかなぁ……。でも、魔族って基本、技術に関しちゃザルだからねぇ……」

「またいつでも来いよ。歓迎するぜ。それと、僕の事はキアスでいい」

そう、いつでも来て、いつでもその肌を僕に見せてくれ。

「はは、そうだね。そういうのも楽しそうだ。それにしても、あのしゃんぷーとりんすってのは本当にすごいね。ただでさえ綺麗だったエレファンの髪が、ほら見てごらんよ、あんなに綺麗で艶々に……」

タイルが指さす先では、エレファンがパイモンと一緒に体を洗っていた。タイルのその視線は、『見てごらんよ』などと僕に言っておきながら、エレファンを凝視したまま離れない。その眼差しには、ちょっとした羨望のようなものまで浮かんでいた。

「なに言ってんだ？」

僕はため息を吐いて、今一度タイルを見る。

「お前のその金の捲き毛だって、十二分に可愛らしいぞ。風呂からあがったら確認してみな。きっとツヤツヤでサラサラで、極上の絹だって裸足で逃げ出すはずさ。なんなら、その確認作業は僕に任せてくれてもいい」

「そ、そんなお世辞になんか、騙されないんだからね！　まったくもう！　ボ、ボクはこう見えても、キミよりずっとお姉さんなんだから、そんなお世辞でボクをどうこうしようなんて、百年早いよっ！」

へぇ、そのわりには初心《うぶ》な反応で、とは思ったが言わない。こういうのも可愛らしいから。

「で、ですから舐めてはだめです、エレファン様！」

「むぅ……。パイモン、意地悪。いい匂い、甘い。これ、きっと甘い」

「それが、甘くないんですよ！　えも言われぬマズさなんです！」

「ウソ」

パイモンとエレファンも、実に楽しそうに裸で戯れている。うんうん、善き哉善き哉。

「ふーん」

タイルの目には、隠す気もなさそうな好奇心がありありと浮かんでいた。

「なんだよ？」

「いや、改めて興味深いと思ってね、キアス君の事」

タイルのセリフの意味がわからず、僕は首を傾げる。堂々と女性の入浴を観察している僕に、なんの興味があるというのだろうか？　もしや、同好の士？

「普通、『史上最弱の魔王』なんて言われたら、怒るか、嘆くか、悲しむか……。まぁ、どれにしろ、それを告げたボク等をいい目では見ないだろうね。でも、キミはボク等を夕食に招き、あまつさえこんな無防備な姿で一緒にお風呂に入る始末。ボク等が敵である危険性を、少しは考慮しないのかい？」

「んなもん、鎧着てようが全裸だろうが、お前が相手じゃ変わらないだろ？　僕を殺すにしたって、わざわざ今まで待つ必要なんかない。昼に僕が魔法を使えないってわかった時点で、とっとと殺せば良かったんだし、そのあともチャンスはいくらでもあった」

「それにしたってだよ。どんなに豪胆で剛腹な者だって、喉元にナイフを突きつけられて、そのまま普段通りに振る舞えと言われたってできるものじゃない。できるだけ警戒して、できるだけそのナイフに近付かないように心掛けるものさ。キミ、ボク等が怖くないのかい？」

まぁ、それもわかるんだけどね。でも、それじゃあ疲れるだけだ。疲れて、相手の事を考えている余裕がなくなる。さっきまでの僕がそうだった。せっかくの美女に囲まれた晩餐を、あんな事で無駄にするとは……。忸怩《じくじ》たる思いだ。

つまりそれは、ナイフを持っている相手が、それを使うつもりがあるのかどうかも考えず、ナイフを持っているというだけで敵だと思い込んでしまうようなものだ。抑止力なんてものは、結局のところ恫喝と大差ないのである。

こうやってお互い裸になって風呂に入れば、リラックスした心はいろいろな可能性を見せてくれるってもんさ。例えば、タイルが女の子である事実が判明したように。例えば、そのタイルが恥ずかしがり屋なおぼこ娘である事がわかったように。

実に平和的で、実に日本人らしいコミュニケーションだろう。

「いいからお前もゆっくり風呂に浸かってみろよ。小難しい事とか、面倒な事とか、全部どうでも良くなるぞ」

「うんうん、実に興味深いねぇ。件の第十一魔王コショョンは、これまで魔王のなかでは新参の部類、実力的にも一番下に見られがちだったんだ。当人はそれをいたく不満に思っていてね、真大陸を併呑して、己の実力を示そうとしたのさ。ボク等にケンカを売る度胸もないくせに、ボク等と対等に扱ってほしいとね」

「下らない自己顕示欲だな。それはきっとお前等に憧れて、憧憬の念に押し潰されて腐ったやつの成れの果てさ。お前等、ただ立ってるだけで、憧れちまうくらいに強いから」

「ボクに関しては、ただの古参ってだけさ。エレファンはたしかにその通りだけどね」

タイルはそう朗らかに言って、僕の隣に腰を下ろす。痛っ、おい、翼が当たったぞ。

「……ああ……、……本当に気持ちがいいね……」

実に気持ち良さそうな声が、隣から聞こえてきた。僕はそれにクスリと笑って、再び女体の神秘について考える事にする。

「キアス！　マズい！　あれ、すごくマズいっ‼」

「だから言ったじゃないですか。さぁ、我々もお風呂に入って温まりましょう」

涙目のエレファンと、それを苦笑しながら宥めるパイモンが湯船に入ってくる。その瑞々しい肢体に、水の珠を弾けさせながら。

ああ……。本当に、幸せだなぁ……。

第四章 異世界の水はとことん肌に合わないっ⁉

面倒な事になった……。

今私が思うのは、それだけだった。

《魔王の血涙》に現れた、新たな魔王。その存在が示すのは、このアムハムラ王国が新たな混乱に巻き込まれるというたしかな予測である。

アムハムラ王国は、千年以上の歴史を持つ、真大陸でも指折りの古い王国である。私の先祖は、その長きに渡りこの王国を、ひいては真大陸そのものを守ってきたと言っても過言ではない。尚武の王国、アムハムラ。真大陸に千年語られるこの王国は、私の誇りである。

ただ、この王国を取り巻く状況は、今も昔も過酷の一言に尽きる。真大陸の北端に位置し、生産力が低く、特筆すべき産業のないこの国では、国力を維持するだけでも細心の注意が必要だ。

おまけに、この国が真大陸と魔大陸を繋ぐ唯一の橋頭堡《きょうとうほ》だというのだから始末に負えない。魔大陸から魔族が攻めてくれば、我が国は真大陸の防壁となってそれを阻み、人間が魔大陸に攻め込む際にはそれを支援し、自らも戦地へ出向く。

実際のところ、この王国が千年の歴史を築けたのも、他国がこの土地をこれっぽっちも欲しがらなかったという意味合いも大きい。他にも、この国になにかあれば、それに気付いた魔族が攻め込んできて、真大陸中から顰蹙《ひんしゅく》を買うという理由もある。どちらにしろ、触らぬ神に祟りなしといった風情である。

にもかかわらず、真大陸中央の業突く張りや狂信者どもは、暇さえあれば魔大陸侵攻を唱え出すのだから辟易する。魔大陸に侵攻し、《魔王の血涙》を人間の支配地域とすれば、魔大陸への攻撃もたやすくなる。我が国も、最北端の防衛の要から卒業できるなら、利のない話ではない。だが、それはあくまで《魔王の血涙》を支配できればの話である。

三十年前の魔王侵攻、その八年後に行われた魔大陸侵攻により得たものは、深い絶望と飢饉だけだ。兵士は死に、国は衰え、多くの民が飢えて死んだ。

真大陸内陸や南部に位置する国にとっては、魔大陸侵攻にそこまでの忌避はないだろう。むしろ、教会の勢力下にある国々が多く、積極的にそれを望む。しかし、北部の国々にとっては、魔大陸侵攻は実害のある話であり、その最たる国がここ、アムハムラなのである。

さらには、戦争特需にあやかりたい者にとって、真大陸全土をあげて行われる魔大陸侵攻は、またとない商機なのである。前回は思った以上の被害を受け、特需どころではなかったが、今回こそはと意気込む愚か者も多い。そして、そんな輩を増長させ、助長し、大義名分を与えるのが、真大陸全土に勢力を持つ宗教、アヴィ教だ。『アヴィ』とは、真大陸南部で以前使われていた『光』を意味する単語らしい。そしてアヴィ教とは、光の神を信仰し、その敵である魔族の根絶を人間の至上命令と定めている。

魔王への恐怖を根幹に栄えた宗教であり、その魔王に対抗する為ならば、他国の事情も自国の財政もお構いなしに攻撃する過激な宗教である。しかもアヴィ教は、真大陸で二番目の国土を有するアドルヴェルド聖教国を完全に支配しており、その教皇ともなれば、そんじょそこらの国王など足元にも及ばない発言力を有する。そんな教皇の名の下に魔大陸侵攻を宣言されては、我が国は勿論、真大陸にある様々な国が、挙国一致で当たらねばならない。

真大陸全土からアムハムラに魔大陸侵攻軍が集まり、通過していく。その兵士たちが消費する食料、使用する施設、侵攻後の支援も含めた援護を行うのが、アムハムラ王国の義務なのである。無論、各国から支援も受けるのだが、まさか南の端から北の端まで、すぐに物資が到着するわけもない。兵士に持たされたものは途中で消費され、そのあと到着する食料も兵士が持っていくのでアテにもならない。自国で供出された食料は、この国の民を食わせるものも当然含まれ、当たり前だが、兵士が消費した分だけ、民の食料は足りなくなる。足りなくなり、餓死者が出る。

私も、真大陸にある王家の義務としてアヴィ教の洗礼は受けたものの、信仰そのものは皆無である。まったくの絶無である。それは、アムハムラ王国の国民もそうであり、そのせいでアヴィ教の教会は、アムハムラではほとんど存続すら不可能である。それもむべなるかな、アヴィ教の教皇の一言により、夫や父、息子が戦で死に、祖父母や母、子供までもが飢えて死ぬ。アヴィ教の偶像、光の神の神像に唾を吐きかけるのは、アムハムラ国民なら一度はやる、一種の慣習である。私にも幾度か経験はある。

つまり、ただでさえ食料自給のままならないこの国にとって、魔大陸侵攻など悪夢でしかないのである。

しかし、そうも言っていられない。この国の現状を言い訳に、魔大陸侵攻に反対の姿勢を貫いてきた私も、今回ばかりは考えなくてはならない。よりにもよって、《魔王の血涙》に魔王が現れたのだから。

　真大陸側の魔大陸への橋頭堡がここアムハムラなら、魔大陸側のそれは《魔王の血涙》なのである。真大陸は、幾度もこの《魔王の血涙》の奪取を試みたが、その全てに失敗してきた。生き物が生きるには、そして拠点として利用するには、あまりに過酷な土地なのだ。その証拠に、我々より遥かに奪取のたやすい魔族ですら、あの地にはほとんど棲み着いていない。

　そんな場所に生まれた新たな魔王。なんの冗談だ……。

　新たな魔王がそこに拠点を築けば、それはそのまま真大陸への脅威となる。その魔王が第一、第二魔王と同じように真大陸に興味を示さなければそれに越した事はないが、それは多分に願望の混じった可能性。もっと消極的な願望を述べるなら、第十一魔王のように好戦的でさえなければいい。それならば、我が国に降りかかる火の粉を回避する手段も、ないではないのだから。

　とにかく、第十三魔王という存在一つで、真大陸は大きく揺れ、その余波は必ず我が国に襲いかかるだろう。それが、魔王という存在である。

　星球院《せいきゅういん》の巫女《みこ》が来たという事は、逆算すれば第十三魔王の誕生からは既に数週間経っているという事だろう。まだこの世界に不慣れな頃合いだが、第十一魔王が接触を図らないという保証はない。そして、第十一《ヤツ》魔王と意気投合されても困る。早急に、我が国としては第十三魔王を調査しなければならなかった。どんな犠牲を払おうと。

　可能であるなら、魔大陸侵攻は避けたい。しかしそれは、新魔王に迎合する道であってはならない。それが真大陸の不文律であり、人間と魔族という立場である。新魔王と敵対しつつ、それでも決定的な対立は避ける。なんとも都合良く、なんとも理想的な、まるで絵空事のような立ち位置を、私はこれから探さなければならない。その為に、私はしなければならない事を全てやるつもりだ。

「本当に、面倒な事になった……」

誰もいない私室で、私はそう呟いてため息を吐いた。

コンコン。

王族以外は、緊急時でもなければ宰相でも入室の許されない私の私室に、ノックの音が静かに響いた。相手はわかっている。

「入れ」

「失礼します」

短いやり取りで相手は入室し、部屋には再び涼しげな静寂が舞い戻る。現れた相手、妙齢の若い女性は、とても美しかった。顔を伏せ、跪《ひざまず》くその姿はまさに騎士の鑑。それもそのはず、この女性はこの国の騎士団長を務める、れっきとした騎士なのだ。金髪のショートヘアは、月光と燭台の蝋燭に照らされて輝き、今は見えぬその端正な顔には、凛々しい眼差しと、厳しい無表情がある事だろう。

「……来たか」

普段なら、私の声ももう少し明るくなるのだが、これからする話を思えば自然とトーンは下がるというもの。

「はい。先遣隊の準備が整いました。いつでも出発できます」

澄んだ川のせせらぎのような、冷たくも清廉な声が響く。

尚武の国アムハムラ王国において、女の騎士団長というのは歴史上彼女しかいない。千年の歴史を紐解いてなお、彼女以外に騎士団長を務めた女性はいないのだ。それは、アムハムラ王国の騎士団長とは、この国で最強の兵士を意味する称号だからである。

そこには貴族の権力も、親類のコネクションも介在し得ない。最北の国アムハムラにおいて、国軍と騎士団の実力は国防、ひいては自らの保身にも直結する。だからこそ、そこに余計なものは介在しないよう、細心の注意が払われる。

「わかっているとは思うが、今回の目的はあくまで偵察であり、第十三魔王の動向と性質を探る為のものだ。間違っても、魔王を刺激したり、攻撃を仕掛けたりはするな。これは、貴様らの命よりも優先すべき命令と心得よ」

「はい」

騎士団長は、私の言葉に顔を上げ、そして真剣な表情のまま頷く。

「我々の一挙一動で、真大陸全土を巻き込みかねない騒乱が起こる、その危険性は重々承知しております。そして、生まれたばかりの魔王であれば、真大陸に都合のいい方向へと上手く説得できる可能性もある。また、攻撃的な魔王であっても、無闇矢鱈に攻撃を仕掛けず、撤退を優先すれば追ってこず、こちらも迎撃の準備を整える時間を稼げましょう。向こうもまだ、手勢を揃えられてはいないはずですから」

過《あやま》たず私の意図を汲み取った彼女に、私は複雑な思いで頷く。

「ならば良い」

そう言って彼女を見下ろす私は、次になにを言っていいのかわからなくなる。普段は大臣どもを相手に丁々発止喧々囂々のやり取りをしていても、こんなときは私の口は仕事をしたがらないのだから困りものだ。

「…………」

「…………」

静かな沈黙が部屋に満ち、私と騎士団長の彼女は、王と騎士団長という肩書をゆっくり脱いでいく。

「……すまんな、こんな危険な任務を、お前に任せてしまって……」

「いいえ、庶子である私を、ここまで育てていただいたのです。父上には感謝こそすれ、間違っても恨み辛みなど、あろうはずがありません」

「トリシャ……」

ただの父親と、第四王女のトリシャが、そこにはいた。

「父上、私はこの国の騎士団長です。危険があるのなら、その危険から民を守る為に率先して盾となる。それが私の使命であり、誇りなのです。私はそれを、父上から学びました。父上の娘である私が、他者を危険に晒し、どうして安穏と過ごす事ができましょう。重要なお役目、このトリシャが賜われた事、感謝しております」

「ああ……。お前は私の誇りだよ。どうか、生きて帰ってきておくれ」

「必ずや……っ！」

私、アムハムラ王国国王アルベール・ポポ・アムハムラと、第四王女にして騎士団長トリシャ・リリ・アムハムラは、こうして惜別の夜を終えた。明日には彼女は発つだろう。そして、春も終わりとはいえ極寒の《魔王の血涙》へ行軍し、第十三魔王と接触を図る。今生の別れになるやも知れぬ一時は、こうして寂しく終わったのである。


のちに娘がなにを持って帰ってくるのか、このときの私には知る由もなかった。


「じゃあね、キアス君。また来るよ」

「ん、キアス、また来る」

翌日の昼過ぎ、二人のお騒がせ魔王は去っていった。

最初はどうなる事かと思ったが、何事もなく――はなかったが、肉体的には五体満足で、初の魔王との遭遇を乗りきれた。……精神的ダメージに関しては、これってもう八つ裂きレベルじゃね？ってくらいのズタボロだったが、美女三人との混浴でそれも全回復した。

しかしまぁ、残された問題も多い……。

『はい。飛行対策についてはいくつか候補を出しておきました。ですが、どれも場当たり的な案であるという事は否めず、再び彼女たちが、今度は敵対的な意思を持って侵入してきても有効かどうかはわかりません。コストも大きくかかります』

「アンドレ」

昨日は、あまりアンドレの存在を大っぴらにしたくなくて、ずっと黙ってもらっていたからな。ようやく、ダンジョンの飛行対策に取りかかれる。

「僕も一応考えたが、まずはお前の案から聞かせてくれ」

『はい。とはいえ、私が考えた対策は、大別してしまえば二種類のみです。上空に飛行妨害用の強力な魔法を付与するというものと、全てのダンジョンの上部を物理的に塞いでしまうという方法です』

うん、僕もだいたい同じ事を考えていた。そして、その二つには大きな問題があるという事もわかっている。

『飛行妨害用の魔法として候補に挙げるとすれば、まずは風魔法です。しかし、熟達した魔法の使い手や、魔王のような存在には効果の程は保証できません。また、重力魔法を付与するという案もあるのですが、コストの面で却下しました』

古代魔法の重力魔法。これもまた、時空間魔法と同じくコストが高い魔法である。特に、重力を下げて軽くするならともかく、重くする場合はとても高い。

これをダンジョンと直接関係ない上空にただ付与すると、全てのダンジョンの難易度はそれだけで、二段階は上がる事だろう。コストパフォーマンスから、アンドレが却下したのも頷ける。

『次のダンジョンの上部を塞ぐ案ですが、これは今回のようなショートカットを確実に防げます。――ただ、同時にこのダンジョンの存在価値は一気に下がります。ついでに、現在オークやゴブリンたちが育てている畑に多大な悪影響を及ぼすでしょう』

魔大陸と真大陸を分断しているこのダンジョンに屋根ができれば、その屋根伝いに両大陸は繋がっているという見方もできる。それでは、ここにダンジョンを造った意味からしてなくなってしまうというものだ。屋根に即死性のトラップを多数設けるという案もないではないが、重力魔法程でなくてもそれではコストが嵩《かさ》む。おまけに、この場合もダンジョン運営そのものと関係のないコストである。上部にたどり着けないような高い壁を造るのも手だが、既に壁がある以上必ずしも登れないとは限らないのである。飛行能力を持っている魔族であるなら、なおの事。

なるほど。アンドレの案と、その案の懸念材料はわかった。僕も同じ事は考えていたし、そして却下した案であったのだから、すぐにわかろうというものだ。僕はこれから、魔王なんぞという常識の埒外たちと、魔法なしで相対しなければならないのだ。そんな教科書通りの対応では、まず間違いなく阻止は不可能だろう。

よし。

とりあえず飛行対策には自重とか常識は無視して、好きにやる事にしよう。なにせ、僕の命がかかっているのだから。

「アンドレ、僕はその案を両方採用する事にする」

『しかしマスター――』

「わかっているよ。無駄なコストも、このダンジョンの存在意義も曲げない、そんな対策を造ってみせるさ」

というか、既に考え付いている。簡単ではないし、それなりに手痛い出費も強いられる案なので、アンドレがなんと言うのかはわからないが、それでもこれが一番堅実で、現実性のあるチョイスだと、僕は思っている。

『マスター……』

アンドレの声は、まるで『ちょっと上手い儲け話があるんだけど……』と言われたときのような、疑念と不安に満ちたものだった。

「アンドレ、知らないようだから教えておくけど――」

そんなアンドレに僕は、皮肉げな笑顔でもって言ってやる。

「――僕って、ダンジョンの魔王なんだぜ？」


気に食わない。

まったくもって気に食わない。

吾輩は、魔大陸北方を統べる魔王コション・カンゼィール・グルニである。偉大なる第十一魔王にして、幾度の戦にて武功をあげし、誇り高き魔王。にもかかわらず、吾輩になんの断りもなく、《魔王の血涙》に拠点を構えた間抜けがいる。新参の魔王だ。

気に食わない。

あの地は、真大陸との唯一の交通路。真大陸側に防壁を築くならともかく、よりにもよって魔大陸側、つまり吾輩の縄張りに向けて城壁を築くなど、もはや愚かと言う他ない。

吾輩は既に、再び真大陸に攻め込む軍勢を整えていたというのに、よりにもよって、このタイミングで《魔王の血涙》を封鎖しおって……。

たしかに、真大陸の脆弱な種族どもと対するのに、城壁など必要もないだろうが、だからといって魔大陸側に造る神経が信じられん。愚か者の誹りを免れない蛮行である。

気に食わない。

吾輩は今、その魔王に会うべく、かの地に赴いている。勿論、軍も連れてである。様々な種族の魔族から、上級の魔族を集めた軍。その中からさらに精鋭を揃えた我が軍団。時間がなかったので人数は揃えられなかったが、援軍の用意もある。必要なら呼び寄せればいいだろう。

もし、吾輩の言い分を聞き、件の新参魔王も真大陸に攻め込むなら良し。そうでなければ、このままこの軍勢をもってして、開戦の贄となってもらう。

勘違いしている魔族も多いが、我々魔王は決して同族ではない。同胞でもなければ、当然仲間でも同志でもない。

相手が吾輩の機嫌を損ねたのなら、生かしておく理由も、また、そうしなければならぬ決まりもない。軍団も、魔王一人を贄にすれば自信もつき、士気も上がる。もし相手の配下にメスでもいれば、それもよい餌となろう。猛った戦士というのは、いつだって精強だ。

よし、殺そう。

よく考えれば、生かしておく理由など最初からなかった。最初から殺すつもりであれば、こうもイライラしなかったであろうに。

スッキリとした吾輩は、背後に連なる軍団に、声をかけた。

「吾輩の軍団よ！　吾輩は決めた‼　かの地の魔王、やつは吾輩の気分を害した。それは万死に値する！　吾輩はそれを許さん！　かの地の魔王には死んでもらう！　今決めた‼」

吾輩の堂々たる宣言に、軍団は一瞬沈黙し、そのあと俄かに怒号のような雄叫びを上げた。

やはりこいつらも、血に飢えていたようだ。いいだろう。真大陸の人間どもとの前哨戦だ！

「壊し！　奪い！　犯し！　殺せ‼　吾輩が許す。無礼な魔王を血祭りに上げよ！」

再び怒号のような歓声が響き渡る。新参の魔王など、この軍勢の前には塵芥にも等しい。もし手にあまるようであっても、この二百年で培った吾輩の力をもって打倒する。木端微塵にしてくれる。

大歓声を上げながら、軍勢は行進する。目的地は、もうすぐそこであった。

「どうよ？」

『相変わらず、ダンジョンの創造に関しては非凡な発想をしますね、マスターは……。はい、素直に認めましょう。私の負けです』

「ははは、なんかちょっと優越感♪」

『くっ――殺せ！』

「え？　なんで、ここで『くっころ』？　いやいや、スマホ相手に欲情なんてしませんよ？」

『私の体は奪えても、心までは……――絶対に、殺してやる！』

「いやいやいや、マジ意味わかんないですって、アンドレさん。つか、心どころか体がどこにあるんだって話ですから、あなたの場合」

むしろ、こっちの心が心配だ。毒舌的な意味で……。

『自らの無力感をひしひしと噛み締めていたら、つい。私があれだけ悩んだというのに、あなたはあっさりとそれを凌駕するのですから、私の心情としては《オークに負けた女騎士》に相似していたわけです。酷似と言い替えてもいいくらいに』

「オークいいやつじゃん！　悪口は許さないぞ！」

それに、魔族と人間の対立舐めんなよ？　女騎士生け捕りにできたとしても、魔族なら即殺しちまうよ！　勿体ない！

『私はあくまで地球の創作物の話をしているのであり、こちらのオークをあちらのオークと同列視しているわけではありません』

「あ、それならいいのか……？　……いや待て、それって今度は、あっちのオークと僕を同列視している事にならないか？」

『くっ――殺せ！』

「繰り返すな！」

バカなやり取りを繰り返しつつ、僕はアンドレに絶賛されたそれを見上げる。場所は神殿の外、オークたちの居住区である。空には珍しく燦然と輝く太陽があり、雲間から青空も覗いている。それと同時に、僕の造ったものの輝きも、ハッキリと見えていた。

『冗談はさておき、実に素晴らしい案だと思います。コストに関しても、多少割高ではありますが、いずれ必要だったもの。対策と別々に用意する事を考えれば、遥かに安上がりです。飛行対策としても万全の太鼓判を押していいですし、なによりマスターの力を如何なく発揮した傑作に仕上がりましたからね。もはや私から注意すべき点はありません』

絶賛だな。まぁ、アンドレは元々ダンジョンに関しては真摯だからな。水道や風呂では情けない姿も見せたし、これでなんとか汚名返上、名誉挽回ができたと思いたい。

『しかし、他のダンジョンの維持も考えれば、やはり定期的に侵入する者がいないと、マスターの負担が増える事になります。マスターの魔力だけでも維持は可能ですが、余裕はあって然るべきです。こんな辺鄙な場所ですからね、このままでは侵入者から魔力を補給するのは厳しいでしょう。

これからは、ダンジョンに挑んでくれる攻略者を上手く呼び込まなければなりませんね』

「ああ、それについても考えている事はある。でもそれには、周囲の地域の支配者の協力も得たいとこなんだよなぁ……。なんとかコンタクトを取れないものかね……」

『協力、ですか？』

言外に、望み薄だと付け加えるアンドレに、僕も苦笑しながら答える。

「ああ。できるなら、真大陸と魔大陸のお隣さんたち両方と良好な関係を築きたいね。まぁ、それはしばらくあとの話だな。今は目前の課題に集中しなくちゃ」

『はい。早くダンジョンを完成させ、蟻の這い出る隙もない、完璧なものを造らなくては。でなければ、マスターはあっさりと、さながら象に踏み潰される蟻のごとく殺されてしまいます』

「蟻舐めんなよ。あいつら意外としぶといんだぜ？　実はビルの最上階から落としても死なないらしい」

『では、あなたは蟻以下ですね』

「そ、そう言われるのは、ちょっと嫌だな……」

『あなたは虫けら以下です』

「ひどくなってるっ⁉」

『悔しかったら、蟻酸《ぎさん》くらい吐いてみせなさい』

「酸っぱいよ！」

相変わらず歯に衣着せないアンドレに嘆息しつつ、僕はもう一度それを見上げる。

大きくうねり、とぐろを巻き、上空をのたうつ蛇と、それに守られるように、あるいは絡み付かれるように、しかし堂々と聳《そび》えるそれに。

天空迷宮。

ガラスで造られた、巨大な城塞。しかしそれは、城塞などと厳つい名称で呼ぶには、あまりに美しかった。

まさに光の坩堝《るつぼ》。宮殿、尖塔、城壁。目を凝らせば、その内部に階段や廊下、広間やバルコニーまである事がわかり、その全てが透明なガラスなのだ。全てとはいっても、ところどころに金銀があしらわれていて、華やかなアクセントとなっている。しかし、その金銀の輝きですらこの城塞に限って言えば、文字通りただのアクセントでしかない。太陽の光を乱反射させ、光の通り道と化した各部の輝きは、金や銀の比ではない。光を透過させて、まるで虹色に輝く宝石でできているかのように錯覚させる美しい城。それが空に浮いているのである。

飛行対策。その為に僕は、ダンジョンの上空を別のダンジョンで覆ってしまう事にしたのだった。これで、この迷宮に使われるコストは無駄ではない。

ダンジョンの上空をほぼ網羅するような、蛇のようにのたうつ道。天空迷宮の最初の難関となるエリア、〝蛇《じゃ》の道《みち》〟。この〝蛇の道〟はガラス製ではない。普通の、黒曜石製の真っ黒な道だ。これは、天空迷宮と対比したときに映えるからという理由だけで造ったわけではない。いや、色に関してはそうなのだが、飛行対策としては、この〝蛇の道〟こそがメインなのである。

〝蛇の道〟には重力魔法が付与され、その直上には十倍、それ以外の空中には三十倍の重力が付与されている。この三十倍の重力というのは、体重三十五kgの人間が素っ裸で入ると千五十kg、つまり一t飛んで五十kgまで体重が増えてしまうような数字である。鎧なんか着ていたら目も当てられないし、そうでなくても五十kgも体重があれば、その人に襲いかかる重さは千五百kg。とても、空を飛んでいられるような重量ではない。ちなみに、三十五kgが誰の体重かは秘密である。

そして、これで十分かとも思ったが、飛行対策はこれだけではない。ガラスの城壁部分からは〝蛇の道〟に侵入した者へ向けて、最上級属性魔法各種が一定間隔で撃ち込まれる。バンバン撃ち込まれる最上級魔法に、三十倍の重力。これでまだ空を飛んで侵入してくるなら、それはもう打つ手なしである。素直に兜を脱ごう。

あ、ちなみにちなみに〝蛇の道〟には重力魔法に左右されない、体重ゼロのゴースト系の魔物も出る。だからちゃんと戦闘もこなさないといけない。

正規のルートで入ったって最上級魔法の雨あられは変わらないので、それを躱しつつ、重力に耐えて、戦闘もこなす道。もはやムズゲーを通り越して、ムリゲーの領域に片足を突っ込んだダンジョンである。

なぜ、急にここまで難易度を上げ、おまけに高コストの魔法をこれでもかと付与したのかといえば、この天空迷宮こそがラストダンジョンだからである。地上にあるダンジョンを全て踏破すると、この天空迷宮の〝蛇の道〟に時空間魔法の転移で飛ばされる。そこを踏破し、さらに天空迷宮内部をも踏破して、玉座の間に配置したボスを倒すと、今度は僕の元へと到達できる。

いずれ必要となる難関中の難関、ラストダンジョンを上空に造る事で、飛行対策のコストダウンを図ったのである。ダンジョンの上部をダンジョンで覆い、おまけに魔法も付与する。まさに、アンドレの言った方法を両立させつつ、無駄なコストを削減して、ダンジョンの意義も保った案というわけだ。

ああ、この天空迷宮よりさらに上空を飛ぼうとしたら、今度は酸素濃度と気温、気圧がかなり下がって飛行は困難なのでお勧めはできない。

これでも〝蛇の道〟の危険度は七、天空迷宮そのものは全体で危険度九だ。こんな、入るだけでも残機がいくらあっても足りないダンジョンですら、最高危険度の十に至らない辺りがむしろ恐ろしい。キッチンが危険度四のくせに……。

『しかし、なんというか……、いまさらな話ではありますが、非常識極まりないダンジョンですね』

感心を通り越して、どこか呆れまで含んだアンドレのセリフに、僕も苦笑する。僕もかなりやりすぎたとは思っている。

でも仕方ないじゃん！　最弱の魔王の烙印を押されてしまった現状、僕はダンジョンで敵を足止めしなきゃならないんだから！　長城迷宮、信頼の迷宮は、僕もアイデアを凝らして造ったが、そのコンセプトは効率重視であり、真剣に侵入者の排除を目的としたものではない。だからこそ、こうしてコストを度外視して造れるラストダンジョンは、趣向を凝らし、思考を凝らし、創意工夫を凝らしたものでなくてはならない。力押しのようなトラップを駆使し、なおかつ独創性のあるダンジョンを造ってようやく、安心して枕を高くして眠れるというものだ。

とはいえ、これだけやっても、やっぱりどこかに見落としがあるんじゃないかとか、足りない部分はないかという疑念は尽きない。

どこかに穴はないか？　条件に抜け道はないか？　本当にこれで真っ向から突破される事はないのか？　むしろ今からでも、尻尾を巻いてとんずらかますべきではないか？

そんな思いは尽きないが、もうどうにもなんないし諦める事にした。死んだらそれまで、そんときはそんときと割り切ってしまえば、キッパリと諦めもつくってもんだ。やはり僕は能天気なやつらしい。諦めるときは、サッパリキッパリ諦める。

うん、諦めて、凶悪なダンジョンを造ろう。今僕にできる事を精一杯やれば、たとえ死んだって前のめりで死ねるさ。今はただそれだけ。

よし、今いい事言った、僕。

さて、じゃあさくさく次のダンジョンでも造ろう。いくらなんでも、信頼の迷宮から天空迷宮では、難易度が違いすぎるだろう。だから、あと二つダンジョンを追加する事にする。

ところで、迷路の攻略法というのを御存じだろうか？　片方の壁に沿って進むと、必ず出口までたどり着ける、というものだ。一本道の長城迷宮はともかく、巨大迷路の信頼の迷宮にもこの方法は通用するし、実際ほとんどの場合に有効な攻略法ではあるのだが、実はこの攻略法には二つ程、致命的な欠点がある。

まず、迷路の構造によってはゴールにたどり着けないという、もはや攻略法という前提条件すら覆しかねない最悪の欠点が一つ。

加えて、片方の壁をスタートからゴールまでたどる以上、構造によっては全ての行き止まりを通過せねばならない過酷さを伴うという欠点が二つ目である。

もう、これならいっそ適当に進んで運に身を任せた方が楽なのではないかという程に、実はこの攻略法には欠陥も多いのである。しかも、前述の二つの構造を組み合わせ、攻略者に延々時間をかけてダンジョンを彷徨《さまよ》わせた挙句、結局スタート地点まで逆戻りさせる事もできる。僕が今造っているのは、そういうダンジョンである。

困惑の迷宮。

長城迷宮、信頼の迷宮から続く、三番目の迷宮。

最初に、その信頼の迷宮の外壁と繋げるように《魔王の血涙》の真大陸側と魔大陸側を半分ずつ囲う外壁を造る。このままではただの壁に囲まれた荒野だが、壁伝いに歩けばぐるりと回って一周してしまう。巨大な城郭都市のように、巨大な壁に囲まれた荒野に、今度は迷路を構築する。

まずは外壁から適度に壁を伸ばし、屈折し、蛇行させ、Uターンさせて行き止まりも造る。これでも、壁伝いにスタート地点まで戻ってしまうのは同じ。次に内部の壁である。

僕の採用する〝攻略法殺し〟は、迷宮内に独立した隔壁を造っていくという方法だ。壁伝いに攻略するという方法は、要は虱潰しに迷宮を進むという事と同義だ。だが、外壁から独立した壁がいくつもあるという事は、それ伝いに進んでいるとぐるぐると回ってしまう。

わかりやすく漢字で例えてみると、『臼』という迷路なら壁伝いに出口にたどり着ける。だが、『囲』という迷路なら国構えをたどってしまうと真ん中の井の中にゴールがあった場合、絶対にたどりつけなくなってしまう。つまり信頼の迷宮が、いわば『臼』の迷宮。そして困惑の迷宮が『囲』の迷宮である。勿論、もっと複雑な形ではあるが、概念としてはこういう感じだ。

外見上は信頼の迷宮と困惑の迷宮に大きな違いはない。しかし、そう思って油断した者には手痛いしっぺ返しが待っているというわけだ。トラップも難易度を上げ、魔物の量も信頼の迷宮の比ではない。まさに羊の皮を被った狼。羊頭狗肉である。アレ？　これ誤用だっけ？　人面獣心？　まぁいいや。

さて、先の漢字の例でもわかる通り、この迷宮には出口がない。しかし、ダンジョンは一繋ぎでなくてはならない。長城迷宮から、僕の住む神殿まで繋がっていないといけないのだ。つまり、このままではセーブできないのである。ではどうするか？

簡単だ。

このダンジョンの出口は、地下へと続く階段である。その先に、例の〝無酸素回廊〟を設置し、そこからさらに地下迷宮へと進んでもらう。出口に〝無酸素回廊〟を設置した事からもわかる通り、ここから先は本当に命の保証のない危険地帯である。

この地下迷宮にも〝攻略法殺し〟を施し、さらに《魔王の血涙》の地下全土にその範囲を広げる。つまり、この地下迷宮で初めて、『魔大陸側』『真大陸側』という区分はなくなるわけだ。同じものを二つ造るのって、やっぱり結構な手間なんだよな……。それ以上に、これから先の難易度の高いダンジョンも二つずつ造るのは、やはりどう考えてもコストパフォーマンスが悪い。危険度が上がると、それだけ維持コストが高くなるのだから。

　ただ、区分がなくなるからといって、通行が可能になるわけではない。〝無酸素回廊〟から地下迷宮に侵入する際の扉は一方通行であり、内側から開く事はできない。そもそも、二つの入り口はかなり離れた場所にあるので、意図してそこを目指すのは、踏破と同じくらいの困難が付きまとうのだ。それに、軍隊規模の人数で、ここまでたどり着けるとも思えない。〝無酸素回廊〟もあるし。

　ちなみに、この地下迷宮はまだ完成ではない。完成させるには否応なく時間がかかるので、今はまだ完成ではないとだけ言っておく。

　三ヶ所にボスの部屋を設け、そのどこからでも〝蛇の道〟に転移するように設定し、これで長城迷宮、信頼の迷宮、困惑の迷宮、地下迷宮、天空迷宮が一繋ぎになったわけだ。これで一応、僕のダンジョンは完成という事になる。

　とはいえ、なにか問題が起きればその都度改変していく必要があるし、問題が起きなくても思い付きで変えるかも知れないが、とりあえずは完成といっていいだろう。急ピッチで造ったわりには、なかなかの出来だと自負している。

　これで完成なのは、維持の関係上、僕の魔力で補えないコストのダンジョンは造れないからである。神様からのプレゼントである、既にストックされている魔力を使い果たせば、今度は自力で維持しなければならない。改良に魔力が必要になる事もあるので、上限ギリギリまでコストを上げる事は無理なのだ。正直、現状でだってかなり厳しい。ストックがなくなれば、三日で僕の魔力を一回分消費し尽くす高コストなダンジョンとなっている。

まぁ、他に魔力の使い道なんてないんだけどね……。

「お前はこのダンジョン、どう思う?」

『そうですね……』

アンドレはしばし沈黙し、そして続けて言った。

『散々頭を捻って考えたダンジョンに対して、こんな事を言うのは心苦しく、申し訳ないのですが……』

おっと、批判かな? まぁ、僕もここで欠点がわかるならありがたい。

『このダンジョンには欠点があります。それは——

——絶対ゴールできない事です』

大絶賛であった。


ダンジョンはひとまずこれでいい。熟成が必要な地下迷宮もそうだが、地上の迷宮も改良するにしたってしばらくは様子見が必要だ。次はダンジョンの運営について考えよう。より効率的にエネルギーを補給する手段を。

ベストは、多くの人間や魔族が長時間、いや、長期間ダンジョンに滞在しつつ、何度も何度もダンジョンに潜ってもらうのがベスト。老廃物や血液、生ごみもダンジョンの魔力として取り込むには、このダンジョンを絶対に抜けられない、死の迷宮にするわけにはいかない。そういったリピーターを確保する為に必要なのは二つ。

拠点と、特典だ。拠点は今のところどうしようもないので後回し。だからまずは特典からだ。これは数が必要な分、時間も労力もコストもかかる。

一番手っ取り早く、コストも安いのが僕の作った武具だ。《鍛冶技術・レベル100》の恩恵は、魔法と違って間違いなく使えているので、これは問題ない。ただ、コストが安い分、時間と労力は結構かかる。そんなに数も用意できないだろう。調合技術で薬を落とす、という案もないではないが、今は材料がない。錬金術に関しては、直接なにかダンジョンに落とすようなものを作る技術ではないので、今は置いておく。

なので、ほとんどはダンジョン創造能力で特典を作ってしまう事にする。ダンジョンと切り離した、単なるアイテムとして能力を付与すると、簡単にマジックアイテムが作れるので、それを利用するのだ。リストから、服やシャンプーを作るのと同じ要領である。

ただこれは、ダンジョンと違って、壊れたり、消耗したりするので注意が必要である。絶対に壊れない盾とか鎧は、このダンジョンの力でも作れないのだ。おまけに、これも無機物しか作れない。

一対で通信を可能とする〝通信《ボンドの》イヤリング〟。マーキングした場所に転移できる使い捨ての指輪

〝転移の指輪《ワープリング》〟。時空間魔法で別の空間にものを収納できる〝鎖袋《ベドラーバッグ》〟。他にも、食材を新鮮に保つ鞄や、火がなくても料理ができる鍋、火起こしのライター、魔法まで付与された本物の魔法瓶等々、生活に役立つマジックアイテムが目白押しだ。

まぁ、魔法の付与された武具なんかを求めてダンジョンに来たのなら、御愁傷様と言う他ない。僕はそういう、聖剣だとか魔剣だとかいうもんが好きじゃないんだ。剣も、槍も、斧も、薙刀も、棍も、ナイフですら、武器というのはどれもが、それぞれ先人が頭を捻り、苦労し、多くの実戦を重ねて完成させた、英知の結晶なのである。それを、魔法だとか神の力だとか、よくわからんもので強化するのが好きではない。

なにより、鍛えてもいないマジックアイテムの武具が、僕が丹精込めて鎚を振るった武具と渡り合えるわけがない。そんなナマクラでは、いざというとき折れるのがオチだ。そんなハンパなものを僕の作品として世に出すのは、僕自身が許さない。

まぁ、それでも〝通信《ボンドの》イヤリング〟〝転移の指輪《ワープリング》〟〝鎖袋《ベドラーバッグ》〟は人気商品となるだろうね。利用価値が高く、汎用性に優れ、高度な魔法の施されたこれらに人気が出ないなら、この世界の魔法文明はかなりの高さを誇る事になる。だが、文明の発展が乏しいからこそ、僕が呼ばれたのだ。

このマジックアイテムの存在が広まれば、間違いなくダンジョンの利用者は爆発的に増える。問題は、ダンジョンには今のところ帰還手段がない事なんだよなぁ。生存者がいないと、中の情報だって広まらない。生存率が低ければ、それでもやっぱり人は集まらないだろう。僕の放出するマジックアイテムの価値は高くなるだろうが、金に釣られてやってくる命知らずだけでは、ダンジョンの維持に役立たない。それに、その儲けに僕は直接関われないのだから、価値が高まってもあまり意味はない。まぁ、僕が直接売る分には、単価が高い方がいいのだが……。

「キアス様、オークたちのお手伝いを終えてきました！」

いろいろと試行錯誤していたら、そう言ってパイモンがやってきた。全身ずぶ濡れで、どうやら浄水場の清掃を手伝ってきたようだ。網の清掃はオークたちの仕事だが、パイモンはよくこうして手伝いに出かけている。あるいは、贖罪のつもりで始めたのかも知れないが、今はこうして嬉しそうに手伝っているのだから、僕からはなにを言うでもない。

ちょうど良かったので質問してみる。

「なあパイモン、実は近々、できるだけ栄えた近場の町に行っておきたいんだ。技術水準を確認するのもそうだけど、ダンジョン運営にある程度の人員が欲しい。僕は魔王だから、まずは人間より魔族の方がいいと思うんだけど……」

僕の言葉の途中から、朗らかだったパイモンの笑顔は急降下し、硬いものに変わっていった。

「えっと……、どうした？」

「い、いえ、近くの栄えた町というと、魔王コションョン様の治める地域となります」

「ああ……、例の過激派の魔王ね……」

そういや近場に住んでいて、僕と敵対するって神様やタイルも言ってたっけ。そりゃ、いろいろと都合が悪そうだ……。

「キアス様が行きたいというなら是非もありませんが、その……、あまりお勧めはできないですよ？

コション様は気性の荒い魔王様として有名ですし、真大陸との戦争に意欲的です。近々、侵攻の計画もあったようなので、キアス様がこの地を治められたと知れば、いったいどんな事になるか……」

まず間違いなく、その真大陸を攻める為に集めていた軍勢の矛先は、僕に向く事になるだろうね……。まぁ、神様にも聞いていたのでいまさらではあるけれど、やっぱりこの場所にダンジョンを造ると、敵が多いなぁ。そういう事情なら魔大陸側はこの際、後回しでいいか。うん、真大陸側からなんとかしよう！

「ところでパイモン、浄水場はどうだった？　なにか不備などはなかったか？」

僕はその話題をスッパリと終わらせて、違う質問をする事にした。浄水場はマジックアイテムと違い、ダンジョンの一部なので摩耗の心配はないのだが、僕のやる事だからなにかミスがあるかも知れない。こまめな聞き取り調査くらいは必要だろう。そう思っての質問だったが、パイモンの回答は予想の斜め上だった。

「はい。今日は活きのいいアンダインがかかっていました！　ただ、オークたちが『アンダインは魔力生命体なので食べられない』と言っていたので、残念ながら夕飯はいつも通りお魚になりそうです。あ、でも、突撃人参《キャロットミサイル》と二叉大根《シザーラディッシュ》が残ってますので、美味しい鍋料理が――」

「は？　ちょっと待て、今なんて言った？　突撃人参《キャロットミサイル》と二叉大根《シザーラディッシュ》の事じゃなくて」

その二つは、植物系の魔物である。味はそこそこだが、とても生で野菜スティックや大根おろしにはしたくない、殺人人参と切り裂き大根である。神様の起こした魔力嵐のあとで大量に発生した魔物で、今のこのダンジョンでは貴重なビタミン源ではあるが、それはいい。もう慣れた。

ただ、もう一つの方が問題だ。

「アンダインが網にかかっていましたが、なにか？」

きょとんと首を傾げるパイモンに、僕の気持ちを理解してはくれなさそうだと諦める。

アンダイン。別名オンディーヌ。

あまり詳しい知識はないが、清廉な川や湖なんかに住んでいて、やたら恋愛話の逸話が多い、美女の精霊だったはずである。まぁ、僕の知識はあくまでも地球産なので、こちらの世界との齟齬《そご》が生まれる事はあるだろう。アンダインが海にいようが、間抜けにも網にかかろうが、それはそれである。ただ――

「コレが？」

僕はオークたちの元へと赴き、アンダインを目の当たりにしていた。僕が指さす先、そこにあるのは、ただの水の塊。いや、水の塊って時点で『ただの』なんて言葉はあまり正しくないだろうが、この場合仕方がない。だって――だって！

――美女じゃないじゃねえかッ‼

海にいようが、湖にいようが、間抜けにも網にかかろうが、そんなのはどうでもいい。それよりも――

――美女でないオンディーヌなんて認められるかっ⁉

否だ！　断じて否だ‼　このスライムみたいなぷるぷるがオンディーヌだと？　あり得ん。そんな幻想《ファンタジー》ぶち殺せ！　そんなオカルトあり得ません。嘘だと言ってくれよ、頼むから！

「コレってのは失礼なのよ？」

水の塊が喋る。体をぷるぷる震わせて喋るのは、たしかにちょっと可愛いかもと、ほだされかけた。

「私はアンダインなの。水精霊のなかでも高位の存在なの。とっても偉いの。わかったら、早く私をきれいな水に入れるのよ」

変な喋り方。まぁいいや。

「パイモン、お前いつまでも濡れたままだと風邪引くぞ。オークたちも。風呂でも入って早く着替えな」

「あ、はい」

「了解です、キアス様。では失礼します」

三々五々に帰っていくパイモンやオークたち。そこで金切声を上げはじめたのが、アンダインである。

「無視しちゃダメなのよっ！」

ビヨビヨと体を揺らして怒るスライム、いや、アンダインに、僕は質問をした。

「なんでこんなところに来たんだ？　ここは《魔王の血涙》、ろくに水源もない枯れた土地だぞ？」

「来たくて来たんじゃないのよ。前に住んでた湖が汚れちゃって、住みづらくなっちゃったから、海を伝って新しい住処を探してたの。そしたら、ここに流されてきちゃったのよ」

どうやら偵察とか、諜報とかの理由で来たわけではないらしい。今の言葉を信じるのなら、だが。でも、たぶん裏はないだろうな。そんな知的な声じゃない。むしろかなり幼稚だ。精一杯こちらに敵意を示しているみたいだが、それですらどこかコミカルで愛くるしい。

「水を与えないとどうなるんだ？」

「すごく嫌なの！　海水じゃダメなの！　濁ってない水がいいの！」

うーん……、僕は飲まず食わずでも死なないが、それだと飢えるし渇くように、アンダインも水がなければ精神的に乾くという事、なのかな？　まぁ、聞いた話じゃ、高位の精霊となればかなり戦闘能力も高いらしいが、無闇に戦いを仕掛けてくるような相手でもないらしい。こうして、無難に相手をして追い返せば、無事に乗りきれるだろう。

「大丈夫。さっき仲間に、水の用意を頼んだから」

「……本当なの？」

それに、このアンダインなんか可愛い。見た目スライムなのに、ぷるぷる震えて小動物チックだし、言動も子供みたいだ。最初こそ美女じゃなくてがっかりもしたが、これはこれでいいかも。マスコット的な意味で。

ちょっと魔が差して、触ってみたくなった。

「ちょっ！　なに気安く触ってるの⁉　私は高位の——あら？　あなた、なんだか心地いい魔力なのよ？　もしかして、精霊魔法の使い手なの？」

「ん？　ああ。あ、いや、使えはしないな。単に精霊魔法のスキルを持っているだけだ」

触ってみたら、やはりひんやりぷるぷるだった。これは病み付きになる感触である。

「よくわからないの。見たところ魔力も多そうだし、あなたに力を貸してくれる精霊は多そうなのよ？」

精霊は魔力を感じ取れるのか。まぁ、魔力生命体とか呼ばれてたし、普通の生き物とは違うのかもな。しかし、なんつー純粋そうな声音で、クリティカルな質問をぶつけてくるのだ、このアンダインは……。

「僕は魔力を外に出す事ができなくてね。魔法の類いは使えないいんだよ」

「あらら、なの。せっかくいい感じの魔力なのに、勿体ないの」

「神様に言ってくれ……」

まぁ、神様だって悪気があったわけじゃない。ただのミスだろう。それに、ダンジョンに付与する分には、僕が魔法を使えるか使えないかはあまり関係がない。これで逆恨みしようものなら、僕、カッコ悪すぎである。

「それよりも、そろそろ水の用意もできたはずだし、行こうか」

「待ってましたなの！」

僕はアンダインを持ち上げ、神殿へと戻る事にした。ひんやりぷるぷる。


アンダインを連れて大浴場までやってきた。もちろん、僕等専用の神殿の中にある方だ。

「あ、キアス様。お先に失礼しています」

パイモンは緩んだ顔で湯船に浸かっていた。うんうん、相変わらずいい。パイモンを仲間にした、あのときの僕グッジョブ！

「よく温まれよー」

「はぁい」

普段は凛々しいパイモンも、お風呂の中ではかなりゆるゆるである。そこで、僕の腕に抱かれていたアンダインがぷるぷると聞いてきた。

「ここはなんなの？」

「ここはお風呂っていって、清潔な水で体を洗う場所だよ」

「あれ！　あれすごいの！　あのオーガが入ってるお水、すごいきれいなの！」

まぁ、蒸留した完全な真水を使っているからな。苦労しただけあって、この風呂はやはり僕の最高傑作である。ダンジョンがひとまず完成した今となっては、もはや確定だ。

「あなた、早く私をあれに入れるのよ！」

アンダインはかなり興奮しているのか、ぷるぷる震えて僕に命令する。

「僕の名前はアムドゥスキアスだ。キアスって呼んだら入れてやるよ」

「キアス！　キアスなの！」

素直でよろしい。

僕はゆっくりと、アンダインを湯船に沈める。どうでもいいけど、溺れ死んだりはしないよな？

いや、仮にも水の精霊なんだから平気だとは思うが、ここまでの言動を見る限りなぁ……。

僕がそんな益体もない事を考えていたそのとき——変化は起きた。


「復活なのー！」


それが、僕の目の前に現れた。透き通る肌に、透き通る水色の髪。あどけない表情と、子供のような矮躯。だが、そんな些事はどうでもいい。

ばるんばるんと、揺れる双丘。いや、これは丘なんて生やさしいものではない。

山だ。

二つの巨大な山である。彼女の身長の半分はありそうな山脈が、揺れて揺れて躍り出る。

まるで脆いガラス細工のような色の薄い透き通る肌でありながら、確実な力強さと存在感を持って存在するその乳！　巨乳‼　そう、巨乳だ。まさに、巨大な乳！

両手を振り上げた姿で、水面を割って現れたのは少女だった。否、巨乳の少女だった。否否！

巨乳の美少女だった。

やはり、オンディーヌは女性だったらしい。

その肌を伝って水滴が走り、こぼれる。そう、こぼれそうなおっぱいが、水を掬い上げて水を流し、こぼし、溢れさせて、ばるん、ばるん。

おっぱい。

それは全ての男の憧れであり、崇拝の対象であり、求めてやまない母性の象徴である。生命の誕生と同時に求め、命を育んでもらい、そして離れて独り立ちする。しかし、望郷の念は人間の不変たる本能であり、ハイハイしようが、一人で立って歩こうが、仕事をしようが、杖を突こうが、そこは永遠に男の帰る場所。とても柔らかく僕等を包み、癒す、優しい、聖母の忘れ形見。それがおっぱいなのである。

……おっと、いつの間にか頭がフリーズしていた。いかんいかん。えっと、なにを考えていたんだっけ？

ああ、そうだ。これから闇の弟子集団Y●ＭＩと戦わなければならないんだった。普通の柔道しか習っていない僕は、グラサンを守りきれるだろうか？

――って違う違う！　かなりやばい方向にトリップしていた気がする。やっぱりおっぱいのせいか、思考が混乱している。

「オーガ、なんだかキアスが変なのよ？」

「私の名前はパイモンです。キアス様の言動は、所詮我々の理解の及ぶところではないのですよ」

「キアスの顔、面白いの」

なんだか結構キツイ事を言われた気がする。それもパイモンに。パイモンにっ！

「キアス、ここすごくいいの！　私はここを新たな住処とする事に決めたの！」

ニコニコと笑うアンダインが、そう告げる。そう、アンダインが笑っている。つまり、今のアンダインには顔がある。

水の精霊の名に恥じない、美しく、精緻《せいち》な細工のように整った顔が。透き通った水色の髪はゆるふわなウェーブを持って流れ、湯船のお湯の上へと広がっている。百四十㎝少々といった身長と、華奢な体付き。しかし一部が、体の一部があり得ない程存在感を放つ美少女。

なんという神秘。僕は今理解した。こいつは精霊だ。間違いない！

「って、え？　なんだって？」

「だから、私はここを住処とする事に決めたの！　水はきれいだし、温かいし、周りも清潔で水を汚すものがないの。文句なしなの！」

「いや、ここ風呂場だぞ？」

「問題ないの！　清廉な水あるところがアンダインの住処なの！」

「いや、使わないときは水抜くし」

「え――――――‼」

不満そうだ。ただ、いくらなんでもこれは譲れない。

「水抜かないとカビるだろうが。この清潔な風呂も、毎日パイモンやオークの子供たちがきちんと掃除してくれているから綺麗なだけであって、手ぇ抜いたらあっちゅう間にカビだらけになる。常に高温多湿に保っていたら、目も当てられん」

「私っ、私が清潔に保つの！　こまめにお掃除もするし、水の精霊もいっぱい呼んじゃうの。そういう聖域には、カビ生えないの！」

おっと、それはいい提案かもな……。僕のお風呂が、名実ともに聖域と化すのか。ぶっちゃけ人手も足りないし、いいっちゃいいかもな。

「よし、ならば条件がある」

「なになに？　なんでも聞くの！」

いや、お前高位の精霊だっつって、高圧的だっただろうが。謙《へりくだ》りすぎだろ……。

こうして、僕の仲間にお風呂の精霊が加わった。

第五章 侵入者たちの見たものはっ⁉

『マスター、侵入者です』

「お、マジか。今度こそ、ちゃんとダンジョンの試運転になればいいな。できれば飛行対策の方の有効性も見ておきたいしな」

『そうですね。ただ、魔族の数が八百人強、魔王が一人います。前回の二人の件もありますので、油断だけはしないでください』

「あいよ。問題が起きればその都度対処しよう。その為にも、こまめに確認しておく必要があるな。しばらくは他の事してらんない、か……。なぁ、やつ等の動きを逐一僕に報告する事ってできるか?」

『お安い御用です』

「お、それなら頼む。やつ等にかかりきりってわけにもいかないしね。しかし……、ふふふ……。なんか楽しみだな」

『そうですね。いったいどこまで進めるでしょうか?』

「魔王がいるんだし、そいつくらいは天空迷宮までは行くんじゃないか? 時間さえかけりゃ、そこまではたやすく進めるし、地下迷宮はまだ未完成だ」

『私は困惑の迷宮までだと予想しますね。地下迷宮の入り口には〝無酸素回廊〟が用意されています。あれは凶悪です』

「お前ホント、あのトラップ好きな。あれだって、相手が一人だったりしたら意味ないんだからな?」

『相手が一人だった場合、そもそも信頼の迷宮や困惑の迷宮を突破できません。その為の〝無酸素回廊〟ですから。あれを生み出したのは、マスターの生涯で唯一の功績です』

「僕まだゼロ歳なんだけど……」

『冗談です。この程度の軽口でいちいち落ち込まないでください。……鬱陶しい』

「ねぇ、最後の一言って必要だった? ねぇ!?」

『うるさいですよゴミマスター。侵入者が長城迷宮まで到達します。マスターも気を引き締めてください』

「はいはい。じゃ、まずは警告でもしてやるか」

『警告ですか?』

「そうだ。いくらなんでも、ただ話し合いにきただけとかだったら、いきなりダンジョンに入れるのは酷だろう?」

『それもそうですが……。ですが、その可能性は低いと思われますよ? なにせ、千人近くも軍勢を引き連れてきているのですから』

「それでもだよ。聞いておかなきゃいけないだろうさ。その為にわざわざマイクとスピーカーを用意したんだから」

『それもそうでしたね』

報告は受けていたが、なんと大きな城壁だろうか。これは、破壊は容易ではないな。

吾輩の目の前には、今まさに新参魔王の造りし城壁が、その威容をまざまざと見せつけていた。

巨大な石造りの城壁は、その大きさゆえに遠方からでも容易に視認できた。あまりの威容に、軍団の士気に陰りすら見える程だ。雑多な魔族はこれだから困る。

しかし、それも仕方ない。それ程までに、この城壁は見事だった。聞くのと見るのとでは、やはり違うという事だな。高さ五十mはあろうかという巨大さで、地の果てまで続いているのではないかという長さ。しかしそれ程長大な城壁であっても、造りに粗は見られず、その巨大さに見合わず精緻とさえいえる出来である。もっとちゃちな代物だと思っていたが、これでは攻城兵器はあまり役に立ちはしないだろう。

しかし――しかしである！

やはりここの魔王は愚か者だ。せっかく造った城壁にもかかわらず、いまだ門が造られていないのである。つまり、侵入は容易である。たしかに建築技術とそのスピードには目を見張るものがあるが、門を造らねば城壁の意味もあるまい。

吾輩は、城壁の内部に侵入を果たした。

入り口は階段になっていて、馬での侵入は困難だった。ここで乗り捨てていくしかあるまい。なに、軍勢のほとんどは元々歩兵。その程度の事が苦になるような、ヤワな鍛え方もしていない。吾輩がそんな事を考えていたそのとき、間の抜けた緊張感の欠片も感じられない声が響いた。

『あー、テステス。ただ今マイクのテスト中～。本日は晴天なり、珍しく晴天なり。東京特許許可きょきゅ、東京特許きょきゃきょきゅ、東京きょっときょきゃきょく。聞こえますかぁ～？』

こちらをバカにしているかのような声が聞こえ、吾輩は怒りに任せて舌打ちする。イライラする声だ。

『えー、侵入者諸君、僕がこのダンジョンの主、アムドゥスキアスです』

どうやら声の主は、件の新参魔王のようだ。ちょうどいい。たった今、ここで宣戦を告げて驚かせてやろう。新参のくせに吾輩の気分を害した愚か者が、どれだけ怯えるか見物である。しかし、いったいどこから覗いているのか……？

『えー……、まずはようこそと言っておきましょうか。しかし、残念な事に今このダンジョンには、侵入後の脱出法というのが存在しません。僕になにか御用があるんだったら、この場でのやり取りとなってしまいます事、平に御容赦願いますね。また、この先に進むのはお勧めしません。先に言ったように、このダンジョンは一度入れば帰れませんので、命の保証ができかねます。入る方は、まずはその事を肝に銘じて、殺されても文句のない方だけ、入ってください』

本当に不躾な魔王だ。吾輩が言葉を挟む間もなく話し続けおって。しかもなんだ、この挑発的な物言いはッ⁉　伏して謝るならまだしも、死にたくなければ帰れだとっ⁉　舐め腐りおってッ‼

「ふざけるなッッッ‼」

吾輩は腰に差していた斧を抜き放ち、声のする黒いものに叩きつけた。

ギィイィン！　と鋭い金属音が響いたが、驚いた事にこの吾輩の一撃を受けても、黒い物体には傷一つなかった。

『えっと、あなたは余所《よそ》の魔王ですよね？　あまり他人の庭で暴れるのは品がありませんよ？　僕は親切に忠告してあげたってのに』

「馬鹿も休み休み言えッ！　吾輩は貴様を殺す‼　わかったら、今すぐここに来い‼」

猛々しく宣言する吾輩に釣られ、周囲の軍勢も殺気を放つ。どこから見ているかは知らないが、この光景に新参の貴様なぞ戦々恐々だろう。すぐに謝るだろうが、そんな事では許さん。必ず殺してやる。

しかし、黒い物体は沈黙したまま、うんともすんとも言わなくなった。

もしや、怖気付いて腰でも抜かしたか。言葉も出ないまだ見ぬ魔王を思えば、少し愉快な気分になる。その魔王が、これからどんな謝辞をもって屈服するかと思えば、えも言われぬ快感が、我が心奥より沸々と湧いてくる。

……ん？　いや、微かにだが、声が聞こえてくる。吾輩は周囲の軍団を、ジェスチャーだけで黙らせると、耳を欹《そばだ》てた。

『おいアンドレ、どうしよう？　あの魔王、思っていた四倍は馬鹿だぞ？』

『そうですね。殺害宣言のあとに投降勧告、言葉の順序に一貫性がありません。これは、言語は通じないものとして対処するしかないでしょう』

『神様もタイルもさぁ、ここまで馬鹿ならそう言っておいてほしいよな』

『はい。直情的だとか好戦的だとかオブラートに包まず、素直に言語も理解できないアホだと聞いておけば、こちらもわざわざ警告なんて面倒な手間を省けましたのに』

『あ、パイモン、今コションが来てんだけどさ、話通じねーんだわ。どうしたらいい？』

『キアス様、お風呂からあがられたならちゃんと服を着てください。魔王コション様は、その武勇や勇猛さとは裏腹に、思考の方がちょっとアレなので、あまり建設的な話はできないと有名ですよ』

『うはっ、パイモンも言うねぇ！』

『ええ、まさに言い得て妙です』

『わ、私が言ったんじゃないですよっ！　魔大陸ではそれなりに有名な話です』

『もぉー！　さっきから皆うるさいの！　ヒマならお風呂掃除手伝ってほしいの！』

『それはフルフルの仕事だ』

『ぶー！』


「……っ！　……ッ、……ッッ‼」

怒りを抑える為、もう一度斧を黒い物体に叩きつける。やはり甲高い音だけで、傷一つ付かない。

本ッ当に、気に食わない‼

『あー、まぁそんなにカッカしなさんなって。ちょっと黙ってただけじゃん、短気だなぁ。どうしても中に入るってなら止めないけど、本当にどうなっても知らないよ？』

「……一つ……、……質問がある」

怒りの籠もった静かな声で、吾輩は問う。背後で配下の者が震えているのがわかる。おそらく、吾輩の怒りに当てられたのだろう。軟弱な。

『ハイハイなんなりと～』

「……ッ！　……この道を進んでいけば、必ず貴様がいるのだな……ッ⁉」

『ああ、うん。そのまま進んで、全部の関門を越えたら、僕の元までたどり着ける。それは間違いないよ。あ、そうだ！　なんだったら君がここまで来られたら、一発だけ無抵抗で攻撃を受けてやろう！　どうよこの大サービスっぷり！』

『実が伴った余裕なら、なお様になったでしょうがね……』

『うるさいよ』

いいだろう、その挑発に乗ってやる。

吾輩は腰に下げた戦斧を引き抜くと、振り向きざまにそれを一閃させた。

「ギィャァァァアアア‼」

鬱陶しく背後で震えていたやつを切り捨て、吾輩は軍団を睥睨《へいげい》する。足元には息絶えた臆病者が倒れ伏し、その光景に息を呑む我が軍団。血に濡れた斧を肩に担ぎ、吾輩はその軍勢に問いかける。

「この程度で怯える弱卒など、我が軍勢には不要！　吾輩が手ずから殺してやるから、さっさと前に出ろ‼」

静まり返り、当然前に出る者などいない軍勢に頷き、吾輩は宣言する。

「これより、無礼者を殺しにいく‼　アムドゥスキアスを討て！　手段も方法も問わん！　できるだけ惨めたらしく、惨たらしく、生きたまま臓物を引き摺り出して殺せ‼　全軍前進‼」

広い階段いっぱいに広がった軍勢が、進軍を再開する。鈴なりに進む軍に、我が怒りも静かに闘志へと変わっていくのがわかる。アムドゥスキアス、必ず殺してやる。

しかし、黒い物体からは吾輩の気分を害すように、再びぼそぼそと声が聞こえはじめた。

『結局、殺す方法は指定付きなんだね』

『マスター、彼に論理的な言動を期待するのは、魚に空を飛べというのと同義ですよ？』

『僕はトビウオって魚を知ってるけどね』

『おっと、でしたら彼は魚類以下という事になりますね』

『え、もしかして、ここの会話、コション様に伝わっているんですか？』

『ふぃーん！　お風呂掃除大変なのぉ！』

お陰でまた、我が軍から脱落者が出た。

おのれアムドゥスキアス、絶対に許さん‼

階段を登り、城壁の上まで登った吾輩の眼前には、数ヶ月前とは見違えるような《魔王の血涙》の姿があった。

「なん……と……」

地平の果てまで続くのではないかという迷宮。その巨大で広大な威容もさる事ながら、それ以上に目を惹く絶景がある。

天空に浮かぶ透明な城。

日の光が差し込み、空の色が透け、眩い太陽と並ぶその姿。それは水晶のように、あるいは金剛石のように、色を持たぬがゆえに色を取り込み、美しく、ただ美しく、輝く。その周囲には禍々しくも神聖な蛇を象る意匠が施され、広い《魔王の血涙》の四方八方へと伸び、実に幻想的だ。

吾輩はしばし、アムドゥスキアスへの怒りも忘れ、その美しい城に見入っていた。魅入られていた。

そうだ。本当に力ある魔王なら、このくらいの城を持っていて然るべきだ。にもかかわらず、魔族どもの技術ではたいしたものは造れん。古い魔王なら、そのような趣味を持つ配下がいるのも珍しくはないが、生憎と吾輩は生まれて二百年の年若い魔王である。

その程度の自覚はある。吾輩はまだまだ発展途上。ならば、もっともっと戦い、いずれ古き魔王と肩を並べる魔王たらんと欲するのは当然である。その暁には、きっとあのような城を――それを、たかが新参の魔王が持っている事を思い出し、言葉にできない怒りを覚える。

厚顔無恥も甚だしい！　たかが新参、若輩の赤子のような魔王が、少し特異な能力を持ったからと図に乗りおって！　イライラする。腸《はらわた》が煮え繰り返り、腹の虫が治まらん！

呆然と立ち尽くし、いまだあの城に魅入られている軍勢へと喝を入れるように、吾輩は叱咤する。

「なにをしておるかァッ⁉　空を飛べる者は今すぐあの城へ向けて発て‼　それ以外は陸路だ！　進軍再開！　グズグズするな愚か者ども！　あのような目立つ城を造った事が、やつの失策だったと知らしめろ‼」

吾輩の怒号に、皆慌てて進軍を再開させる。空を飛べる種族は準備を始め、他の者も狭い道いっぱいに広がって進みはじめた。吾輩もそれに続き進もうとしたときに、それは起きた。配下の一人の鋭い声が響く。

「コ、コション様、あれをッ‼」

振り返った吾輩が見たものは、飛び立った配下たちがなにかに叩きつけられるように地に落ちていく様だった。壁で仕切られた迷宮に、一人、また一人と消えていく。出遅れた者たちは、そのお陰で難を逃れたらしい。しかし、人間相手にはかなり有効な飛行部隊を、こうもむざむざ減らされてしまうとは、アムドゥスキアスめッ！

「なにがあった⁉」

「不明です！　攻撃なのかどうかも……」

要領を得ない部下の説明に、仕方なく吾輩は空からの奇襲を諦めた。

「ええい、忌々しい……っ」

燃え盛り続ける怒りの炎は、一向に静まる気配を見せなかった。

陸路は、先程の飛行部隊の有様が嘘のように、あっさりと進めた。呆気ないという雰囲気が軍勢に蔓延し、それを諌める方が難しかった程だ。

ただの一本道に、申し訳程度の関門。ただ足止めを狙ったようなその罠にイライラする事はあっても、簡単な仕掛けを作動させるだけで次に進めて、命の危険もほとんどない。飛行を得意とする魔物も時折現れるが、その程度を苦にするような軍勢ではないのだ。

しかし、もうかなり進んだはずだが、一向に先の見えん道程だ。いったいいつまで歩けば、眼下の迷宮までたどり着けるのだ？

吾輩がこの迷宮とやらに侵入して三日。ようやくこの城壁の終わりまで到達した。

おそらくこの城壁は、敵軍の遅延工作用のものだ。延々と長い一本道を行軍させ、次々と現れる簡単な罠と魔物に惑わされ、まんまと足止めさせられてしまった。

「おのれアムドゥスキアス！　小賢しい策をッ！」

呪詛の言葉を吐き捨て、ようやく現れた下りの階段を進んでいく。

軍団の中には、疲れからこの程度の罠や魔物に手傷を負わされる者まで出た。まったく、軟弱極まりない。やはり魔族と言えど、魔王に比べれば脆弱すぎる。

階段を下まで下り、ようやく地上の迷宮までたどり着いた。目の前に聳え立つ大きな門。黒き門の前には大きな広場があったが、約九百人の我が軍勢ではやや窮屈だった。その門にはこう記されていた。

『信頼の迷宮』

『ここより先に進むには、仲間との信頼が必要不可欠。

真の友だけを仲間とし、先へ進め。

信頼できる仲間と進めば、この迷宮は優しくあなたたちを迎え入れ、たしかに見えるものとして、その絆を確認させるだろう。

しかし、信頼のなき者と進めば、いずれあなたはこの迷宮の真の怖さを知る。

信頼という言葉を、もう一度思い出してから扉を開けよ』

馬鹿馬鹿しい。

吾輩は配下の者に命じて、まずは偵察隊を送る事にした。

「コション様、どうやらこの入り口は六人以上が開こうとすると、鍵が掛かる仕組みのようです。二人以下でも開きません。偵察隊は、まずは三人からでいいのではないでしょうか？」

「そうだな。損耗はなるべくなら少ない方がいい」

舌打ちしたい気分だったが、それを抑えて部下に返す。今度は分断工作のようだ。

しかし、馬鹿なやつめ。こんな分断など、扉の向こうで合流してしまえばいい話だ。

「まずは偵察隊三名が中に入り、安全が確認でき次第戻ってこい。全軍、扉の向こうで再集結せよ！」

声を揃えて返ってきた言葉に頷き、偵察隊以外は休ませる事とした。この三日間歩き詰めだったので、ちょうどいいだろう。偵察隊三人を送り出し、吾輩も食事と睡眠を取ろうとした矢先、またも問題が起きた。

偵察隊が帰ってこなかったのである。

罠にでもかかって死んだのだろうか？　次の偵察隊を送ろうとしたが、今度は門が開かなかった。五人で開けようとしても、三人でも。それ以上でもそれ以下でも、まったく開く気配がない。三時間もの間試行錯誤を重ねたが、結局仕組みはわからず扉は開くようになった。今度は偵察隊を五人送り込む。その中に《念話》のスキルを持つ者も加え、なにかあれば逐一知らせるように厳命した。

しばらくして——

『コション様、先程偵察隊が戻らなかったわけがわかりました』

『どうした？』

聞こえてきた声に、心の中だけで応対する。

『門の奥には十の扉がある小部屋があり、それぞれ別の場所に繋がっているようです』

『ならばその場で待機し、次の者の到着を待て』

『それが、この小部屋には今もって水が流れ込んでおります。このままここにいては、我々とて溺死してしまうでしょう』

『ええい、忌々しい手を使いおって！』

『我々は一番右の扉より先に進みます。先の偵察隊は見捨てる事になりますが、十あるなかから彼等を探す為に部隊を分散させては、それこそ敵の思う壺。全軍がこの道を進むのが得策かと愚考仕ります』

『わかった。その先でも十分注意せよ。なにかあれば報告を怠るな。どんな些細な事でもだ。いいな？』

『はっ、了解いたしました』

念話を終え、吾輩は扉の奥の仕掛けについて他の配下に伝える。皆、それを聞いて先の配下の提案に乗る事を了承したので、全軍に右の扉へ向かう事を厳命する。

これがきちんと伝われば、偵察隊が戻らなかった事に密かに尻込みをしていた連中も、士気を上げる事だろう。タネの割れた手品に驚く者などいないのだ。

三時間経ち、再び門が開くようになる。この門はどうやら、三時間毎にしか開かない仕組みのようだ。次の部隊を送り込み、今度こそ休もうと思った吾輩に、再び不愉快な念話が届く。

『コション様、後続が来ません。なにか問題でも起きましたか？』

『馬鹿が……ッ』

あれ程厳命したというのに、よもやこれでなお別の扉を選ぶとは！　なぜ一番右の扉を選ばないッ⁉　これでは本当に、アムドゥスキアスの思う壺ではないかッ⁉

憤る気持ちをなんとか抑え、吾輩は今一度軍勢に命令を下す。背けば厳罰に処するとも。

しかし次も、また次も、偵察隊と後続が合流する事はできなかった。

ここで吾輩は、これもまた分断工作の一部なのではないかと思い付く。いくらアムドゥスキアスが間抜けでも、この門と扉だけで分断できるとは思わなかったのだろう。それなりの細工が、その扉にされていると見て間違いない。

次の部隊が偵察隊と合流し、吾輩の推測に確信をもたらす。

『どうやら、一度開いた扉は時間が経たなければ再び開けないようです。後続の部隊が開かない扉を確認しました』

『そうか。分断はされたが、侵入した部隊のほとんどが生存しているという情報が得られたのならいい。引き続き、合流を目指せ』

『はっ、了解いたしました』

安全を確認し、全ての扉に万遍なく部隊を配すように命令して、吾輩はようやく休む事ができた。

分断されようが、十の扉なら各方面に百人弱の軍勢を送り込める。また、迷宮内部で合流する事も可能だろうし、百人近くいれば敵が現れてもなんとでもなる。

足止めと分断はされたが、ここ三日間の強行軍を思えばいい骨休めにもなった。愚か者のアムドゥスキアスめ。貴様の小賢しい策など、全て逆効果だ。英気を養った我が部隊が、今お前の首をもらいにいくぞ！


全ての部隊は、それからゆっくりと時間をかけて扉の先へと進んだ。

この、信頼の迷宮でそのほとんどが息絶えるとも知らずに……。


フルフル。

ソロモンの七十二柱の悪魔の一柱。炎の尾を持つ牡鹿の姿で現れ、雷と突風を起こす嵐の権能を持った、偉大にして強大な伯爵である。様々な秘密と神学の知識を授け、男女を衝動的な愛に駆り立てるが、強制されなければ決して真実を話さない、二十六の軍団を率いし嘘吐きの悪魔である。序列は三十四番。


ぶっちゃけ、ただ語感で名前を付けた。後悔はしていない。

だって、スライム形態のときはぷるぷるだし、人間形態のときはばるんばるんだ。これ以外にベストな名前があるとしたら、それはもうプルプルしかないだろう。そんな名前の悪魔はいないが。というか、そもそも精霊に悪魔の名前ってどうなんだ？　まぁ、いっか。所詮お風呂の精霊だしな。


魔王コションの襲来からしばらく経った。最初は楽しく観察していたのだが、もう飽きた。三日も四日も、あんなやつ等観察してられるか。僕だってそれなりに忙しいしな。

コションたちが信頼の迷宮の前で休憩しはじめた辺りで、僕はやつ等を見張るのをやめた。

コションのステータスを見る限り、素の僕では傷一つ付けられないだろう。到底無理だ。だが、本当に迷宮を踏破してきたなら、約束通り一発攻撃を食らってやろうとも思っている。

まぁ、そんな事にはならないと思うけどね……。


そんな事より、今はフルフルである。

「言ったろうが、畑は水浸しにしたらダメだって」

「どのくらいが水浸しで、どのくらいが水浸しじゃないのか、全然わかんないの！」

ここ最近の僕は、フルフルに振り回されっぱなしだった……。

この畑は、ゴブリンたちの集落からダンジョンの創造機能で持ってきたものである。嬉しい事に、ゴブリンは畑作とともに稲作も行っており、秋にはお米が食べられそうだ。オークたちの畑も一応持ってきたのだが、踏み荒らされていてほとんどがダンジョンに吸収されたあとだった。とはいえ、オークたちはその畑を再生させようと日々努力している。

ただ、僕がダンジョンに取り込んだ事で田畑の気候が大きく変動している。果たして、無事に収穫できるのだろうか？

それはさておき、だから僕もその田畑の手伝いがてら、フルフルを連れてきたのだったが、こいつは全然役に立たない。水の精霊のくせに。

もうホント、僕以上に常識に疎いやつなのだ。おまけに——

「フルフルー、いい加減出てこいよ。これじゃ僕たちがお風呂に入れないよ」

——落ち込むとすぐ風呂に籠もる。やれやれ……。

「フルフル、失敗は誰にでもあります。キアス様はこんな小さな事であなたを嫌ったりはしませんよ。さぁ、出てきてキアス様に謝りましょう。私も一緒にいてあげますから」

『フルフル、あなたは完全に包囲されています。おとなしく投降しなさい』

仲間たちが脱衣所から声をかけるも、フルフルは無反応。

ああ……、パイモンは手がかからなくて良かったなぁ……。パイモンはこういう、幼稚で面倒臭い事態は引き起こさなかった。

オークたちといつの間にか和解していたし、放っておいても大丈夫と思わせる安心感があった。しっかりしてるし、料理もできる。お陰で随分とダンジョン造りに集中できたのだが、完成した途端、こんな手のかかる子供を引き取る羽目になるとは……。とほほ……。

フルフルは風呂場に籠もり、あろう事かお湯を流しっぱなしにしているので扉も開けられない。給水量が多いので、排水が追いつかないのだ。もし開けたらこの脱衣所に大量のお湯が入り込んできて、掃除が大変な事になる。もし、ここが日本の一般家庭だったら、今月の水道代とガス代はかなり家計を圧迫する事だろう。異世界で良かった……。

『浄水場とボイラーのコストはかかりっぱなしですがね』

「こらフルフル！　早く出てこい！　いや、出てこなくていいからまずお湯を止めろ！　こっちで強制的に止めるぞ⁉」

コストがかかるというなら話は別だ。このまま駄々っ子を続けるようなら、躾も兼ねてちょっと痛い目に遭ってもらうしかない。

「フルフル、このままでは本当にキアス様に嫌われてしまいますよ？　キアス様はこのお風呂が大好きなのです。あなたと同じように。ほら、早く謝ってしまいましょう」

うーん、パイモンはちょっと説得が下手だよな……。そんな事、このお子ちゃまに言ったところで、ますます意固地になるだけだ。

「キアスはすぐ怒るから嫌いなの！　フルフルがキアスを嫌いなの！」

ほらな。

ザ――――

「うわっ⁉　ちょ、ちょっと、パイモン⁉」

突然パイモンが扉を開き、脱衣所にお湯が流れ込んでくる。

あーあー、掃除が大変だぞ、こりゃあ……。湯気も大量に流れ込んできて、放っておけばカビだらけになるだろう。まぁ、換気設備はあるのだが、それでも掃除は必要だろう……。

そうやって僕が慌てているなか、当のパイモンは大浴場をのっしのっしと進んでいく。湯船の縁に近付き、自らの腕をその中へと突っ込んだ。

「なにするの⁉　フルフルはまだ怒って――」

パイモンに掴まれた、スライム状態のフルフルが抗議の声を上げる。しかし、それよりも早く
――


「――簡単に人を嫌いと言ってはいけません‼」

パイモンの大音声が響き渡った。ただでさえ音の反響する大浴場、耳がくわんくわんする。

「いいですかフルフル、私は生まれてからキアス様に出会うまで、ずっと嫌われてきました。嫌われるというのは、とてもつらくて悲しくて嫌なものです。まるで世界が小さくなったかのように、

窮屈でちっぽけなものになる。他人を嫌うというのはそういう事を相手に強いる事です！　冗談でも気紛れでも、絶対に言ってはいけません‼」

そのあと、パイモンによる数十分に及ぶ説教は、神殿内どころか地上にまで届いていたらしい。オークやゴブリンが気になって様子を見にくる程だった。まぁ、換気扇の通風孔とかあるしな。え、僕？　僕は脱衣所の掃除だよ。ここがカビると面倒なんだ。


「キアス、ごめんなさいなの……。パイモン、怖かったの……」

説教が終わり、保護者のように後ろに立つパイモンに促され、フルフルが謝る。若干涙目になってるのは、見て見ぬフリをしてやろう。たぶん、パイモンよりこいつの方が年上のはずだし……。

「もうこんな事すんなよ？」

「うう～……。わかったの……」

これからは、パイモンはフルフル係に決定だな。僕としても楽ができる。もっと早く気付けば良かった。


余談だが、この日からオークやゴブリンたちがやたらとパイモンを気にかけるようになった。前から良好な関係だったが、なんだか本当の家族のようにパイモンに接するようになった、といえばいいだろうか？　魔族的には、パイモンは魔王ではないので気安く接するのもアリなようだ。まぁ、いいやつ等だと言っておこう。

　ついでに、僕もその輪に加えてもらってもいいんだけど？


　信じられん……。これはいったいいつまで続くのだ……。

　もう幾日も吾輩たちは信頼の迷宮を彷徨っている。罠は稚拙で魔物は少ない。このつまらない迷宮に、しかし我々は苦しめられていた。

　日に日に減る食料と水。

　これが、この迷宮の突破を困難たらしめていた。魔物の数が少ないのも痛い。見つければ数人分の食料にもなる。骨までしゃぶるように魔物を食らうのだが、やはり数は少ない。

　飢餓は集中力と冷静な判断力を奪い、迂闊な行動を助長する。実際、簡単な罠に少なくない人数が殺された。部隊の中には、既にこの迷宮を踏破する事より、魔物の方を探している者までいる始末である。

「コション様、罠にかかった者を助ける為には、少し回り道をしなければならないようです」

「ならば、捨て置け。そんな無駄な時間も食料もない」

「で、ですが――」

「なんだ？　ならば、遅延した分消費する食料を補う為、貴様が食事を抜くか？」

「い、いえ……」

この程度の愚問に、いちいち答えてやらねばならぬのもイライラさせられる。そのくらい、少し考えればわかるだろうに。まったく使えんやつ等め。

しかし、なにより厳しいのは水不足である。水の飲めない渇きは、魔物や死んだ配下の血を飲んでしのいだが、それでもその程度では喉の渇きは癒えない。我慢もそろそろ限界に近い。

時折現れる宝箱も陰湿である。中にはマジックアイテムやガラクタ、そして食料と水が用意されているのだが、その量はとても部隊全てに分配できる程ではない。一人分、分けられても五人分にしかならぬのだ。吾輩を除く残り四人分の分配に、しばしば諍いが起きた。

これも全てあの魔王の仕業かと思うと、腸が煮え繰り返る思いだ。心中には殺意が飽和し、殺気となって辺りに流れる。それが、部隊をより緊張させるとわかっていても、抑えてはおけなかった。

あの陰湿な魔王め、絶対に楽には殺してやらんぞ‼


トリシャ・リリ・アムハムラ。

アムハムラ王国の第四王女にして、同王国の騎士団長である。彼女の半生は、まさに波瀾万丈の一言に尽きた。とある田舎の漁村に生まれた彼女がどうして王女になったのか、アムハムラ王国の民ならば全員が知っていた。そして、その姿に希望を見出す。

「副長、そろそろ休憩を入れよう。魔王の拠点を前に兵が疲弊していては困る。今回は戦闘が目的ではないとしても、いざというとき逃走くらいはできるようにしておけ。できるだけ、脱落者を出さぬようにな」

「は、各班長聞こえたな。大休止、一時間。各自、体を冷やさぬよう注意せよ」

団長の言葉を復唱し、俺は簡易テントの用意をする。ものの数分で作り上げ、団長を中へと誘い、自分も続く。

ここ《魔王の血涙》では、休憩をとるだけでも結構な手間がかかる。野ざらしで地べたを這おうものなら、一時間後には骸《むくろ》になっていてもおかしくはない。俺はテントの中で携帯用の火鉢を組み立てると、すぐに火を熾す。これができない者は、極寒の国アムハムラでは新兵にすらいない。

「いや、それにしても副長の手際は本当に見事だな。私などでは、このテントを張るだけでもあと十分は余計にかかるぞ」

「いえ、たいして褒められた特技ではありません」

本当に、褒められるようなものではない。新兵として洟垂《はなた》れの時分から、幾千幾万とやってきたからこそだ。それはつまり少しずつ出世してきた証左であり、同時に彼女のように武才に恵まれていない証拠でもあるのだ。

「副長、斥候からの報告は受けているか？」

「は、十五㎞前方に、以前は確認できなかった高さ五十m以上の城壁が存在しているようです。おそらく、件の第十三魔王の仕業かと」

「そうか……」

団長の声が暗いのも当たり前だ。こんな短期間でそれ程巨大な城壁を築くなど、驚異を通り越して脅威である。しかもちゃちなハリボテではない、破壊の困難な石造りの城壁だというのだから始末に負えない。ただ――

「この城壁は外見上では頑強です。破壊は困難でしょう。ただ……」

言い淀む俺に、団長は怪訝な表情を返す。そもそも、魔王に敵対的な行動をとる事のできない今回の遠征では、あの城壁の破壊は厳禁である。しかし、俺の言いたいのはそこではない。

「続けろ」

そう促され、俺は姿勢を正して答える。

「は、たしかに破壊は困難ですが、突破そのものは容易なようです」

俺の言葉を聞き、彼女の眉間のしわはますます深く刻まれ、胡乱な視線が俺に向けられる。

「どういう事だ？　今回の遠征が魔王に敵対する為のものでない事は知っているはずだな？　できるだけ魔王を刺激したくはない。アムハムラの国民全てに災禍の及ぶ話だ。それくらい、わからぬ君ではあるまい？」

「いえ、それが……」

俺は斥候たちの報告を、そのまま彼女に伝える。それ以外にない。俺だって判断に困る話なのだから、こういう場合は伝達に齟齬がないようにするべきだ。

「なんでも、その城壁には門がなく、代わりに大きな階段が上へと伸びているのだとか。ゆえに、内部への侵入は容易かと。しかも城壁の上部には各所に門のようなものが確認されていて、どうやらそこを移動するようにできているらしいのです。

他にも出入り口のような場所がないか確認させていますが、いまだ発見の報はなく、そこ以外で魔王と接触できそうな場所は今のところありません。勿論、斥候たちにはあまり城壁に近付きすぎないように厳命いたしました。第十三魔王の気性がわからぬ以上、不用意な接触だけは控えねばなりませんから」

今回の遠征はあくまで調査が目的。間違っても、第十三魔王の逆鱗に触れないように気を配るのは、当然の事だった。

「なるほど……」

俺の報告を聞き、彼女は沈思黙考する。その姿は凛々しくも美しく、やはりお姫様という肩書に相応しく、実に絵になる光景だった。

れっきとしたアムハムラ王国の王女である彼女は、しかし『自分は軍人である』と宣言するかのように、髪を短く切り揃えている。

いや、勿論彼女には世間体というものがある。王女という、とてつもない世間体が。だから、髪も肩にかからない程度には伸ばしているのだが、貴族の、ましてや王族の女性としてはやはり異質だろう。

庶民だって、女性は基本的に髪を伸ばす。短くしているのは、せいぜい冒険者の女性か、なんらかの理由で髪を切らねばならなかった女性だけだ。それも、女性は基本的にその短い髪を恥じるのだが、しかし、これは……。

いや、本来上官であり、騎士団長であり、やんごとなき王女殿下である彼女に、こんな事を思ってはいけないのだろうが――


実に綺麗だった。


その短い髪から覗く、か細く脆そうな顎から耳にかけてのライン。白銀の鎧と、その短髪からも僅かに覗ける程度のうなじ。

金糸のような繊細さと、猛禽のような躍動感のあるその髪型は、実に彼女に似合っていた。むしろ、その方が彼女らしいとさえ思える程に。

「副長、私はその階段が、魔王の用意した入り口だと思う。そこから入って、コンタクトを図ろうと思うが、君の意見が――ん？　おい、どうした？」

「あ、いえっ、なんでもありません！」

なにをやっているのだ俺は……。もういい年をしたオヤジだというのに、団長の美貌に見惚れて返答を遅らせるなど、これではケツの青いガキのようではないか……。実際、そういう若いやつは多い。

「大丈夫か副長？　体調が悪いなら救護班に――」

「いえ！　大丈夫です。まったく問題はありません！」

「そうか？　やけに顔が赤い気がするぞ。今君に倒れられるわけにはいかん。あとで救護班の診察を受けろ。これは命令だ」

顔が赤いのは恥ずかしさと情けなさでだろう。こんな事で彼女に心配をかけるなど、あってはならない失態だ。しかも、救護班のやつ等になんと説明していいものか……。気が重い……。

「は、それで、城壁の件ですが、いかがいたしますか？」

やや強引に話を元に戻すと、団長はすぐに真剣な面持ちを取り戻した。

「いや、まずは君の意見を聞きたい」

「は、では僭越ながら……。私も団長と同意見です。ただ、どんな罠があるかもわからない道ですので、侵入は慎重に行うべきかと」

「そうだな。誰でも簡単に入れるのなら、そもそも城壁を築く意味などない。では、なぜ魔王は城壁を築いた……？　その城壁に門を築かない理由はなんだ……？　その辺り、君はどう見る？」

「そうですね……。この短期間であれ程の城壁を築く魔王ですから、時間が問題だったとは考えづらいです。となると、やはりなにか目的があって、あえて門を造らなかったと考えるのが自然です。これは憶測ですが、敵を一ヶ所に集める為、というのはどうでしょう？　階段は横列で二十名程度の者しか並べません。二十名であれば、手練れの魔族一人でも相手が務まるギリギリの人数……、ですが……」

「ならばもっと狭くてもいい。各個撃破を狙うならそうするだろうし、やはりわざわざ門を用意しない理由にはならない」

「はい」

城壁を造るうえで、孤立しない為には門が必要である。門は物資や援軍を受け入れる為に必要であり、通行や他所に攻め込む為にも必須である。

とはいえ、魔王が真大陸側から救援を受ける事などないだろうから、むしろ門がなくても不自然ではないのだが、この場合は門どころか開け放たれた階段があるのだから、疑問は尽きない。

しかも本来、城壁とは外敵から身を守る為のものだ。そこにデカデカと、誰でも入れる入り口を造れば城壁そのものの意味をなくす。それがなにより不自然であり、だからこそ不気味だ。

「まぁ、実際に見てみない事には判断がつかないな」

「はい、城壁上部に魔物の姿を確認しましたが、魔族の姿は確認されていません。近付いても、すぐに察知される事はないでしょう」

「待て！」

突然の鋭い声に、俺は背筋に剣でも突きつけられたかのような錯覚を覚えた。

「魔物は確認できたが、魔族は確認できなかったのだな？　その階段の入り口にも、城壁の上部にも？」

「は、はっ！」

「なるほど。そういう事か……」

凛々しい表情のまま顎に手を当てる彼女からは、既に緊迫した雰囲気が消えていた。俺はようやく一息吐くと、団長に声をかける。

「団長？」

「ん？　ああ、いや、大きな声を出してすまない。だが、あの城壁の意味がなんとなく読めたのでな。正確には、それは城壁ではない、と私は考える」

「は、はぁ……？」

「城壁ではなく、敵の遅延工作用の通路だ。よく考えてみろ、第十三魔王は生まれたばかりだ。城壁を築こうが、それを守る為の軍がいない。五十ｍの高さの壁、上部には通行可能な道、そして関門。おまけに魔族はいなくて、魔物がいる。誰もこちらを監視していないような城壁に、どんな防御力を期待する？　敵の足を鈍らせ、疲弊させる為ならば、この城壁を見せかけだけに使い潰し、通行可能にする意味もある。これ程のものを短期間で造る魔王だ。自らの居城は、もっと堅固な本当の城壁で囲っていても不思議ではあるまい。かなり憶測混じりだが、この推測を君はどう見る」

「なるほど……。……たしかにそれは、あり得ます……」

城壁とは本来、年単位、大きなものは人間の一生をかけるような時間を使って築くものだ。だからこそ、この城壁が見せかけだという視点を持てなかったが、星球院からの報告のタイミングから見て、第十三魔王は生まれてからまだ二月《ふたつき》と経っていないはずである。そんな短期間でこんな大規模な城壁を築けるなら、もっと小規模でも堅牢な城壁だってすぐ造れるはずである。

たったこれだけの情報で、よもやあの城壁についてここまでの予測を立てるとは。

俺は尊敬の念も新たに、団長を見詰め返す。

「しかし、だとすれば少々厄介な事になりますね。遅延工作がある以上、相手に使者を送る事も難しくなります。往復でどれだけの時間がかかる事か、この寒さではあまり考えたくもないです……」

「たしかにな。できれば我々の侵入と同時にこちらに気付いてもらい、相手に使者を立ててもらえれば最上なのだが……」

「それは……」

真剣な表情だから戸惑うが、これは団長なりの冗談なのだろうか？　団長が忘れるわけもないのだが、相手は魔王なのだ。むしろ、真っ先にこちらの妨害を図られる危険性を心配すべきだろう。

「ふふ、望むべくもない事だというのはわかっているさ。だが、興味はないか？　これ程の城壁を短期間で造り上げてしまう魔王。軍人としてなかなか興味深い。もしその方法が、我々にも可能な創意工夫だとしたらと思うとな」

「それはたしかにそうですが、これはやはり人智を超えた所業でしょう。魔王だからできたものだと考えるのが普通です」

「まぁ、そうだろうがな。しかしやはり、興味深いとは思う。いずれ敵となるのだとしても、敵になるからこそ、な」

「はぁ……」

曖昧な返事をしたが、彼女の気持ちがわからないわけではない。ここまで不可避の遅延工作を見れば、たしかに軍人としてかの魔王を評価せざるを得ない。

なにより、時間的に考えれば人間やエルフ、身体能力の高い獣人や竜人族の力を集結させたとしても、それを一月《ひとつき》やそこらで完成させるには至らないだろう。しかしだからこそ、その魔王は危険である。あの、第十一魔王コションなどより、よほど。

今回のこの遠征がなければ、魔大陸侵攻で初めて、この遅延工作用の城壁が明らかになったはずだ。そのときは既にここを撤退する選択肢などないだろう。なにせ、アヴィ教のクソ教皇の発令なのだ。今ここで見つけられた事は僥倖なのである。

「詳しい事はその城壁に着いてからになるでしょうが、一度本国に伝令を送るべきだと進言します。万一我々になにかあった際にでも、あの城壁の情報は持ち帰るべきです」

「同感だ。君の進言を受け入れよう。伝令の選出は任せる。ただ、新兵はどうにも軟弱でいかんな。いざとなったら足手まといだから優先的に伝令にして、とっとと帰らせろ」

「了解」

つまり、若者は死なせたくないと。本来はあなたこそが、一番安全な場所にいなければならない身分だというのに……。

俺は苦笑しながら踵を返してテントから出る。伝令を選出し、救護班のところに行かねばならない。救護班の連中には、団長の今の台詞を聞かせてお茶を濁そう。

団長、そういう台詞は、もうちょっと年季の入った、俺みたいなオヤジじゃないと様になりませんぜ？　あなただって若いんですから。


いよいよ食料はなくなり、餓死者も出はじめた。どんどんと飢えて死んでいく配下の血肉を食らい、ときには動けなくなった者を殺して食った。

状況は既に極限であり、行軍も鈍い。皆疲れ果て、腹を空かして渇いている。そんな遅々と進まぬ行軍の最中、吾輩はそれに気付いた。

――ッ！　――！

近くで剣戟の音が聞こえる。どうやら吾輩の配下がなにかと戦っているらしい。吾輩はその部隊と合流すべく道を進む。音をたどって向かった先では――

――軍団の者同士が殺し合っていた。

この光景も、もう四度目だろうか……。

嘆息する吾輩の気分は、失望や怒りなどではなく、単なる疲労に近い。おそらく食料か獲物の分配で揉めたのだろう。それが殺し合いにまで発展した。既に何度も経験し、生き残りからも何度か聞いた話である。面白くもない。

吾輩のいる部隊は、吾輩の命令で統率されている。ゆえに、こうした同士討ちは起きないし、起きてもどちらも殺せば丸く収まるのだが、他の部隊ではそうはならないらしい。

吾輩は、争っている者を手早く皆殺しにして、その血肉を貪る。愚か者どもめ。

吾輩はさらに進む。部隊の者どもも、腹が膨れた事で歩みも速くなった。しばらく進んだところで、偶然別の部隊と鉢合わせした。どうやら運良く輜重兵が多く割り振られた部隊のようで、今まで見たどの部隊よりも士気が高そうである。

吾輩が合流を命じようとしたそのとき――

――吾輩の部隊が、向こうの部隊に襲いかかった。

何度も仲間を殺し、食らってきた我が部隊は、どうやら仲間でも見境なく襲うまでに狂っていたらしい。間抜けめ。軟弱な鍛え方をしているから、精神も弱いのだ。本当に、魔王以外の生き物というのは脆弱で扱いづらい。

襲いかかった者を殺し、なんとかその場を収めたときには、部隊の人数は合流前よりも少なくなっていた。ただ、大量の肉は手に入ったので、それで良しとしておこう。


トリシャ・リリ・アムハムラ。

俺たちの敬愛する団長であり、れっきとした我が国のお姫様だ。

彼女の母は、北端の国アムハムラ王国のさらに北部にある小さな漁村で生まれ育った。そんな女性がなぜ、王女殿下を出産できたのか？　王室の秘事のような事柄ではあるが、この話はアムハムラ王国の国民なら誰でも知っている有名な話だ。


二十八年前、第十一魔王コションが軍団を率いて真大陸最北端の国アムハムラ王国を急襲した。防衛は過酷を極めたが、元より魔王と対抗する為に武術を尊ぶアムハムラ王国はそれに善戦。双方多大な犠牲は出したが、痛み分けのような形でその戦いは終息した。

それだけで終わればまだ良かったのだ。多大な犠牲は払ったが、それでも国を守れた。死した者も、その家族も、やり切れない思いはあれど、いくばくかの誇りを胸に明日を見る余力はあったのである。

だが、アヴィ教と中央の馬鹿どもは魔王が退いたのを好機と見て、魔大陸侵攻を宣言。真大陸全ての国が、この遠征に駆り出される事となった。当然ここアムハムラ王国もである。

防衛戦で疲弊したアムハムラ王国の実情を鑑み、北部のいくつかの国々はこれに反対もしたのだが、大勢を占めた侵攻賛成派に対抗できずに、それは決定された。

そして、アムハムラ王国は食料援助と派兵が義務付けられ、その食料の確保と徴兵令によって未曾有の食糧難に見舞われた。

しかも、あろう事かその魔大陸侵攻軍の編成と進軍は遅れに遅れ、五年に及ぶ途方もない時間を使ってようやく集結し、意気揚々と魔大陸に乗り込んだときには、既にコションも態勢を立て直しきっており、むしろアムハムラの現状を察知して、進軍の準備を進めていた程だった。

当然、手痛いしっぺ返しを喰らって、おまけに《魔王の血涙》の過酷な環境に耐えられず、侵攻軍は僅か一年で撤退を余儀なくされた。そのスゴスゴととんぼ返りする軍の殿軍《でんぐん》は、寒さに慣れたアムハムラ兵だった。

アムハムラ王国において、真大陸最大宗派であるはずのアヴィ教が蛇蝎《だかつ》のごとく嫌われている理由がこれである。

本来なら、魔王を敵視する宗教は、ここアムハムラ王国において相性のいい宗教ではあるのだが、そのアヴィ教の教皇の発言で戦わされ、食料を奪われ、おまけに家族まで死んだのだ。やつ等は行きと帰りにアムハムラ王国でただで飲み食いし、なんの成果もなく帰っていっただけだ。軍の被害も、寒さで戦えなかった間抜けどもの次に、殿軍のアムハムラ兵が多かったのだから、なおの事理不尽さを感じるのである。

そして、この殿軍にアムハムラ王国の国王までいたのが、運命のいたずらの始まりである。

当然、アムハムラ王国の兵士や重鎮は、国王を真っ先に撤退させようとしたが、王は頑としてその場を辞さず、ようやく撤退を了承したのは、侵攻軍の撤退を完全に見届けたあとだった。しかも、少数の手勢だけを引き連れ、殿軍の戦力をできるだけ削がぬように。

しかし、運の悪い事に撤退する王たちを魔物が襲った。尚武の国アムハムラでは、王侯貴族とて武術を学ぶのが一般的であり、例に漏れず国王もそうだった。いや、王だからこそより強さが求められる。実際、より武勇に優れるという理由だけで、何度か王太子が代わる事もあった国であり、現国王も類稀なる剣の使い手であった。

しかし強力な魔物相手に兵は斃《たお》れ、自らも満身創痍となってそれを退けた王は、死した兵士たちの中で自らの死も覚悟した。


そんなときに現れたのが、のちにトリシャ王女の母親となる娘であった。


屍山血河《しざんけつが》の地獄絵図に、いささかの躊躇も見せずに彼女は王の元へと走り、なにも言わずに治療に従事した。

魔王襲来の折りに北部の村々には少なくない被害があり、彼女の村もその例外ではなかった。彼女の両親も、そのときに命を落としたらしい。それに加えて侵攻軍の遠征の影響から、彼女の漁村は食うにも困る有様であったのだが、彼女は一心不乱に王を看護した。

自分の分の食べ物も譲り、なけなしの財産をはたいて魔法の治療を施し、王が回復するまで献身的というよりも、自己犠牲とさえ言えるような看護を続けたのだった。王が彼女に惹かれたのは、ある意味必然だったと言えるだろう。

だが、王には仕事があった。アムハムラは相変わらず危機的な状況にあり、王太子はまだ幼く、国には絶対的なリーダーが必要だった。この危機的な食糧難を乗り切らねば、王国は滅亡を待つのみだったのだから。

別れに際し、王は身に着けていた指輪と、いくつかの装飾品を彼女に渡した。生活の足しにするようにと。その指輪には王家の家紋が入っていて、本来家紋を削りもせずにそういうものを市場に流すのは褒められた事ではないのだが、王にとってはそれはある意味で結納の品だった。

再会を固く誓い合った二人は、こうして別れた。

そして十二年ののち、食糧難で多くの命が失われつつも、王の粉骨砕身の努力により、なんとかその被害を最小限に抑えきった、その彼の元に、実に興味深い報告が入った。


僅か十歳程の少女が、騎士の選考審査を通過した。


その報告に興味を引かれた王は、その少女を見てみる事にした。

アムハムラの騎士選考審査は、伊達や酔狂で突破できるものではない。そこには実力以外に余計なものは介在しない。王侯貴族の権力だろうと、金銭だろうと、その地位を買う事はできない。純粋な実力が求められる。

いざというとき、魔王とまで戦う事を想定されるアムハムラの兵士に、そんな紛いものを混ぜるわけにはいかないからだ。大人でも大半以上の者が不合格の烙印を押され、腕に覚えのある者ですら多く脱落するこの騎士選考審査に子供が合格する。不景気な話ばかりが長く続いたアムハムラにおいて、珍しく愉快な話が聞こえてきた。

王が興味を引かれたのも無理からぬ話だった。

そして王と少女は――否――父と娘は初めての再会を果たしたのだった。

少女を見た王は、驚きのあまりしばらく言葉を失ったそうだ。少女の面差しが、あまりに似ていたからだ。再会を約束した、彼女に。

王は止める家臣を振り払い、少女の元へと駆け寄った。

やはり少女はあの娘の子供だった。他人の空似はあり得なかった。なぜなら、少女は王家の家紋入りの指輪――そう、王の渡したあの指輪を持っていたのだから。

王は喜び勇んで母親との再会の誓いを果たそうとし、少女にそう伝えた。国も落ち着き、王室の嫁入りを〝喜ばしい行事〟として受け入れるだけの余裕が、なんとかでき上がった直後のこの対面。嬉しそうにそう言う王に、しかし少女は首を振る。


母親の墓は、かつて二人が出会い、少しの間暮らした漁村にひっそりと佇んでいた。

王は人目も憚らずに慟哭した。魔王にも屈しない王は、子供のようにその墓に取り縋って泣き喚き、墓の前でいつまでも問いかけた。

なぜ、自分の身を大事にしてくれなかったのかと。なぜ、指輪を売って豊かに暮らしてくれなかったのかと。なぜ、子供が生まれたのなら頼ってくれなかったのかと。なぜ、再会のときまで生きていてくれなかったのかと。なぜ——君を助けられなかったのかと。

もはやそこにいたのは、英雄アムハムラ王などではなく、愛する女性を失った、ただの一人の男だった。


後日、王は正式にトリシャという名の少女の母親を側室として迎え入れ、トリシャ姫も正式な王女となった。

変則的な王家の婚姻だったが、驚く程に混乱は少なかった。なぜなら、王と村娘の出会いとトリシャ姫の出生の秘密は、王自ら臣民に語られたのだから。模倣犯的な落胤《らくいん》話が相次ぐ事もなかった。その物語はアムハムラ国民の胸を打ち、広く知られるようになったからだ。誰も、王どころか全国民の不興を買ってまで、嘘の落胤をでっち上げるような愚は犯さなかったのである。

あの食糧難の時代を支えてくれた王。その王を救い、自らはなにも求めずに清貧に死した村娘。今では真大陸の各地で劇として披露される程にまでそのストーリーは普及し、不朽の名作として人気を誇っている。

アムハムラ王国において、彼女や彼女の娘であるトリシャ姫を悪く言う者などいない。

救国の母と、その母と英雄の血を受け継ぎし若き騎士団長を、国民は皆敬意をもって愛しているのだ。

「副長、そろそろ時間だ。出発の準備をしろ」

「は」

俺は短く返事をし、テントを出る。

質実剛健を旨とするアムハムラの気風には、感謝せねばなるまい。そうでなければ、平民出の俺なんかが、団長の副長などという大役に抜擢される事などなかっただろう。

たとえ自分が死ぬ事になろうと、彼女だけは絶対に死なせない。

命をかけて彼女を守れる喜びと、何度も誓った文言を新たに胸に刻みつけ、俺は歩き出した。


ようやく、吾輩たちはこの迷宮の出口までたどり着いたようだ。

眼前には、高々と聳える扉。新たに現れたその扉には、こう記されていた。

『信頼の迷宮』

『真に飢えたときにこそ、その者の本質は露わになる。

信頼なき者たちには、新たな苦難が待ち受けている事だろう。

あなたの隣にいる仲間は、本当に仲間かな?』

吾輩は天に浮かぶ城を睨みつける。そこにいるであろうアムドゥスキアスに向かって、精一杯の殺意を飛ばす。なんと嫌味で陰湿な言葉であろうか! 吾輩たちが飢えるように仕向け、仲間同士で殺し合わせた張本人は貴様だろうがッ‼ あの魔王を必ず殺すと、誓いも新たに扉を開く。

新たなカベ。まるで行き止まりを彷彿とさせる長いカベが現れた。

『困惑の迷宮』

『迷いと罠の迷宮。

あらゆる既知は役に立たず、あらゆる憶測は覆される。

困惑するあなたに悪魔は言うだろう、そのまま進めと。

困惑するあなたに天使は言うだろう、そのまま進めと。

悪意ある悪魔の言葉は役に立たない。

羽ある天使の言葉は役に立たない。

本当に目指すべきは、果たしてどこだろう?』

まだ続くのか……。うんざりした吾輩の思いは、どうやら吾輩だけのものではなかったようだ。

なぜなら、幾人かの配下が突然剣を抜き、その剣を吾輩に向けてきたからである。

「コションス様、我々はあなたを殺し、アムドゥスキアス様に助命を乞います。悪しからず」

裏切り者どもはそう言い放った。

この吾輩に。

まったくもって嘆かわしい。飢餓で判断が鈍り、精神的に追い詰められていたからといって、このような愚かな選択は間抜けもいいところである。

「あなたは、食わずとも飢えず、飲まずとも渇かぬ魔王でありながら、この窮地にあっても我々を蔑ろにする！　仲間を見捨てさせ、殺させ、食わせて平然としているのだ！　我々はもう、あなたを信頼できない‼」

反逆者の物言いに、さらに幾人かの臆病者も剣を抜く。完全にアムドゥスキアスに踊らされおって、馬鹿どもめ！

『真に飢えたときにこそ、その者の本質は露わになる』

『あなたの隣にいる仲間は、本当に仲間かな？』

怒りに染められていく我が思考に、先程の文言がよぎる。なるほど、これは先の迷宮の最後の試練というわけか。

広大な迷宮を歩き、彷徨い、疲れ、飢え、渇き、そしてようやくたどり着いた先には、次の迷宮が待ち構えている絶望。これこそが、信頼の迷宮の最も凶悪な罠。

絶望はそれまでに溜めた鬱憤を糧に、憎悪へと成長し、仲間へと向かう。

なにが信頼の迷宮だ⁉　こんなもの、信頼をぶち壊す為のものではないか！

これを造ったアムドゥスキアスの頭の中は、腐りきっているに違いない。よくもまぁ、このような性格の悪い罠ばかりを用意できるものだ。やつは悪魔のように強《したた》かで、人間のように意地の悪い、虫けらのような臆病者だ。

十数人の剣が吾輩に向かって突き立てられ、過たずその切っ先が吾輩に届く。しかし、こやつ等は吾輩の下で吾輩のなにを見ていたのだろう？

「なっ――⁉」

全ての刃は、吾輩を殺すに値しない。鎧に弾かれる刃。手の平に押しとどめられる刃。そして、眼球を貫けぬ刃。アムドゥスキアスがこの迷宮を創造する力を持つように、吾輩にも魔王としての力がある。この愚か者どもは、それを忘れていたようだ。

吾輩の顔面に炸裂した炎の魔法。そちらを見れば、怯えながらも魔法を放った者がこちらを見ていた。しかし、多少の痛痒《つうよう》はあっても、ダメージと呼べるような痛みはない。

吾輩は腰から戦斧を抜き放ち、近くにいた者に振るう。鎧も剣も真っ二つにし、一人だったものは、二つになった。吾輩は裏切り者どもを鏖殺《おうさつ》した。

新しい迷宮には、先の迷宮より遥かに凶悪な罠が仕掛けられていた。落とし穴、釣り天井、槍《やり》衾《ぶすま》等々。踏破は先の迷宮よりも難しそうだが、この迷宮には多くの魔物が出た。人数も少なくなっていた我々は、その魔物で十分に飢えをしのげた。それに、罠で配下が死ぬという事はそれだけ食う口が減り、食える肉が増えるという事に他ならない。

吾輩は目標である城を一心に目指し、犠牲を厭わず進軍した。あの魔王を殺す方法を考え続けながら。


さらに時が経ち、もうこの迷宮に入って何日になるのかまったくわからなくなっていた。

吾輩たちはその数を十数人まで減らされ、士気も最底辺まで落ち込んでいた。次々と罠や魔物に殺されていく仲間を見て、配下からはあの魔王に勝つ気概すらいつしか失われていった。

しかし、吾輩は違う。絶対にあやつを殺すのだと心に誓い、そしてその心が吾輩を奮い立たせて進ませる。

しかし、この迷宮もこの迷宮で難物だ……。

どう進もうと一向に出口が見当たらない。城を目指して進んでいても、いつしか必ず道なりに引き返してしまう。どんな道を選ぼうともだ。


そこで吾輩はふと思い出す。

『困惑するあなたに悪魔は言うだろう、そのまま進めと』

『悪意ある悪魔の言葉は役に立たない』

そのまま進めとは、あの城を目指してそのまま進めという事だろうか？　そして、その言葉は役に立たない。次に——

『困惑するあなたに天使は言うだろう、そのまま進めと』

『羽ある天使の言葉は役に立たない』

羽ある天使の言葉が役に立たないという事は、空を目指すのではないという事。つまりこれも、あの城を目指すべきではないという暗示ではないだろうか。そして、羽が役に立たない場所——

『本当に目指すべきは、果たしてどこだろう？』

——それは地下だ。

地下へ続く階段なら一度見た。そのときはどんな罠があるかもわからないうえに、先を急ぐので無視したが、それこそがこの迷宮からの出口だったというわけか。

あんなこれ見よがしに城など浮かべておいて、目的地が地下だと？　あの性格の悪い魔王なら、いかにもやりかねない手ではないか！

吾輩はいったん城を目指すのをやめ、地下へと続く階段を探す事にした。そしてそれから四日ののち、それを見つける。


どうやら間違いなさそうだ。

階段を下り、目の前に現れた扉を見てそう思う。

『困惑の迷宮』

『見えるものが全てではない。

見えないものとて必要である。

見えないものが失われていくとき、果たしてあなたは気付く事ができるだろうか?

しかし往々にして世の中は、気付いたときには手遅れなものである』

またぞろどんな罠が仕掛けてあるかわからない。十分に注意を払い、慎重に慎重を重ねて進むとしよう。

十人と少ししかいない配下を引き連れ、ゆっくりとその小さな扉を開いた。

松明の灯る一本道に、吾輩は足を踏み入れる。ゆっくりと。

第六章 踊る魔王に、魅入る魔王っ!?

『マスター、侵入者です』

「またか！　本当に千客万来だな」

『今度は真大陸側からです。人間が七十六名。コションと比べると小勢ですね』

その数なら、もしかしたら戦闘が目的ではないのかも知れないな。

ただ、少数精鋭という事もあり得るし、僕のダンジョンに対抗する為ならばそれが正しい戦法なのだから、油断はしないけど。

それにしても、人間か……。

「まぁ、そりゃそうだよな。魔王が来たって事は人間も来るか」

僕ってば、そういう地政学上やっかいなところにダンジョン造っちゃったんだから、魔王も人間もどっちも相手にしないといけないわけだ。面倒な……。

できればこっちは穏便にすませたいものだ。最善は友好関係、次善は膠着状態ってところに収めたい。

「とりあえず確認してみるわ。えーっと、確認、人間」

まだ無言ではちょっと難しいので声に出す。すると、長城迷宮の入り口の辺りを慎重に進む鎧の一団が見えた。随分と警戒してるな。

「なんとなく声かけづらいんだけど……」

パイモンもそうだったが、これだけ警戒されるとファーストコンタクトの挨拶に困る。

『あなたの仕事です、マスター。このままでは、いずれ中に入ってしまいますよ？　敵対的でない者でも、現状脱出手段はないんですからね？』

「はぁ……。はいはい、わかりましたよー」

ダンジョンは僕の元まで繋がっていないといけないが、脱出に関してはなんの制約もない。脱出不能でも、きちんとセーブできるのである。

「コションみたいに短気で馬鹿じゃなければいいけど……」

『私も精神衛生上、バカの言葉は聞きたくありません。ですのでマスターもなるべく黙っていてください』

「さらりとマスターをバカ呼ばわりすんな」

『ではキッパリと、あなたはバカです』

「それでなにが改善されたっ⁉　自覚はしてるんだよ！」

『自覚できていても直せない。バカとはバカである事が罪であり、バカであり続ける事が罰なのですね』

「お前の毒舌も、いよいよもって危険度が上がってきたなぁ⁉」

今のは危険度六か七だな。

『この程度は十段階で下から二番目です』

末恐ろしいというより、既に恐ろしいよ……。

僕はその毒舌製造端末を無視し、マイクを取った。いい加減にしないと、本当にダンジョン内に入ってきてしまう。

「あー、テステス。本日は晴天なり、本日は晴天なり。ただ今マイクのテスト中。あかぱじゃまきまじゃまあおまじゃま。どうもこんにちは、魔王のアムドゥスキアスです」

「これは……」

私はそれを見るなり感嘆の息を吐く。目の前に広がる、端も見えないような巨大で長大な城壁。その威容は鉄壁と呼んでなんの不都合もなく、これを遅延工作程度の理由で使い潰すという自論が、少々不安になる程に見事な城壁だった。

しかし、その入り口は私の目にもはっきりと見える。

私たちの正面に、まるで獲物を待ち構えているかのように口を開く大階段。数m程上部には踊り場があり、そこから折れているので先は見えないが、二の足を踏んでいられる時間はない。

「副長、君の意見は？」

「そうですね。定石で行くなら偵察を放ち、安全が確認できた場所からゆっくりと進むべきですが……」

たしかに常道だ。ただ、穴もある。その意見の穴は三つ。

まず、魔王が気分を害して襲いかかってくる危険性。

見張りはいないが、魔王がこちらに気付いている可能性は十分にある。ここまで来た以上、もたもたしていたら敵対と見られても文句は言えない。斥候を放ちながら悠長に進んでいる時間はない。それに、襲いかかられた場合、斥候たちの命はないだろう。また、交渉の余裕も余地も残るまい。そうなれば、一気に魔大陸侵攻の可能性は高まり、我が国は再び窮地に追いやられる。

次に、もし魔王が交渉を持ちかけてきた場合。

その場合、その場に私がいないのでは話にならない。交渉もできないという意味と、冗談にもならないという、二つの意味で。私がここまで来たのはその交渉の為であり、私抜きで話が進んでは意味がないのである。待たせて気分を害されたりすれば、目も当てられない。魔王は魔族の王であり、他国の王と同等の扱いをするべきなのだ。あくまで交渉のうえでは。

最後に、あまり時間をかけ過ぎるのはあらゆる意味において良くない。

もしここにいる第十三魔王が第十一魔王コションと結託すれば、我が国のみならず真大陸において絶大な脅威となる。未知数である第十三魔王の戦闘能力を過小評価してなお、その脅威は変わらない。この城壁だけで、魔大陸侵攻は夢物語と化した。ここに撤退と補給用の拠点でも築かれれば、今度はこちらの対抗手段の話になり、そしてそれには暗い回答以外の答えがない。我が国だけの話をするなら、その存続は絶望的とさえ言える。

私は副長に全隊で進む旨を伝える。副長はやっぱりとでも言いたげに苦笑して、各班長に指示を出しはじめた。

この副長は、経験豊富で機転も利き、槍の腕もいい優秀な副長だが、荒くれ者のような粗野な容姿と、過保護なところが玉に瑕だ。

なにかにつけて私を後方に追いやろうとするし、放っておけば執事のように身の回りの事を全てやってしまう。たしかに私より手際がいいのは認めるが、それだって私にできない仕事ではない。甘やかされているように感じて、少々不満だ。無論、私も今や指揮官であり、無闇矢鱈と戦場に飛び込むつもりはないが、これでも修羅場の一つや二つは越えてきたし、多少の危険なら苦にもならない生き方をしてきたつもりだ。

母のせいだな……。

私はため息を吐くと、隊全体を今一度見渡す。

母がアムハムラ王国で、大層評価されている事は知っている。父上が母を愛していた事も事実だし、母だって父上にぞっこんだった。

だが、実際のところアレは、母が父上に一目惚れしたというだけの話だ。実際、母は父上が国王だなどと知らなかったようだし、私にはずっとカッコ良くてお金持ちの貴族の兵士としか伝えられていなかったのだから。

どだい、ただの片田舎の村娘が、国王の顔など知っているわけもないのだ。

『いやいや！　マジでマジでかぁっこ良かったのよぉ、あなたのお父さん。でも、それだけじゃないっていうかぁ。背が高くてねぇ、強そうでねぇ、でもそんな兵隊さんが、死んじゃった仲間を泣きそうな目で見てんの！　なんかもーそれにお母さん〝キュゥン〟ってきちゃって！　負ぶって家まで持って帰ろうとしたときなんか、もうホント食べちゃおうかと思ったわよ！　振り返ってもう一度仲間を見て、〝またな……〟って！　そのときも捨てられた子猫のような目でね！　それからはもう猛アタックよ！　尽くして尽くして心を射止めたの！　お仕事があるって王都に帰っちゃったけど、そのうち会いにくるって言ってたから、きっといつかお父さんと会えるわよぉ？』

私の母に対する印象は、恋とはここまで人を盲目にするのか、という呆れとも恐れともつかないものだ。私などは、母はその男に遊ばれて捨てられたのではないかと疑っていた程だ。だがまぁ、それも母の墓の前で哭く父上の姿を見るまでの事だったが。

それに、貴族とは聞いていたが、まさか国王陛下が父上だとは思わず、私だって少なからず驚いた。それと同時に、母の底知れなさに深く慄いた。形はどうあれ、あの人は国王の心を射止めた。一介の村娘として生まれ、生涯ただの村娘でしかなかった彼女の恋の結末は、王の側室となって王女の母となるに至ったわけだ。その結果を自ら確認はできなかったが……。

ふふふ。国で聖母だなんだと祭り上げられている母が、起きればのろけ、働きながらのろけ、寝る前にものろけ、病に倒れてからものろけ続けるような、そんな恋に盲目な痛々しい女だと知れば、人々は幻滅するのだろうか？　母を悪し様に言われるのは気分がいいものではないが、今のままではついでのように私にまで皆過保護だからなぁ。

「いくぞ！　前進開始！」

それをバラすのも悪くないかと考えながら、私は部隊に命令する。

私は、考えている事を表情に出さない事に長けている。

自分で言うのもなんだが、父上だろうと他の家族だろうと、それ以上に一緒にいる戦友たちであろうと、表情から私の内心を窺い知る事など不可能だ。今もまさか、母の醜態を思い出し、それを言い触らそうかと思っているなどとは、隊員や副長は知るまい。

隊はつつがなく進み、我々は件の大階段の目前まで到達した。人数が少ないとはいえ、一糸乱れぬ行進はこの隊の練度を示し、優秀な部下を指揮する快感はこんな場合にも私の心を満たした。

しかし、それは階段に罠がないかを慎重に確認し、一歩足を踏み入れるまでの短い間のものだった。隊の先頭に立ち、大階段に一歩足を踏み入れた私は驚愕した。

「なにが起こった⁉」

すかさず問いかけるが、それに明確な答えを用意できる者はいない。

「不明です！　団長、なにが起こるかわかりません！　あなたは一時撤退を！」

馬鹿なッ！　なにが起きたかもわからぬうちに撤退などできるかっ⁉

「状況は不明だが、まだなにも起きていない！　こんな状態で撤退などできるか！」

「し、しかし！」

そう、なにも起きていない。まだなにも起きてはいないのだ。

だが、副長の懸念もわかる。なにせ、唐突に《魔王の血涙》の肌を突き刺すような冷気が消え失せたのだ。暑くもなく、寒くもない程度の、適温に保たれた温度。大階段に一歩足を踏み入れた途端、我々はその温度の差に驚愕したのである。

「……なにもない？　……ようだな」

私が確認するように呟くと、副長も静かに頷いた。後ろを振り返れば、後続の隊員はこちらを見て怪訝な表情を浮かべている。ためしに一度大階段を出てみれば、再び自然の殺意とさえ呼べるような冷気が体を刺す。

どうやら、この城壁内部だけが一定の温度に保たれているらしい。凄まじい技術なのは間違いない。この技術があれば、極寒の国アムハムラでは有効に活用できるだろう。

だがしかし、そんな技術をここで披露する意味がわからない。この城壁といい、階段といい、本当に不思議な魔王だ。

私はこのとき、少なからず自分が魔王に興味を抱いているのだと気付いた。

いや、元々興味はあった。だが、敵対を前提としたそれとは違う、純粋に知りたいという興味に気付いたのは、やはりこのときだった。


慎重に階段を進み、ようやく踊り場までたどり着いたとき、その声は響いた。

『あー、テステス。本日は晴天なり、本日は晴天なり。ただ今マイクのテスト中。あかぱじゃまきまじゃまあおまじゃま。どうもこんにちは、魔王のアムドゥスキアスです』

今日はあまり天気がいいとは言えないし、次に続いた呪文の意味は不明だった。魔法の類いではないようだが、問題はそこではない。

魔王だ。

魔王がこちらに声をかけてきたのである。願ってやまなかった交渉のチャンス。これを逃すわけにはいかなかった。

すぐさま周囲を確認するが、見える範囲に姿はない。その代わり、目の前の黒い箱状のものから声が出ているようだ。まさか、これが魔王の姿だろうか？

『ようこそ僕のダンジョンへ。せっかくおいでいただいたのに大変申し訳ないのですが、このダンジョンはまだ未完成であり、今現在脱出法が存在いたしません。一度内部に侵入なさいますと撤退は不可能となってしまい、皆様の命の保証はできかねる事態となってしまいます。当方としましては、侵入はお勧めできません。どうぞ、お帰りください』

どうやらこれは、遠方より声を伝えるだけのもののようだ。これも素晴らしい技術である。これがあれば伝令がいなくても、より素早く正確に情報のやり取りができる。

しかし、この物言いはあんまりだろう。敵対的な魔族と人間だからと言って、こうもあからさまに挑発されれば私も思うところがないではない。

敵方に慇懃《いんぎん》な態度で『脱出法』や『命の保証』の話までされて、末尾に『どうぞ、お帰りください』ときたものだ。バカにされているように感じるのは無理からぬ事。短気な者であれば、むしろ怒って中に入っていくだろう。隊のなかにも、上手く隠していたが顔をしかめたのが何人かいた。

ただ、どうやらこの魔王は、本気でこちらに丁寧に接しているつもりのようだ。

『マスター、なぜ相手の神経を逆撫でするのですか？　今回は前回と違って挑発する必要はないでしょう？』

『え⁉　いや、できてたよね？　ちゃんと僕、敬語で話せてたよね？』

という、魔王と配下とのやり取りがこちらまで漏れ聞こえてきた。

「御丁寧な挨拶と忠告を賜わり、恐悦至極にございます」

ならばこちらも、相応の態度を取るべきだ。今回の遠征の目的にもかなっているので、私は魔王の挑発を受け流して頭を下げる。

「私はアムハムラ王国騎士団、騎士団長を務めるトリシャ・リリ・アムハムラと申します。名の通り、一応アムハムラ王国の王室の末席を汚しております。このたび、第十三魔王アムドゥスキアス陛下の御生誕に際し、アムハムラ王国よりの使者として、こうして罷り越しました。僭越な申し出ではございますが、どうかそのお姿を拝す栄誉を賜われないものでございましょうか？」

『え⁉　王女様なのっ⁉』

あ。

どうやら、これが素の魔王の言動らしい。先程漏れ聞こえてきた配下の声の『早速化けの皮が剥がれましたね』という皮肉も聞こえてきた。その素の態度で接してくれた方が、よほど建設的な話ができると思うのだが……。

ん？　なぜかぷっつりと魔王側からの反応が途絶えてしまった。身分を明かした事で警戒されてしまったのだろうか……？

「あの……？」

とりあえず、こちらから声をかけてみる。するとすぐに、返答はあった。

『んん、失礼。ちょっと仲間と相談していた。なにぶん、直接会うとなれば問題も出てくる。もしそちらに不都合がなければ、こちらに呼び出す形を取りたい。僕がそちらに出向くのは、流石に仲間に反対されてしまったからね』

嘘だ。この魔王は今嘘を吐いた！　だってこちらには、そちらの声が筒抜けなのだから、なにも話していない事はわかっている。どうやらこの魔王は、さらっと嘘が吐ける手合のようだ。

そこで副長から耳打ちされる。

「団長が直接出向くのは危険すぎます。代理として、私が向かいます」

「駄目だ。この交渉は、我が国の命運を左右する程重要なものだ。君を信用していないわけではないが、ここは団長としても、王族としても、私が出向くべきだ。無論、もしもの場合は、あとを頼む」

「しかし……っ！」

「大丈夫だ。万が一の場合も、なんとか逃げおおせてみせるさ。君だって、私の実力は知っているだろう？」

そう言うと副長はなにも言わなかったが、苦虫を噛み潰したような苦悩の表情を浮かべていた。私はそんな副長に苦笑を返すと、黒い物体に向き直る。

「わかりました。ただ、私が戻らなかった場合、我が国だけでなく真大陸全土が陛下の敵になる事、ゆめゆめお忘れなきようお願いいたします」

一応、脅し紛いの言葉を添えて、了承の旨を伝える。私としては、その一言に自らの身を守る布石の力を期待したのだが、魔王はそれに軽い調子で答えたのだった。

『そんな心配はいらないですよ。僕は君を害すつもりはないし、できる事なら友好的な関係を持ちたいと思っています』

なんの冗談だろうか？

友好関係だと？　人間と魔族が？　いや、あり得ないだろう。私の知る限り、有史以来人間と魔族が良好な関係を築けた事など、一度としてない。

魔族が真大陸に侵攻し、そこにいた人間を隷属させたり、人間が逆襲に成功し、残った魔族を逆に隷属させ、労働力や実験材料にするのがほぼ唯一の接点である。人間と魔族との関係とは、戦争における敵対関係以外にないのである。

しかし、なぜだろう……？

この魔王となら、人間という全体はともかく、私という個人であれば、良好な関係が築ける。そんな気がするのだ。なんと言うか、こう……、声を聞くだけで安心できるというか……。

そして、突然眩い光に包まれたかと思うと、私の見ていた風景は一変した。

純白の広い部屋。淡い光。そして――


「ようこそトリシャさん。僕がアムドゥスキアスです」

私には、あの母と同じ血が流れているのだと、初めて実感した。

私は魔王と出会い、そして――


――恋をした。


漆黒の上等な軍服に身を包み、腰に曲刀を携えた黒髪の少年。

艶々の黒髪も、柔らかそうなほっぺたも、柔和な表情も、折れてしまいそうな程華奢な四肢も、それでいて強い――強烈な意志の宿った瞳も――

――全てが愛らしい。


なんだこれはっ⁉　なんだこの生き物はっ⁉　あれかっ⁉　可愛いは最強なのかっ⁉

鍛え抜かれた私の精神を、ズタズタに切り裂くように私を魅了するこの少年。魔王、アムドゥスキアス。

ダメだっ！　これはダメだ‼　ダメになる気がする‼

「あ、あの、トリシャさん？」

なんの反応も返さない私を不審に思ったのか、魔王が声をかけてくる。変声期を迎えていないような、あどけないアルトボイスに精神を揺さぶられながら、私はなんとか言葉を返す。

「し、失礼しました。私がトリシャ・リリ・アムハムラです」

私は考えている事を表情に出さない事に長けている。

このときばかりは、この特技に心底感謝した。なにせ、これが私たちの初めての出会いなのだ。長旅で薄汚れた格好はもうどうしようもないが、赤面したり、相手の顔や体を見て悦に入るような、そんな無様な姿は晒したくない。王女としてとかよりも、女として。

「うん。それじゃ、話を聞きましょうか」

ああ……、可愛い……。


私はなんとか、アムハムラと《魔王の血涙》との関係、現状と今後予想されるお互いの不利益、特に、魔大陸侵攻が決定された際の我が国の不利益を説明し、必ずしも敵対する意思はないという説明に力を入れた。

本当に……、なんとか説明した……。私の言葉に、いちいち可愛らしく頷いたり、首を傾げるのはやめてほしい……。

「お話はだいたいわかりました。僥倖、と言うべきですかね？　人間は全員魔王に敵対する者ばかりだと思っていましたが、こんな近場に味方がいるとは思いませんでした。僕は国を攻めたり、人間の敵になったりする事は望んでいません。ここにダンジョンを築いたのも、真大陸と魔大陸を分断して、もう戦争が起きないようにと願っての事です」

魔王の言葉に、私は茹だった頭に氷塊をぶち込むようにして、冷静さを取り戻す。これは、そうしなければならない程、重要な事柄だからだ。

「では……――では陛下は、そのような目的であの城壁を築かれたと？　しかし、という事は、陛下は魔大陸側にも、同じように城壁を築かれたのですか？」

「ええ、まあ。無論、それだけで争いが収まるとは思っていませんし、今度は僕が両方から狙われる事になっちゃったんですけどね」

愛らしく苦笑する魔王。それは、あまりにも過酷な自らの運命を語るには、不釣り合いな程可愛らしかった。

人間と魔族との軋轢は深い。

人間は魔族の脅威に晒されている事に耐えられないし、魔族にだって恨み辛みくらいはあるだろう。両者は争い、争いは新たな悲しみを生み、悲しみは恐怖、憎悪を呼び起こし、また争う。

仕方のない事だ、と思う。

我々は戦争をしてきたのだから。

しかし、そんな負の連鎖、戦争の悪循環に捉われない、無垢なる魔王が話す。

「実際、他の魔王にも苦言を呈されちゃいましたよ。荊の道だってね」

カラカラと笑いながら、とても聞き流せないような事を言う魔王。

「ちょ、ちょっとお待ちください！　陛下は既に、他の魔王と接触なされたのですか？」

やや焦って、詰問するような口調になってしまったのは、しかし、仕方のない事だった。

だから魔王の傍に控えてるオーガ、そんなに魔王に近付くな！　お揃いの服とか、羨ましい！

「ええ、エレファンとタイルって魔王が遊びにきました」

「なんと……、第一魔王と第二魔王と接触が……。その……、戦闘などにはならなかったのですか？」

第二魔王はともかく、第一魔王は世界最強の存在だ。勿論、今まで私が目にする機会などはなかったが《悲劇の花》の逸話などは、有名すぎる程に有名だ。

「ははは、なりませんって。あんな異常な存在、戦って勝てる自信はありませんよ。ちょっと見にきただけだったそうなので、一緒にごはんを食べて、お風呂に入って帰っていきましたよ。なかなか気のいいやつ等でしたよ？」

それを聞いて、ひとまずは安心する。だが、気のいいやつというのは、怒っただけで大地を拳で割り、大陸の一部を粉々の諸島に変えたりはしないと言っておきたい。

しかし良かった……。戦闘にならなかったのならば、この儚げな程に華奢な魔王に何事もなかったのだろう。第一魔王と第二魔王なら、思想的にも彼と近い。これが第十一魔王なら、この魔王とは決定的に反りが合わない。最悪、殺し合いに発展しただろう。その忠告も、今しておこうか。ちょっと、肩入れしすぎだろうか……？

しかし、そんな事を考えていた私に、この魔王はさらなる驚きを提供するのだった。

「ああ、そういえば、コションとかいう魔王も来てたっけ」

「だ、大丈夫だったのですか？　伝え聞く第十一魔王の性格では、おそらく陛下のお考えに反対されますよ？」

「ああ、うん、大丈夫。だって――」

次の魔王の言葉に、今度こそ私は、驚愕の表情を隠し得なかった。

「――コション、もう死んじゃったし」


『マスター、魔王コションが死亡しました』

僕は農作業に従事し、迷宮用の武器を作り貯め、パイモンと一緒に風呂に入り、フルフルに振り回されて一ヶ月程を過ごした。

いろいろ大変だった。だが、その甲斐あって田んぼも畑も軌道には乗り、僕も皆もここの生活に慣れ出した頃、アンドレがそう報告してきた。

「あ、まだ生きてたんだ。長かったなぁ、一ヶ月くらい?」

『ええ、そうですね。ただ、この程度の危険度の迷宮で魔王を倒せたのなら、むしろ上々でしょう』

「どこまで行ったの?」

『迷宮序盤の出口〝無酸素回廊〟で、魔王含め十数人が息絶えました』

うわぁ……、なんだかアンドレの声が得意げだ。予想とドンピシャだからな。

『しばらくすれば、死体もダンジョンに吸収されるでしょう。魔王の死体であれば、他の生物の死骸より、遥かに多くのエネルギーを摂取できるはずです。これなら、維持コストの安い迷宮を新設してもいいかも知れませんね』

……なんだかアンドレが凄く饒舌なんですけど……。余計怖いよ……。

『マスター、侵入者です』

「またか!」


「第十一魔王が、死んだ……?　それは……、本当の事なのですか?」

今まで凛々しかったトリシャさんが、表情を崩して困惑する。そんなに大事なの？

「ええ、つい先程の話です。一月《ひとつき》以上前にここを訪れて、僕の忠告を無視してダンジョンの中に入って、先程死にました」

「疑うわけではありませんが、その、なにか証などはないでしょうか？　い、いえ！　断じて疑っているわけではありません！　我が国は中央各国と距離があるので、情報が遅いのです。今ここで第十一魔王の死亡を確認できれば、我が国にとって有益な情報となります。決して、陛下のお力を疑っているわけではございません！」

焦ったようなトリシャさんは、どこか取り繕うように言い募った。

それはあれかい、僕があまりにも弱そうだから、とても他の魔王を倒したなんて信じられないって事かい？　よぉし、いいだろう。

「パイモン」

「はっ」

僕はパイモンを呼ぶと、懐にしまっていた〝転移の指輪《ワープリング》〟を取り出す。

「今から迷宮に出向いて、コションの死体を回収してきてくれ。ここに《転移陣》を作って送り、向こうにも帰還用の《転移陣》を用意する。行き来はこの《転移陣》で行ってもらうが、この〝転移の指輪《ワープリング》〟は万が一の備えだ。ここにマーキングして、なにかの都合で《転移陣》が使えなかったときは、これを使って戻ってきてくれ」

「はい」

パイモンに〝転移の指輪《ワープリング》〟を渡し、僕はスマホで《転移陣》の用意をする。刹那的な付与なので、コストとしては微々たるものだ。

「いいか、扉を開けたらしばらく開けたままにして、十分に換気を行ってから入れよ？　じゃないと死ぬからな。いいか、絶対だぞ？　なにかあったら、すぐに〝転移の指輪《ワープリング》〟を使うんだぞ？　いいか？　これは命令だぞ？」

すぐに酸っぱくなるくらい、ちょっと口うるさく言っておく。我ながら過保護だとは思うが、実際に魔族の死んだ場所にパイモンを向かわせるのだ。用心するに越した事はないだろう。

「はい、必ずやコション様の亡骸を持ち帰ります！」

だが、僕の真意が伝わっているのかいないのか、やたらと張り切るパイモンの返答があった。

いや、心配なのは死体じゃなくお前なんだが……。

「じゃあ、まあ、行ってこい」

「はいっ！」

パイモンは床に浮き上がった《転移陣》に、嬉々として飛び込んでいった。

なんかやけにやる気だったけど、大丈夫かなぁ。

「へ、陛下、今のは陛下のお力ですか？　転移という事は時空間魔法を御習得なさっているのですね。しかし陛下は、お生まれになってから間もないはず……。真大陸ではもはやエルフですらほぼ失伝してしまった魔法を、いかにしてこの短期間で御習得なさったのです？」

神様から、とは言えないよなぁ……。そして、将来的に敵になる可能性もあるこの人に、全ての情報を開示するのは憚られるし、美人にはちょっとでも尊敬されていたい。

「僕はまだ生まれてから一ヶ月と半分くらいだからね、そんな伝手はないよ。これは生まれたときに持っていた力の一つさ」

「一つ、という事は、他にも？」

「そこまではちょっと……」

僕が苦笑すると、トリシャさんも慌てて頭を下げた。

「あ、いえ、失礼しました。不躾な質問をお許しください。お詫びいたします」

他にもトリシャさんといくつか情報交換をして、お互いにある程度気を許したところで、パイモンが帰ってきた。

コションの死体を持って。

どうやら、お使いは上手くいったようだ。しかし、コションの方は美人ばかりのこの空間に不釣り合いな程、醜い姿だ。豚のような動物チックな頭に兜を被り、薄汚れた鎧を、二百kgは軽くありそうな巨躯に纏った出で立ち。地球のイメージにある、ザ・オークといった姿だ。本物のオークはもっと愛嬌のある顔をしているというのに、どうしてこいつはこんなに醜い姿なのだろう？　それにしても、こんなコションを軽々と担いで帰ってくるパイモンもパイモンだな。すごいけど、こんな豚野郎に必要以上に触れなくていい。いろいろすんだら一緒に風呂に入って、念入りにその体を洗浄しなきゃ。

「たしかに……、伝え聞く魔王コションの姿と同じようです。あの、重ね重ね厚かましいとは思いますが、このコションの首級をお譲りいただけないでしょうか？」

パイモンが床に下ろしたコションの死体を、真剣な表情で検分したのち、トリシャさんは真摯に、しかし恐る恐るといった調子で頭を下げて言ってきた。

「コションは我が国と因縁浅からぬ魔王ではありますが、若輩の私はその姿を見た事がございません。絵や伝聞による情報はあるので、おそらくこの死体がコションである事はわかるのですが、しかしやはり私一人の確認では確実性に欠けます。父上——いえ、我が国の国王ならば、以前の戦争でコションの姿も見ていますし、確認していないのでたしかな事は言えないのですが、同道した隊員の中にも正確な判断ができる者がいるかも知れません。勿論、陛下のお力を示す為に晒すというなら、是非もありませんが……」

いや、晒すとかなに言ってんの？　その死体はダンジョンに吸収されるだけだよ。だからまぁ、首だけ欲しいってんなら、別にあげても構わないんだけど……——

「うーん……」

どうしよっかなぁ……。どうせなら好条件を取りつけたいよな。これは国との交渉なんだから、ただの善意であげるってのもどうかと思うし、最悪の場合舐められかねない。

「駄目でしょうか……？」

おずおずと確認してくるトリシャさんに、僕はにこやかな営業スマイルでもって返答する。

「いえ、正直その死体にたいした利用価値なんてないし、欲しいって言うならあげちゃって構わないんですけど……」

「ならば！」

「代わりと言っちゃなんだけど……——」

僕がそこまで口にすると、トリシャさんはその雰囲気を一気に引き締めて、鉄面皮のような怜悧な面持ちを見せる。

流石に王女様。交渉事で下手な言質は取らせないようだ。まぁ、そこまで無茶なお願いをしようってんじゃない。無理難題を吹っかけて、関係が悪化しては元も子もないのだ。

僕はただ——

「アムハムラにある寝具を、いくつか融通していただけませんか？」

——ベッドか布団で寝たいだけだ。

「寝具……ですか？」

呆気に取られ、真剣な表情を崩してしまったトリシャさんに、僕は苦笑しながら告げる。

「そう、寝具です。残念ながら、魔族はそっち程技術に長けてなくてね。真大陸の寝具ともなれば高級品なんだ。そう簡単に手に入るものでもなければ、新参の僕が入手できるような伝手があるわけでもない。どうだろう？」

しばしぽかんとした表情を浮かべていたトリシャさんではあるが、我に返ると、こちらの要求を了承した。

「騎士の誇りと王家の名にかけて、必ずや果たすとお約束いたします」

そう言っていそいそとコションの首を切ろうとするトリシャさんだったが、

「あぅ」

《召喚陣》から出られなくて、可愛らしく呻いた。それに苦笑しながら、僕は口を開く。

「パイモン、コションの首を切り取ってくれ。さて、トリシャさん、交渉は以上でよろしかったですか?」

「か、忝《かたじけな》い……。我が国も魔大陸侵攻を望んでいない以上、陛下と我々の望みは一致しております。どうかこれからも、良好な関係が築けますよう願っております」

少し恥ずかしそうにそう言うトリシャさんは、凛とした女騎士然とした容姿とのギャップで、とても可愛らしかった。

「では、あなたを送還しますね。と言っても、僕の仲間になる事を拒否してくれればいいですよ。コションの首は、のち程必ずお届けしますから」

「それは……、どういう事でしょう?」

怪訝そうな表情のトリシャさんに、僕は説明する。

「あなたを召喚したのは、仲間を増やす為の召喚術です。呼び出された人が仲間になる事を断れば、元の場所に送還されます。この方法なら、あなたはその《召喚陣》から出られませんし、僕もあなたに干渉できません。交渉に便利そうだったので、今回利用しました」

僕の説明に真剣に聞き入るトリシャさんが、少し考え込むような素振りを見せ、そのあとこちらを見据えた。しっかりとした目で。

「もしここで、あなたの仲間になる事を了承すれば、どうなりますか？」

真剣な声音に、僕は少々たじろぎながらも答える。呼び方が〝陛下〟から〝あなた〟になっている事にすら気付けない程に、僕は気圧されていた。

「え、えっと、せ、正式に僕の仲間になってしまいますね。僕を傷付ける事ができなくなり、僕の命令にある程度縛られるようになります。意図的に裏切ろうとすれば、心身ともにかなりの苦痛を受けますし、最悪の場合死に至ります。ですから、間違っても了承しないでくださいね？」

僕の警告に、トリシャさんは深く頷いた。そして、真剣な表情のまま、まっすぐ僕を見詰めたトリシャさんは――

「私、トリシャ・リリ・アムハムラは、魔王アムドゥスキアス様の仲間になりたく思います」

――そう宣言した。


――恋とは、ここまで人を盲目にするのか。

人生で二度目の呆れは、しかし今度は私自身に向けたものだった。

足元の《召喚陣》とやらが消え、私は一歩歩み出た。

魔王とオーガ、そして透き通った水色の髪の少女も、皆一様に驚いた表情で私を見ていた。それはそうだ。今、人間であり、一国の正式な王女である私が、魔王の配下に加わったのだから。

魔王に危害を加える事ができないと明言され、魔王の命令に従わなければならないと注意され、隷属に近い服従を強いると警告され、絶対にやってはならないと厳命されてなお、私はそれを実行に移した。

魔王たちからしてみれば、もはや嫌がらせの類いにしか思えないだろう。

私は一応、れっきとした王女である。そんな私が魔王の傘下に入る事が、問題にならないわけがない。いや、直近の事を言うなら、今回の遠征部隊の者たちにもなにを言われるか。副長などは、今すぐ魔王を殺そうとするかも知れない。

さらに、私が魔王の配下に加わる事で、我が国と魔王の関係が悪化する事だって考えられる。運の悪い事に、ここには魔王の配下以外に目撃者がいない。最悪、私が洗脳されたと、勝手に邪推されて動かれかねない。そして、この話が広まれば、我が国にとっても不利益となる。それは、多大な不利益となる。

ではなぜ、私がこんな事をしたのか？

簡単だ。

今の私はまともではない。まったくもってまともではない。あまり表情に出ていないからわからないかも知れないが、私は今、激しくテンパっている。

私には、恋をしたらその命すら嬉々として捧げるあの母の血が流れている。私には、勇猛果敢と猪突猛進で知られ、結果として王という身でありながら先の戦争で死にかけたあの父の血が流れているのだ。

本当に——恋とは、ここまで人を盲目にさせるものだったのか。

使者としても、王女としても落第点な今回の行動に、女としての私だけが満点をつけている。なにより、まったく後悔をしていない自分が、厳然としてここにいるのだ。

「な、な、な、な、な、な、なにやってんですかぁ——⁉」

私の暴挙に、ようやく魔王が反応する。

「ちょ、これっ、ア、アンドレ、解除、解除の方法はっ⁉」

慌てて駆け寄ってくるも、魔王はわたわたと慌てて、私の周りを行ったり来たりするだけだ。まるで小動物のようで、本当に愛らしい。

『マスター、この術式の解除は不可能です。本来、マスターの身を守る為の機能ですから、解除法そのものが現存していません。なにより、神の作った術式ですので、解除法がわかったところで、地上の生物では実現は不可能でしょう』

「どどどどどーすんのっ？　っていうかトリシャさんっ！　なんでやるなって言った事やるのっ⁉　僕は芸人じゃないんだよ？　そんな、人生をかけたボケかまされたって、的確なツッコミなんて入れられないんだよ⁉」

ああ……っ。慌てている魔王、超可愛い。

「陛下、今は私もあなたの配下です。どうぞトリシャと、呼び捨てで呼んでください」

「わかった！　この人、言葉が通じてない！」

「陛下、どうかトリシャと」

「助けて、アンドレ！」

『もう諦めてください』

「パイモン、お前なら！」

「…………」

「うわーん！　まだフリーズしてたよぉ！　フルフル、どうか助けてください精霊様！」

「キアス、もう喋ってもいいの？」

「いい！　いいから、この状況をなんとかしてくれぇ！」

「初めまして、フルフルの名前はフルフルなの」

「うん、ちゃんと自己紹介できて偉いねってバカァ！　受け入れちゃったよ‼　一番スムーズに順応しちゃったよぉ‼」

うん、実に楽しそうだ。この魔王の配下ならば、私も楽しく過ごせそうだ。

「えっと……、トリシャ、状況はわかってるよね？」

しばらく騒ぎ続け、魔王はようやく落ち着いたようだ。だが、その声に力はなく、疲れたように
そう問うてきた。

「はい。我が国と陛下にとって、今回の事があまり好ましくない事は理解しています」

「だったらなんで、こんな事するかなぁ……」

「申し訳ありません」

事態の悪さはわかっているし、それを引き起こしたのが私だという事も十二分にわかっている。

だから素直に頭を下げた。まったく後悔はしていないけれど。

「コションの首を手土産に、なんとか許してくれないかなぁ……」

たしかに、第十一魔王を倒した魔王と友好的な関係を築けるならば、むしろ私の身一つくらい安いものと、父上も考えてくれるかも知れない。無論、大々的に発表する事はできないだろうが。

「ふぅ……。——まぁいいや。なっちゃったもんは仕方ないし、これからよろしくね、トリシャ！」

驚く程あっさりとそう言うと、魔王はその小さな手を私に伸ばす。華奢な腕。剣も握った事のないような、そんな柔らかい手が差し出され、私は魔王と握手を交わした。

「改めて、トリシャ・リリ・アムハムラです。どうぞ末永くよろしくお願いします、陛下」

「いや、仲間になったんだから陛下はやめてくれ。キアスと呼んでほしい」

「はい、キアス様……」

自分の口から紡がれた彼の愛称に、陶然とする心。キアス様。愛称で呼ぶだけで、こうも胸が躍

る。しばし私とキアス様がそうして見詰め合っていると、横から割り込むようにオーガが口を出してきた。

「私はパイモンです。キアス様にいただいた大切な名前なので、決して間違えないでくださいね、人間の王女様」

私に、強い意志の籠もった視線を向けるオーガ――パイモン。

まるで自慢だ。お揃いの服だけでも羨ましいのに、名前まで付けていただいただと？

「まずは私の名をちゃんと呼んでからおっしゃってくださいね、先輩」

うん、このパイモンはおそらく敵だ。恋敵だ。

「トリシャ、フルフルもキアスに名前もらったの！」

片手を上げた、純白のワンピースに身を包んだ、水色の髪の少女が可愛らしくそう告げた。無論、可愛らしいと言っても、キアス様の足元にも及ばないが。

しかし、このフルフルまでキアス様に名をいただいたのか⁉　なんて羨ましいっ！

『最後は私ですね。私の名はアンドレアルフス。使えないマスターのサポートを担っています。このようなアホなマスターに仕える事になり、お互い大変ですが、気軽にアンドレと呼んでください』

キアス様の服のポケットの中から、そんな声が聞こえてきた。キアス様がそこから薄い板を取り出すと、自己紹介をする不思議な板はキアス様に文句を言った。

この声は、ダンジョンの入り口で聞いた、あの物怖じしない声だ。しかし、この板がアンドレなのか、はたまた通信機の一種なのかはよくわからない。確認をする時間も、なかった。

一通り自己紹介も終えたそのとき——それは起きた。

むくり。

僕はそれがゆっくりと立ち上がるのを、見た。魔王、コション・カンゼィール・グルニ。〝無酸素回廊〟にて死んだはずの第十一魔王。それが今、僕等の前で立ち上がったのである。

「……ようやく会えたなぁ……、アムドゥスキアスぅ……」

地獄の底から響くかのような、静かに憤怒を帯びたコションの声に、フルフルが怯えたように僕の学ランの裾を掴んだ。たしかに怖い——というより、生理的嫌悪を煽るような禍々しさがある。

「アンドレ？」

『魔王コションは、あの時点でたしかに死亡していました。この部屋に連れてきたときも、死亡を確認し、問題ないと判断していました』

じゃあ、目の前のあれはなんなんだ？　生き返ったの？　ゾンビ？

と、そこでふと、コションのステータスに見慣れぬものがあったのを思い出し、もう一度《鑑定》してみる。

《コション・カンゼィール・グルニ》【まおう】【ふじみのまおう】【しせぬやくさい】【ぼうくん】
【たいりょく】《2905／29802》【まりょく】《212／1200》
【ちから】《1502》【まもり】《6901》【はやさ】《190》【まほう】《1400》
【わざ】《おの・レベル90》《かし》《じょう・ひまほう》▼
【そうび】《せんぷ》《よろい》《けん》《ナイフ》

《かし》

ひらがななのでよくわからなかったのだが、もしあれが《仮死》つまり死んだフリだったのだとしたら、この状況にも説明が付く。

つまり、コションは〝無酸素回廊〟で死にかけたとき、そのスキルを使って死を免れた。こっちはその仮死状態を死亡と判断してしまい、わざわざここまで連れてきてしまった。本来そのまま仮死状態が続けば、死亡と判断されていた以上、迷宮に吸収されてしまっただろう。それを、ここに連れてきてしまっては、仮死状態が解除されても仕方がない。ここには普通に酸素があるのだから。

コションから明確な殺意が、プレッシャーとなってビリビリと伝わってくる。どうやらかなり怒っているらしい。まぁ、兵糧攻めされたんだもんな。そりゃ怒るか。

「……殺す。殺す。殺す。殺す。殺す。殺す。殺す。殺す。殺す。殺す。殺す。殺す。殺す。殺す、殺す、殺す、殺す、殺す、殺す殺す殺す殺す殺す殺す殺す殺す殺す殺す‼　八つ裂きにして殺す！　叩き潰して殺す！　踏み潰して殺す！　四肢を素手で引き千切って殺す‼　生きたまま腸を引き摺り出して殺す‼　生きたまま体の端から挽き潰して殺す‼　そして、目の前でその女どもを犯してから殺すッ‼」

怒声とも怨念ともつかない、怨嗟の声。それを捲し立て、子供のように喚き散らすコション。

フルフルがさらに怯えたように、僕に身を寄せてきた。先程、生理的嫌悪といったが、これはアレだ、いい歳したおっさんが、おもちゃ屋の前でダダこねている姿を見たような、そういった生理的嫌悪だろう。

僕は一度フルフルの頭を優しく撫でてから、コションに向き直った。

「いや、僕はお前じゃねーんだから、一回殺せば死んじゃうっつの。つーか、殺したあとじゃ目の前もクソもねーだろうが馬鹿。もっと頭使って喋れ馬鹿。いい歳して怒鳴り散らしてみっともねえんだよ馬ぁ鹿」

聞くに堪えないだみ声と殺意に、僕は悪意でもって返す。

誠意には誠意を返す。しかし、悪意には悪意をもって返すのが僕の礼儀。あとは、いかに上手く踊らせられるかだが、このコションは馬鹿なので、おそらく大丈夫だろう。

トリシャが僕の乱暴な言葉遣いに、驚いたようにこちらを見た。しかしそのあとの、「これはこれで……」ってのはどういう意味だ？

「グガァァァアアア‼」

「アハハハ！　すげーすげー、怒りのあまり喋れなくなってるぜ、あの馬鹿！　見ろよパイモン、

「魔王と呼ばれた者の無様な成れの果てだぜ！　おらおら、とっととかかってこいよコションン。約束通り、一発もらってやっからよ！」

ちょいちょい、と手招きして挑発すると、それだけでコションは激昂し、戦斧を掲げて猛然と突っ込んでくる。

「「キアス様‼」」

その間に入るように、パイモンとトリシャが立ちはだかるが、ここは譲ってもらう。約束だしな。

僕はやんわりと二人を押し退け、一歩前に出た。コションの戦斧は、既に眼前まで迫っていた。

「「キアス様っ⁉」」

「死ねぇ！　アムドゥスキアスゥゥゥ‼」

驚愕の表情で事の成り行きを見守る事しかできない、パイモンとトリシャ。そして過たず、僕の肩から袈裟懸けに振り下ろされる戦斧。しかし――

「約束は、守ったからな？」

僕はニヤリとコションに笑いかけ、腰のショテルを抜き放つ。

戦斧は間違いなく僕に届き、そして今も肩に乗っている。だがそれは、乗っているだけだ。学ランすら傷付ける事はかなわず、その刃はなにも傷付ける事なく押しとどめられていた。

「なっ――⁉」

俄かに驚愕の表情を浮かべ、コションは慌てて飛び退る。だが遅い！

「アンドレ、【は】【に】【ほ】の【九】【十】【十二】に〝炎害《フロガ・カタストロフィ》〟」

『了解、指定区域に最上級火魔法、〝炎害《フロガ・カタストロフィ》〟を発現します』

アンドレの了承と同時に、コションを灼熱の嵐が包み込んだ。エレファンとタイルの前では発現しなかった最上級魔法が、今回はたしかな魔法として現実に顕現したのである。

「ウボァアガァアアアア‼」

魔王《コション》の絶叫も、勢い良く燃え上がる炎の前では、こちらまでほとんど届かない。空気が燃えているのだ。まさしく灼熱地獄。焦熱と灼熱の渦潮が、コションを捕まえて離さない。喰らい尽くされ炎となって消えていく酸素、燃やし、そして燃やし尽くし、災害レベルの炎の魔法は魔王を苛む。

「ゴガァァアァアァアアア‼」

それでも轟音のような呻き声を上げて、コションはその炎の地獄を転げ回る。悶え苦しみ、しかしそれでも炎は一片の慈悲もなく燃え上がり続ける。

「キ、キアス様、これは……――？」

トリシャが困惑するようにコションの惨状を見ながら、僕の肩を恐る恐る触って確認する。そこには傷はおろか、学ランの繊維にほつれすらない。

「無属性魔法の〝非殺傷結界〟だよ。この結界の中では、どんな生き物も、どんな手段をもってしても傷付けられない」

この魔法はあとあと、迷宮に使おうと思っていたので、期せずして実験ができたのは良かった。

無属性魔法は、他の属性魔法より攻撃魔法の威力が弱い反面、防御魔法や結界術に優れている。特にこの〝非殺傷結界〟は、術者も相手を攻撃できないが、相手も術者を傷付けられないという優れもの。僕の攻撃などたかが知れているので、僕にとってはメリットが大きい魔法である。

「〝非殺傷結界〟……？　し、しかしそれは……」

トリシャが呟いてコションを見る。そこでは相変わらず、炎の中で悶え苦しむコションがいた。喉を焼かれたのか、もう呻いてはいなかったが。

実は〝非殺傷結界〟というのは、その有用性に反して戦闘に向かない魔法だったりする。その理由が――

「〝非殺傷結界〟は狭い範囲での展開ができないはずです。キアス様が結界を発現しているなら、コションもまた傷付かないはずでは？」

困惑したまま聞いてくるトリシャ。勿論これにはカラクリがあり、種も仕掛けもあるのだが、残念ながら今それを悠長に説明している暇はない。

もうすぐ魔法が切れる。

〝炎害《フロガ・カタストロフィ》〟が消え、灰も残さず焼き尽くすかに見えたその嵐が消えたとき、コションはまだ立っていた。流石、腐っても魔王と言うべきか。

全身の至るところが焼け爛れ、ただでさえ汚れていた甲冑は、煤で真っ黒になっていた。

「ゴロズ‼」

それでも衰えない戦意と殺意は、もう呆れを通り越して尊敬に値する。喉を焼かれたせいか、ただでさえ聞くに堪えなかっただみ声が、余計ひどい事になっていた。

僕は傍らに立つパイモンを見る。油断なくコションを警戒しているパイモン。そんな彼女に、僕はゆっくりと声をかけた。

「パイモン、あとを任せてもいいかい？」

パイモンの十倍あったコションの体力も、今ではほとんど風前の灯みたいなものだ。そして、たしかに防御力は高いが、こんなものはあくまで目安でしかない。倒せないわけではないのだ。

「は、はっ。し、しかし、私の実力では、コション様に能《あた》うべくも……」

不安そうに表情を曇らせるパイモンに、しかし僕は優しく、強く唆《そそのか》す。あるいは、誑《たぶら》かす。

「パイモン。僕はお前を差別しない。僕はお前を蔑まない。お前は僕の、自慢の仲間だ。だがパイモン、お前はお前を差別し、お前を蔑む。自分は一本しか角のないオーガだと、お前がお前を貶める。僕はそれを許さない。

僕の仲間を、大切な家族を侮辱する事は、たとえ本人だろうと許さない。だからパイモン、僕がお前に自信をあげよう。僕のパイモン、僕の作ったその武器で、僕の敵を、僕に代わって君が打ち倒せ」

僕は真摯にパイモンに語りかける。パイモンは俯き、手に携えた金砕棒を強く握り締めていた。そして顔を上げ、そのキリリと精悍な顔をこちらに向けると、強い意志の宿った瞳で言う。

「キアス様、御命令を」

決然と問うパイモンに、僕は満面の笑みで命令を下す。

「殺せ」

「仰せのままに！」

バネ仕掛けのように勢い良く、パイモンは飛び出した。パイモンは笑いながら、眼前の魔王へと飛び込む。

「〝地走り〟！」

その速度が一段階上がり、とうとう二人は肉薄する。コションはそのパイモンを見て、鬱陶しそうに追い払おうと戦斧を振るう。

——ガァン……と、虚しいまでに金属と金属がぶつかる音が響く。そして、パイモンの金砕棒はコションの戦斧を、大きな罅《ひび》を残して弾き返した。当たり前だ。誰が作った武器だと思っている！

「ハァッ‼」

斧を弾かれ、無防備な体勢となったコションに、なおもパイモンが襲いかかる。金砕棒の一撃は、しかし両の手を交差したコションの手甲に阻まれて、再び大きな金属音を奏でる。

あれだけのダメージで、それでもまともに動けるのか、コションは。体力も微減程度にしか減っていない。驚きのタフネスである。

「キアス様、私も参戦してよろしいでしょうか？」

そう聞いてきたのはトリシャだった。彼女もまた、強い意志の籠もった目をしていた。

戦いはパイモンが有利に見える。いざ危なくなっても、僕が手を貸すのだから心配はいらない。しかし、できれば僕の援護がない状態での勝利が望ましい。魔王である僕の手助けがあったのでは、パイモンの自信には繋がらないからだ。

しかし彼女なら――

「いいけど、怪我とかはしてくれるなよ？　君になにかあれば、この先いろいろと困る」

「心得ております。しかし、かの魔王は我が国にとっていわば仇敵。なれば、私もまた一矢報いる機会を、永遠になくしたくはありませんので」

――唯一の不安はトリシャに怪我をされる事だが、それも騎士団長として、国を代表しての判断なら大丈夫だろう。単なる見栄とか、パイモンに対抗心を燃やしてとかだったら、ちょっとお控え願ったところだったが。

「わかった。いいよ、トリシャ。十分に暴れておいで。その代わり、無傷での完全勝利以外は認めないぞ？」

「御意に！　では！」

パイモンに続いて、トリシャも飛び出す。腰の剣を抜き放ち、疾風のように駆け抜ける。

「魔王コション！　覚悟！」

そして、パイモンとの戦闘に気を取られていたコションの脇を駆け抜けるように、一閃。手甲の繋ぎ目から火花が散り、血の花が咲く。

しかし、トリシャの猛攻はそれだけではない。すぐさま別の方向へと向かい、さらに一閃。今度は脚甲に火花が走る。

僕の目では、トリシャの剣は、振るわれたと思ったら火花が走る程度にしか認識できない。目で追えないどころじゃない。僕にはもう、トリシャがまともに剣を握っているのかすらわからない。流れるように動いて、なんか認識の隙間を縫うように剣を振るうのだ。

僕程度でもわかる。この人、達人だ。間違いない。……いや、たぶん。……きっと。

「ブゴォ！」

「隙あり！」

たまらずトリシャを相手にしようとしたコションの腹に、パイモンの金砕棒が叩き込まれ、その巨体は宙を舞う。数m後ろの壁に叩きつけられ、轟音とともに呻くコションに、なおも二人の猛攻は治まらない。

「ハァッ！」

裂帛の気合とともにトリシャが剣を振れば、いくつもの火花がコションの鎧の上を走る。見れば、鎧は無残に割け、その奥から鮮血がどくどくと流れ出している。

「流石は不死身の魔王、硬いですね…」

そんな事を言いつつ、トリシャはまるで二叉大根《シザーラディッシュ》でも刻むかのように、コションを斬る。

パイモンも追撃に加わり、何度も何度もコションの巨体を壁に叩きつける。ロープ際まで追い込まれたボクサーのごとく、もはやコションは成す術なく二人の格好の的となった。

「ボガッ！　ゲグ！　バロブ‼」

聞くに堪えない呻き声に、フルフルは耳を塞ぎ、目を固く閉じていた。どうやら、豚が屠殺される映像は、お風呂の精霊には情操教育上まだ早かったようだ。

「ま、まで……っ‼」

　一方的に嬲《なぶ》られていたコションは、片手を上げて二人を制止する。

「お前は、あのどぎのオーガ、だな?」

　おや、どうやらコションとパイモンには面識があったようだ。冷めた目でコションを見下ろすパイモンの様子を見るに、たいした繋がりではなかったようだが。

「わ、わが、はいの、配下に加えでやろう……！　そごの魔王より、厚遇をやぐそぐする。だがら――」

「遺言はそれだけでよろしいですか、コション様?　承りました。未来永劫、第十一魔王の末期の言葉として、語り継がせましょう」

「ま、まで！　貴様、きざまは、どうだ⁉」

　矛先をパイモンからトリシャに変えるコションだが、なにを言ってるんだ、この豚は?

「私はアムハムラ王国の人間です。あなたの配下に加わるなど、死んでもごめんです。私の主は、未来永劫キアス様だけです！」

　いや、まぁ、それも変っちゃ変なんだけどね……。

「ナッ⁉　人間だど⁉」

「我が国でも語り継ぎましょう。あなたの末期を、喝采をもって」

　そしてトリシャが剣を掲げる。合わせて、パイモンも金砕棒を持ち上げた。

「つま、待て！　わがった！　もう真大陸を襲わない！　アムドゥズギアズからも手を退いて

「――」

「さようなら、コション様。あなたは本当に、私の魔王様ではありませんでした」

「先の戦乱で死した我が国の英霊と民衆の魂よ、今、あなたたちの無念を晴らします」

冷徹に言い捨てるパイモンと、祈るように言葉を紡ぐトリシャに、コションの瞳が絶望を湛えていく。振り上げられた二つの武具へと視線を這わせ、そして二人の冷徹な表情を確認し、なおもなにかを言おうとしたとき――

――その処刑具は、役割を過たずに全うした。

圧巻だった。

魔王コションは、曲りなりにも百年以上真大陸を苛んできた、厄災の芽であり、歴戦の猛者である。しかし、今私の目の前で息絶えたその猛者は、『不死身の魔王』『死せぬ厄災』とまで呼ばれ恐れられた片鱗すら窺えず、この場の誰にも傷一つ付ける事ができずに、あっさりと死したのである。

これを圧巻と言わずになんと言おうか。

二十八年前、我が国の兵士四千二百名強の命を奪い、間接的に食糧難の原因となって一万人以上の者の死に関わってきた魔王。我が国の誰もが恨み、そして恐れた魔王も、今や物言わぬ骸である。

「また生き返ったりしないだろうな？」

キアス様が不気味そうにコションの亡骸を、不思議な形の剣でつつく。先程の生意気な子供のようなふてぶてしさは鳴りを潜め、またくるくると愛らしいキアス様に戻っていた。

「まぁ、首を落とせばいくらなんでも生き返らないよな！」

だから、そんな笑顔でコションの半壊した頭を持ち上げるのはやめてほしい。

コションの首と床の隙間にその鎌のような不思議な剣を滑り込ませると、キアス様はその頭を踏みつけて、一気に引っ張るようにして首を落とした。笑顔のまま。

そんな、愛らしくも無垢なる笑顔が、この状況の禍々しさに拍車をかける。床に血の海ができ上がり、そのただ中に立つキアス様が、私にはどこか畏れ多い存在にすら思えた。

「半分潰れちゃったな。トリシャのところの王様、これでコションだってわかるかな？」

切り取ったコションの首級を、ぶらぶらと片手にぶら下げながらキアス様は可愛らしく小首を傾げた。

なぜだろう……？　さっきの倍は禍々しく見える……。

「申し訳ありません、キアス様……」

一角のオーガ、パイモンがしおらしく頭を下げ、キアス様に謝罪する。

私の剣はコションの肩口から胸までを切り裂いたのだが、パイモンの棍棒はコションの頭に炸裂した。当然、その部分は見るも無残に破壊され、壁には血痕やら脳漿やらが飛び散っていて、なかなか凄惨な光景である。

「謝んなくていいよ。パイモンは棍棒使いだからね。これくらいは許容範囲内さ。それより、これからは自分を卑下しない事。お前は僕の部下で、家族で、魔王を倒したオーガなんだから、胸を張れ！」

「はいっ！」

まるで子供のように元気溌剌と返事をするパイモン。その姿には自信が漲《みなぎ》っていて、それを見て嬉しそうに笑うキアス様。

やはり少し嫉妬してしまう。私が彼女と同程度の信頼を、キアス様から賜われるのはいつになるだろう……？

弱気な事を考えはじめた頭を振り、今はそんな些事に拘泥しているべきではないと頭を冷やす。パイモン。

彼女の類稀なる強さについて思案すべきだ。無論、多彩な魔法を使ってコションを翻弄してみせたキアス様も見事だった。だが、キアス様は魔王。それくらいの規格外ならば、むしろ当たり前とさえいえる。

だが、パイモンはそんな事では説明がつかない。彼女はただの魔族であり、少し体格が小さいただのオーガであるはずだ。それが、魔王と対等に渡り合った……？

コションが初めて歴史に現れたのは、約二百年前。魔大陸の北部に拠点を構え、好戦的な性格で幾度も真大陸に攻め込んできた。その為、コションに関する資料は多い。

百名の兵士が、一度に槍を突き立てても傷一つ負わず、逆に兵士を全滅させただとか、攻城兵器の直撃を受けても、悠然と突撃してきただとか、氷漬けにしたにもかかわらず、平然と真大陸へと侵攻してきただとか、とにかく死なない魔王、殺しても死なない魔王として有名だった。

そんな魔王と、目の前のこのパイモンは対等以上に戦ってみせたのである。見事な棍捌きもさる事ながら、特筆すべきはその膂力《りょりょく》。二百kgはあろうかというコションを、鎧ごと軽々と吹き飛ばしてみせたあの力。

もし、キアス様がコションのような悪辣な魔王だったら、キアス様とパイモンだけで真大陸の北側一帯は焦土と化していたかも知れない……。少なくとも、真大陸にとってコション以上の脅威であった事は間違いない。

それを思えば、こんな規格外の魔王と誼《よしみ》を持てたのなら、私の身一つ安いものだ。父上とて、声高な反対意見は述べないだろう。

そんな淡い期待を持ってしまった。淡い期待など、所詮は泡沫《うたかた》の夢でしかないというのに。

「さて、ちょっと遅くなっちゃったな。トリシャ、仲間の人たちが心配してるよ。早く戻りな」

キアス様は片手にコションの首をぶら下げて、微笑みながらそう言った。可愛らしいのに、やはりおどろおどろしい光景だ。

「そうですね。気付けば結構時間が経ってしまっていますし、これ以上彼等に心労を強いるのも忍びないですから」

「痺れを切らしてダンジョンの中に入ってこられちゃっても、事だしね」

「それは……」

笑えない。魔王コションとその配下が息絶えた迷宮。そんな危険地帯に部下たちが突入するなど、考えただけでもぞっとする。このまま放置すれば、その危険性は決して低くないのだから、なおの事笑えない。

私は急いで隊の下に帰る事にした。キアス様が作ってくれた《転移陣》に足を踏み入れ、私は再び迷宮の入り口へと降り立った。


「団長！　御無事でなによりです！」

私が戻ってきた事を確認した副長が、人心地ついたとでも言わんばかりに声をかけてきた。だから、いくらなんでも過保護だと言うに。

だがこうして、皆が私の無事を喜んでくれる事に、私は一抹の罪悪感と、申し訳なさを感じてしまう。

キアス様の配下に属した事に、一切の後悔もない。だが、やはり公にはできないので、必然、彼等を騙す事になってしまうのだ。

私は、話し合いの結果キアス様との和睦が取り決められた事と、このダンジョンの危険性を皆に説き、絶対に足を踏み入れないように注意した。

「団長、その布に包まれたものはなんです？」

私は持ち合わせていた白旗に、コションの首を包んで持ってきていた。

「ああ、アムドゥスキアス殿に無理を言って譲ってもらった。驚くぞ？」

帰りしなにキアス様と話し合った結果、少なくともこの遠征中は、私のキアス様の配下入りは秘匿する事となった。そのあとは状況次第だとか。その為、この場でキアス様をキアス様と呼ぶ事はできない。

私が布をほどき、その中身を皆の眼前に晒すと、周囲は蜂の巣をつついたような騒ぎとなった。騒然とするなか、副長が慌ててこちらに問いかけてきた。

「だ、団長！　これは、第十一魔王ではないですかっ⁉」

「ああ、アムドゥスキアス殿に頼んで譲ってもらった。彼とこのコションは敵対していてな、ちょうど居合わせた私も最期の一太刀と、この首級をもらえる事となった」

「なッ――⁉　魔王と戦われたのですかっ⁉」

「ああ、アムドゥスキアス殿の配下と共闘してだが」

「なぜそのような危険な真似を！」

「わかっているだろう。このコションは我が国の宿敵だ。既に満身創痍であり、私の助けなどなくても、コションは打倒されていただろう。そこに、私たちの仇討ちの機会をいただけただけでも、むしろ感謝しなければならない」

「むっ……」

黙り込む副長に、私は苦笑する。

我々と関係のない場所でコションが殺されれば、それはたしかにめでたい事だ。だが、同時に少し残念にも思っただろう。どうせなら、自分の手で討ちたかったと。その願いをかなえてもらったのだ。間違っても、文句など言うべきではない。

「ほ、本当に第十一魔王コションに間違いはないのですか？」

「正直私には判断がつかん。生きて話しているところは確認したが、それでも詳しい検分は私にはできん。先の戦でコションの姿を見た者がいないか、探してくれ。それと、今から伝令を出す必要はない。おそらく後発の我々の方が早く戻れる」

「それは……、どういう……？」

「とにかく、今日はここで野営をする。魔王殿にも許可をいただいた」

「お、お待ちください。まだ聞かねばならぬ事が——！」

「副長、私は指示を出した。君は君の役目を果たせ。そのあとでなら、存分に答えてやる」

「……了解しました」

不満そうな顔の副長は、それでも渋々了承の意を示した。まぁ、彼もコションの死に思うところがあるのだろう。ある意味、アムハムラ王国と最も深き関わりを持った魔王だったのだから。

作業をしながらも、兵士たちはチラチラとコションの首を盗み見て、なかにはあからさまにビクビクと怯えている者もいる。殺しても死なない魔王の逸話を知っていて、首だけになっても生き返るのではないかと心配しているようだ。

良きにしろ、悪しきにしろ、魔王というものは強い影響力がある。私は今日、この身をもってそれを深く実感したのだった。

終章 プロローグっ⁉

さて、では種明かしをしよう。

なぜ、魔法が使えないはずの僕が〝非殺傷結界〟や〝炎害《フロガ・カタストロフィ》〟を自由自在に使いこなしてみせたのか。僕なんかとは違う、れっきとした魔王であるコションを圧倒できたのかを。

秘密はこの部屋である。

この、僕が生まれたときにいた、神様と対話した部屋。天空迷宮の最奥に潜むボスを倒す事でようやくたどり着ける、このダンジョンの最奥の部屋。実はこの部屋に、僕特製のトラップを後付けしたのである。

床に敷き詰められた純白のタイル。その一つ一つに、僕の持っている全ての魔法が付与されており、自由に発動できるうえ、その範囲まで指定できるのだ。タイルは縦にイロハ順、横に数字で分けられており、魔法を使う際はこれを基準に効果範囲を指定する。

つまり、この部屋の中限定で、僕は僕の持つ魔法を全て——いや、より効率的に扱う事ができるのだ。

本来個人戦闘では使い勝手の悪い〝非殺傷結界〟や〝炎害《フロガ・カタストロフィ》〟も、範囲を絞って展開できる。〝非殺傷結界〟なんて、本来の用途は都市防衛用の魔法なのだから、それを個人戦に流用できるだけでも、かなりの利点である。

ちなみに、タイルの一枚一枚が個別のダンジョンであり、ダンジョンは他の空間から切り離された別の空間である。つまるところ、どんなものであれダンジョンは他のダンジョン内の出来事に影響されず、例えばコションの半身を燃やしつつ、もう半身を氷漬けにする、なんて事も、お互いの効果を一切相殺せずにやってのけられる素敵仕様だ。まぁ、だからこそ、〝炎害《フロガ・カタストロフィ》〟を使ってもこっちはまったく熱くなかったわけだが。

余熱だけでも熱そうだったからなぁ……。

ああ、ちなみにちなみに、タイルの一枚一枚が最大危険度であり、この部屋以外では通行不能と見なされて、設置すらできない。なぜここに設置できるのかと言えば、ここはダンジョンの最奥なので通行不能でも問題ないからなのだ。任意で発動できる以上、これはもはやトラップというよりも兵器である。そして、この場所を考えれば最終兵器とでも呼ぶべき代物である。

維持コストも、それはもう泣きたくなるくらいにかかる……。だが、今回こうしてコションが攻めてきたのだ。必要経費と割り切って、涙を呑んで維持しよう。

こんな最終兵器を使用してなお、コションを倒したのがパイモンとトリシャだという事はスルーしよう。お兄さんとの、約束だよ？


さて、なんだかんだと忙《せわ》しなく動いているうちに、時は既に夜。別れたトリシャの方も、野営の準備にてんてこ舞いしており、そろそろ食事の準備を始めるようだ。

「まずは第一関門突破、ってところかな」

『そうですね。少なくとも、差し迫った危機からは脱したと言っていいかも知れません』

僕の住む《魔王の血涙》の両隣からのコンタクト。一方は敵対、一方は友好。どちらにも対処し、どちらからも喫緊の脅威は排除できたと言っていい。

「まぁ、干渉の方向性が真逆だったから、対処の仕方も真逆になったけどね」

『当然です。ただ、魔大陸側にはしばらく干渉しない方がいいでしょうね』

「そうだな」

正当な防衛行動とはいえ、僕は相手の魔王を殺している。国家元首を殺してしまったようなものだ。下手に干渉すれば、話がこじれて紛争、戦争へと向かう可能性は決して低くない。

「そうなると、真大陸への干渉を強めるしかない、かな?」

『ええ。幸い、協力者も得られました』

トリシャ。彼女という仲間を得られた事は、いろいろな意味で幸運だった。だとすれば、この繋がりを強化しておきたいものである。

そうだ、あまった魚をいくつか分けてあげよう。遠征なのだから食料の備蓄はあるだろうが、どうせなら新鮮なものを食べたいだろう。いや、そういった嗜好を別にしたって、備蓄はあって困るものじゃないだろうし。あとは水か。

こっちとしては、水と魚はなにもしなくても溜まっていくので、痛手でもなんでもない。干物や燻製にしたって、結構な量があまるのだ。この程度の支援で、僕という魔王に好感を持ってもらえれば御の字、そうでなくても、多少恩に感じてもらえれば別にそれでいい。トリシャ以外の人間も、少しは警戒を解いてくれると嬉しい。

なぜなら、僕の次の野望の為にっ‼

性急な話だが、それは今日でなくてはならない。いや、今でなくてはならない！　先送りにすれば、それはいつの事になるかわからない案件なのである。その為にならら、新鮮な魚も、清潔な水も、僕は惜しげもなく与えよう！

そう！　トリシャと一緒に風呂に入る為ならば‼

僕はほくそ笑みながら、彼等への支援物資をオークやゴブリンたちと用意する。数十個の水瓶と、魚の満載された石の箱。僕はそれらを前に、今一度気合を入れる。

さあ、僕の野望と謀略。その舞台の幕が、今上がる。

（第一巻　了）

special!

「ダン弱」キャラデザ公開っ!?

「ダンジョンの魔王は最弱っ!?①」で
活躍するキャラクターたちを、
nyanya 氏のキャラデザ画とともに
御紹介！

アンドレ

アンドレアルフス。
アプリ《ダンジョン
造ろうぜ！》が入っ
ているスマホ。

キアス

DATA

アムドゥスキアス。元は日本人の少年。魔大陸の北端に広がる《魔王の血涙《けつるい》》を支配する第13魔王として生まれ変わる。所持する武器はショテル。だが、戦闘能力は魔王の中で最弱。アンドレを操作して迷宮造りに励む。

パイモン

DATA

1本角のはぐれオーガ。精悍な顔立ちで、やや筋肉質だが細身の体型。物静かで純粋な性格。所持している武器は金砕棒。

フルフル

DATA

浄水場の網にかかっていた、高位の水精霊アンダイン（オンディーヌ）。無邪気で自由気ままな性格。巨乳。人型でないときは、ぷるぷるした透明な水の塊。

トリシャ

DATA

トリシャ・リリ・アムハムラ。アムハムラ王国第４王女にして、騎士団長。真大陸でも一二を争う剣の腕を持つ。クールビューティー。そして貧乳。

「ダン弱」キャラデザ公開っ!?

エレファン

DATA

エレファン・アサド・リノケロス。金の角、紫の肌、赤い瞳を持つ第1魔王。原初の魔王と呼ばれる存在。常に無表情。

タイル

DATA

タイル・ジャーレフ・アルパクティコ。中性的で幼く見える体型、金の巻き毛と黒い翼を持つ第2魔王。エレファンに心酔している。

コション

DATA

コション・カンゼィール・グルニ。
醜悪な第11魔王。

キアスのダンジョン「無酸素回廊」

一見、殺傷能力が低く見えるが、実は凶悪な迷宮。コションもこの回廊の餌食に!?

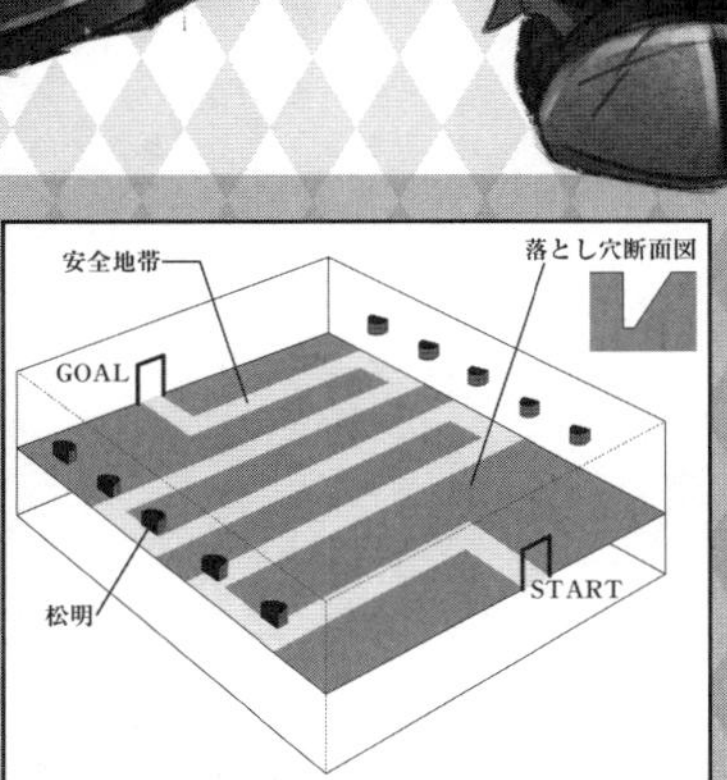

◆special!◆

「ダン弱」MAZE＆MAPイメージ図

キアスのダンジョン「天空迷宮」

地上に広がるダンジョンの上空に浮かぶ、ガラスで造られた巨大な城塞の迷宮。

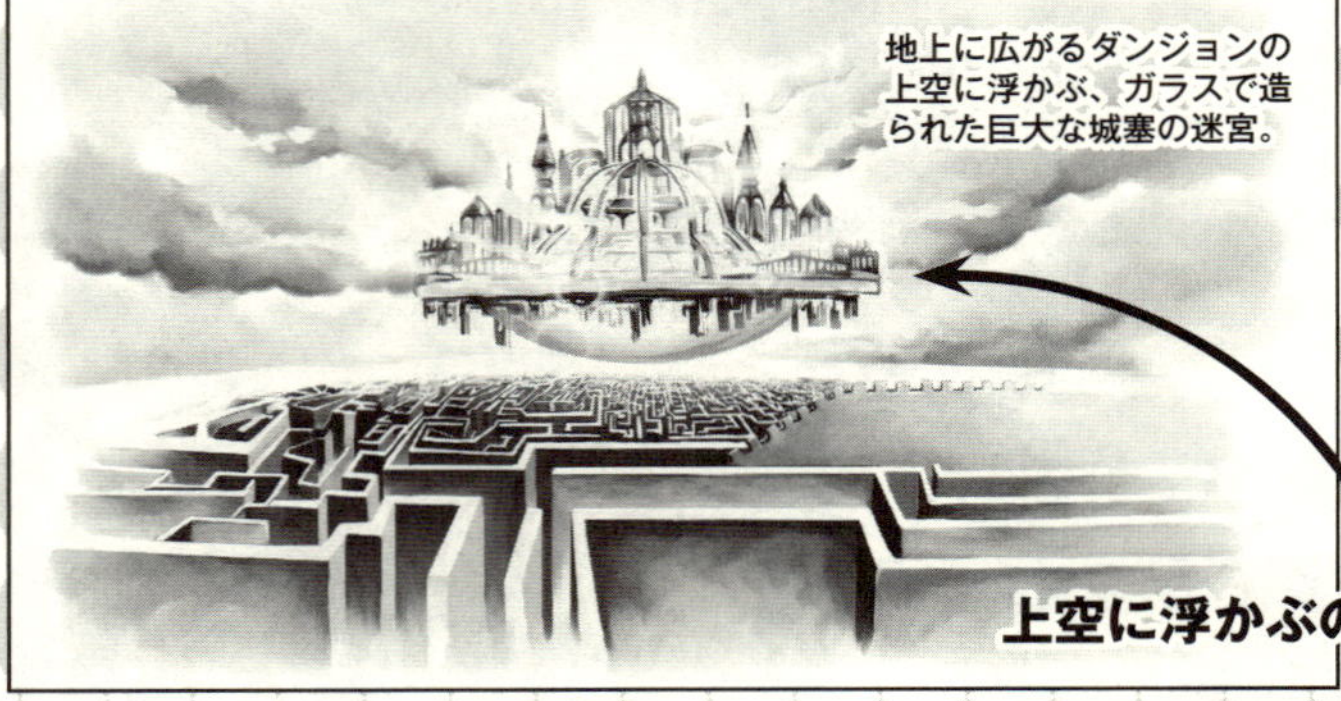

上空に浮かぶのは…

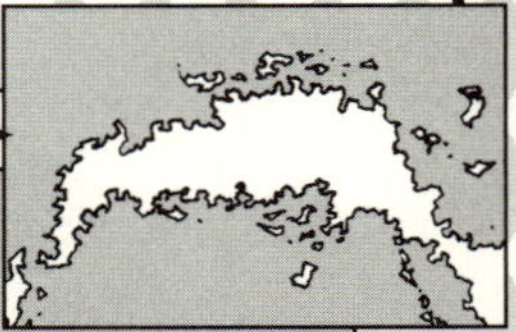

▲この半島部分が《魔王の血涙》

MAP 異世界“イム・ナヴァール”

人間が住む「真大陸」、魔族と魔王が支配する「魔大陸」が広がる。

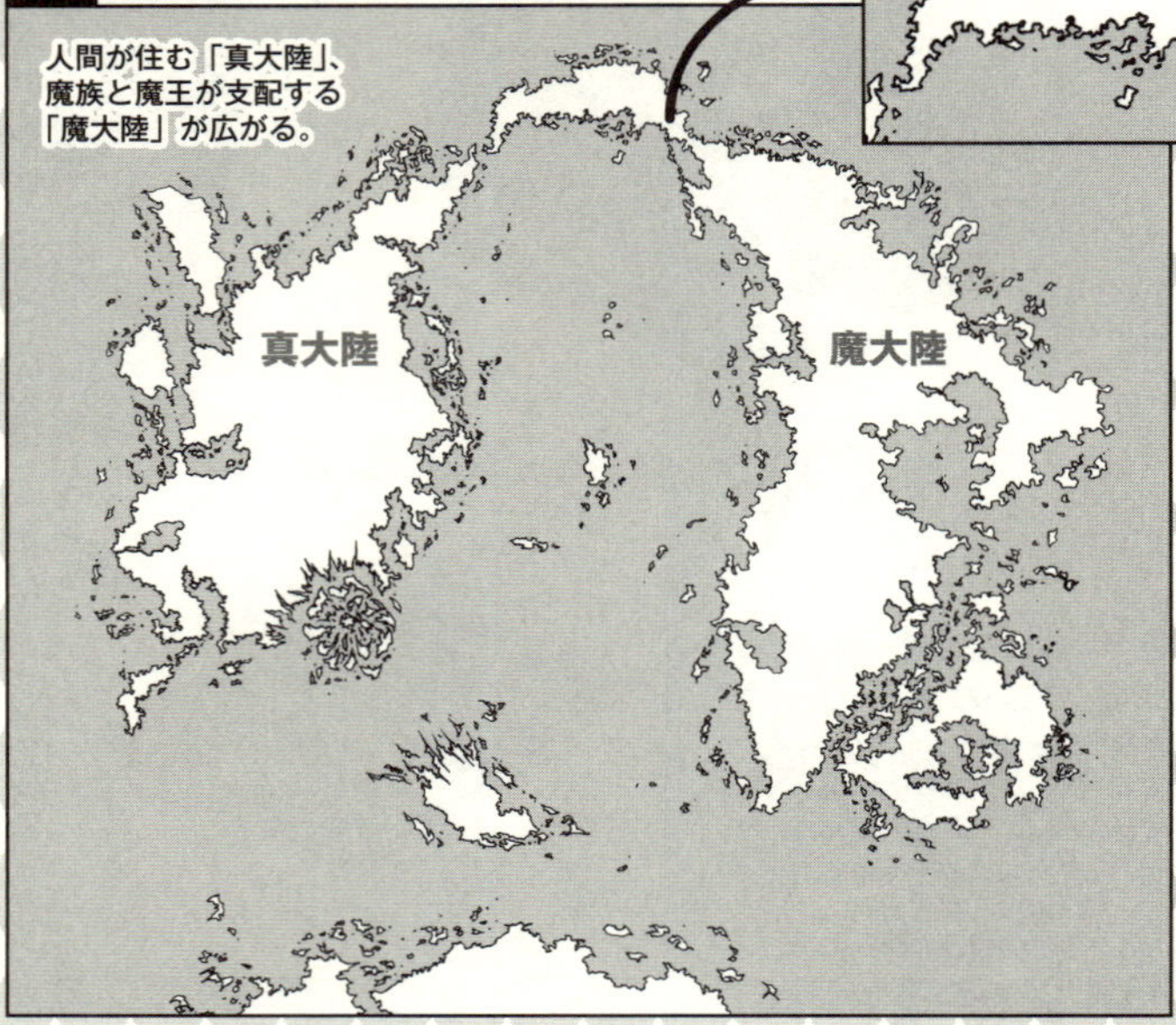

あとがき

初めましての皆様、初めまして。お久しぶりの皆様、お久しぶり。いつもどうもの皆様、いつもどうもありがとうございます。日曜です。

このたび、ネットで掲載していた『ダンジョンの魔王は最弱っ⁉』を、書籍として皆様のお手元に届けられた事、嬉しく思います。これも偏に、皆様の御支援、御声援、叱咤激励のお陰だと思っております。いや、本当に。

さて、ネット掲載を御覧になっていた方は、本編を見て一ページ目でお気付きになられたかと思いますが、この第一巻を書くにあたりまして、投稿しておりました拙作を読み直し、あまりの羞恥に耐えかねてほぼ全て、書き直させていただきました。とはいえ、話の流れやキャラクターに変化はないので、あとがきから読まれるという奇特な方は御安心ください。なにを安心すればいいのかは、作者にもわかりませんが……。

他にも変わった部分として、作中でキャラクターがシャンプーを舐めるというくだりが描写されているのですが、シャンプーの味についての記述が変更になっております。ネット掲載では『苦い』と描写したシャンプーの味ですが、本書では『えも言われぬマズさ』という表現をしております。ここまで言ってしまえば、賢明なる読者諸兄はお気付きかと思われますが……。ええ、はい。

舐めました。

実際に舐めてみて、意外と苦くない事に驚きました。酸っぱいような、それでいて味がしないのに、匂いだけあって、数秒検証していたら、猛烈な吐き気とともにえずきました。速攻でシャワーで口の中を洗浄し､涙目で『自分は本当､なにをやっているのだろう』と人生を振り返りました。きっと体の拒絶反応だったのでしょうね。リンスを試す勇気は持てず、今に至ります。中途半端で申し訳ありません。

良い子も悪い子も、いい大人もちょい悪オヤジも、老若男女問わず、絶対に真似しないでください。いや、紋切型の注意ではなく、本当にやめてください。いや、マジで……。

ともかく、ネットでもお楽しみいただいていた皆様には、そういった変更になった部分も含めて、お楽しみいただけたら幸いです。

最後になりましたが、新紀元社の皆様、編集者様、そしてなによりネットで応援してくださった読者様方、本当にありがとうございました。これまでも、今も、これからも、全てをひっくるめて厚く、熱く、暑苦しく御礼申し上げます。

これからも、どうぞよろしくお願いいたします。

日曜

第2巻
2015年秋発売予定！
「ダン弱」第２巻は今秋刊行予定！
ダンジョンの魔王は最弱っ!?②
第 13 魔王の誕生によって、人間たちの中で魔大陸への侵攻を急ぐ声も大きくなり始めていた。真大陸にある「聖教国」に向かったキアスに、新たな出会いと裏切りが待ち受ける !?
著者：日曜／イラスト：nyanya

ダンジョンの魔王は最弱っ!? 1

2015年8月18日 初版発行

【著　　者】日曜

【イラスト】nyanya
【地図・ダンジョンイラスト】福地貴子
【編集】株式会社 桜雲社／新紀元社編集部／堀 良江
【デザイン・DTP】野澤由香

【発行者】宮田一登志
【発行所】株式会社新紀元社
〒101-0054　東京都千代田区神田錦町1-7　錦町一丁目ビル2F
TEL 03-3219-0921 ／ FAX 03-3219-0922
http://www.shinkigensha.co.jp/
郵便振替　00110-4-27618

【印刷・製本】株式会社リーブルテック

ISBN978-4-7753-1360-2

※本書は、「小説家になろう」(http://syosetu.com/)に掲載されていたものを、改稿のうえ書籍化したものです。